Tenemos que hablar

Tenemos que hablar

Bárbara Montes

Papel certificado por el Forest Stewardship Council®

MIXTO
Papel | Apoyando la silvicultura responsable
FSC® C117695

Penguin Random House Grupo Editorial

Primera edición: junio de 2024

Printed in Spain – Impreso en España

ISBN: 978-84-666-7878-0
Depósito legal: B-7.069-2024

Compuesto en Comptex&Ass., S. L.

Impreso en Black Print CPI Ibérica
Sant Andreu de la Barca (Barcelona)

BS 7 8 7 8 0

Para Juan

El agua apaga el fuego y al ardor los años
Amor se llama el juego en el que un par de ciegos
Juegan a hacerse daño
Y cada vez peor, y cada vez más rotos
Y cada vez más tú
Y cada vez más yo, sin rastro de nosotros

Amor se llama el juego,
Joaquin Sabina

I wanna be your slave, I wanna be your master
I wanna make your heartbeat run like rollercoasters
I wanna be a good boy, I wanna be a gangster
'Cause you could be the beauty and I could be the monster
I love you since this morning, not just for aesthetic
I wanna touch your body, so fucking electric
I know you're scared of me, you say that I'm too eccentric
I'm crying all my tears and that's fucking pathetic

I wanna be your slave,
Måneskin

INVIERNO

Jamás pensamos nunca en el invierno
pero el invierno llega
aunque no quiera
y una mañana gris
al abrazarnos
sentimos un crujido
frío y seco
cerramos nuestros ojos y pensamos
Se nos rompió el amor
de tanto usarlo.

Se nos rompió el amor,
ROCÍO JURADO

We are young
We have years ahead maybe
We might fall in love
Fall apart
Fall apart
Before it ends
Well we should try to start

Basket,
DAN MANGAN

1

Tima

Siempre hay indicios de que algo está llegando a su final.

Siempre.

El beso entre los protagonistas en una comedia romántica; el tintineo de la cucharilla al chocar contra el fondo del bote de Nutella; el descubrimiento del asesino en una novela de misterio; los bises en un concierto de rock... Siempre hay pistas que te indican que se acabó, «*c'est fini*», «*the end*», «*game over*», «esto es todo, amigos».

Otra cosa es que queramos darnos por enteradas.

Esa es otra historia.

Y no es esta historia.

En ocasiones, cuando tenemos una decisión frente a nosotras y después de mucho pensar sobre posibles soluciones, conseguimos reducir las opciones a dos: hacer algo al respecto o no hacerlo.

Y, siendo como soy, no voy a engañarme, tengo que hacer algo. Necesito hacerlo, sobre todo, porque ya no soy feliz.

Ignoro si el camino que voy a emprender a mis cuarenta y cuatro años es el correcto. De hecho, ignoro incluso si tendré el valor para emprenderlo. Sólo sé que a veces pienso en emprenderlo. Cada vez con mayor frecuencia.

La idea está ahí, plantada en mi cabeza, germinando día

tras día. Nutriéndose con el riego de mis esperanzas y deseos, abonada por lo que podría ser el resto de mi vida, lo que podría llegar a suceder.

Por otro lado, también están ahí intentando entorpecer su crecimiento la incertidumbre, el miedo, el dolor, la culpa, la frustración, el cabreo... Ahora, hacia quién dirigir cada una de esas emociones no lo tengo tan claro. No sé si el objetivo es él o soy yo misma.

Lo que está claro es que mi matrimonio se arrastra por el suelo como un animal herido de muerte, uno que deja un rastro rojizo y embarrado a su agonizante paso; uno en cuyo pelaje encrespado resaltan heridas abiertas, húmedas, todas ellas fatales; uno al que se le escapa la vida por sus cortes con cada exhalación que se atreve a dar, sin darse cuenta de que cuanto más rápido respire, antes morirá; uno de esos a los que su manada deja atrás para que muera de forma discreta, solo, en silencio y sin molestar.

Y la discreción nunca ha sido lo mío.

No sé cuándo empecé a darme cuenta de esas señales que indicaban el final de mi vida marital. No tengo ni idea de cuándo comenzó el colapso de lo que yo, hasta ese momento, había llamado «mi vida».

Sí sé, no obstante, cuándo empecé a hacerles caso.

2

Tima

Me desplomo a su lado agotada y sudorosa, con las endorfinas bailoteando en mi interior como adolescentes en una discoteca. Lo normal si considero el polvazo que acabamos de echar.

Me retiro el pelo del rostro con un gesto de la cabeza y apoyo el dorso de la mano en la frente, saboreando el momento.

Él intenta abrazarme y, antes de que consiga hacerlo, me doy media vuelta rechazando su muestra de cariño. Ahora mismo no me apetece charlar con él, sólo quiero dormir.

—¿Qué ocurre? —pregunta David—. ¿Estás enfadada? ¿No te ha gustado?

—No, no es eso. He tenido un día muy duro, estoy cansada —replico con más sequedad en la voz de la que me hubiese gustado.

—Si no te apetecía, no tenías más que decirlo…

—Claro que me apetecía, no te preocupes. En serio, sólo estoy cansada. —Esta vez intento envolver mi tono en una capa de azúcar por aquello de rebajar la tensión que yo misma he creado.

Él no dice nada más, pero noto su confusión y su recelo. Siempre que hacemos el amor solemos hablar un rato, de todo y de nada, de cómo nos ha ido el día, de planes para el fin de semana, de él, de mí.

Una vez atravesamos las puertas del dormitorio, dejamos todo lo demás fuera, sólo somos él y yo: David y Tima. Un hombre y una mujer. No somos la madre y el padre de Jorge, ni la pintora y el arquitecto; en nuestra habitación somos la persona de la que se enamoró el otro. Es algo que nos propusimos cuando nos casamos, volver a ser nosotros en la cama, ya que, fuera de ella, la vida se iba a encargar de darnos otros papeles.

Hasta hoy.

Hoy ha sido diferente.

O lleva un tiempo siéndolo.

No sé qué ha cambiado, ya no me gustan tanto esas conversaciones que antes llegaban a durar horas y nos obligaban a levantarnos al día siguiente con las ojeras destacando como charcos sobre el asfalto. Porque, claro, el despertador continuaba sonando a la misma hora de siempre. Una hora que, si me preguntan a mí, siempre me pareció muy temprana. Y, aun así, sonreíamos. Sonreíamos continuamente. Sonrisas sinceras y abiertas que se trasladaban a nuestra mirada.

Sonrisas enamoradas.

No quiero que se me malinterprete, me encanta el sexo con David, me encanta follar con él, me encanta cómo es en la cama, cómo me hace sentir y, sobre todo, lo mucho que me hace disfrutar.

No, ese no es el problema. Creo que es de las pocas cosas que siguen funcionando en nuestro matrimonio.

¿Quiero a mi marido?

Sí, supongo que sí.

¿Sigo enamorada de él?

Esa es la cuestión.

Nos hemos convertido en una de esas parejas que se mueven por la inercia de la costumbre.

Me aburro con él.

Me aburro.

Ya lo he dicho.

Y el aburrimiento es una de las peores emociones que puedes sentir cuando estás con la persona con la que se supone que has elegido pasar el resto de tu vida.

Escucho su respiración regular, noto el peso de su cuerpo junto al mío, le miro por encima del hombro y decido que ya se ha dormido. Ni sé el tiempo que llevo dándole vueltas a todo esto que me está sucediendo.

Giro sobre mí misma para verle mejor. Observo la silueta de David, ahora inmóvil, y acerco una mano a su rostro. Siempre me ha gustado recorrer su perfil deslizando un dedo suave por su contorno. Solía empezar en el nacimiento del cabello e ir descendiendo con lentitud por la colina de su frente; a continuación, afrontaba la escalada hasta la cima de su nariz, la única manera de llegar a la siguiente etapa, los labios, ahora relajados y entreabiertos, carnosos y deliciosos. El camino solía terminar en la barbilla, en la que mi índice tomaba un desvío para darse un paseo por su mandíbula y serpentear después hasta su pecho, amplio y musculoso, y de ahí... Al infinito o más abajo.

Esta noche retiro la mano antes de rozarle siquiera. No quiero despertarle. Eso supondría tener que responder sus preguntas y rezar por que no hiciese las correctas.

Me conformo con hacer el recorrido con la mirada. Me recreo unos instantes en sus pestañas, que, con los ojos cerrados, acarician la parte alta de sus mejillas. Siempre las ha tenido muy largas, y hago todo el camino acabando en su vientre. Tiene la costumbre de arroparse tan sólo las piernas, lo que me permite disfrutar del espectáculo de su figura desnuda. Más de una noche de insomnio, al darme la vuelta en la cama y verle, no he podido —o no he querido— evitar despertarle con mis caricias. Como decía, el sexo nunca ha sido un problema.

Reprimo un suspiro de tristeza.

La verdad es que David está muy bueno, a sus cuarenta y seis años sigue conservando el mismo cuerpo que tenía a los treinta... Sus horas de gimnasio le cuesta. Y el pelo, también conserva ese cabello ondulado y castaño, con algunas canas ya, que es la envidia de la mayor parte de sus amigos, al menos, de aquellos que con el paso de los años han ido dejándoselo por los recovecos de la edad.

Sí, David está muy bueno.

Recuerdo cuando le conocí.

Nos presentó una amiga común.

Él estudiaba Arquitectura y yo Bellas Artes, era dos años mayor que yo. También era el tipo más crujiente de aquel lugar.

Poco después de entrar en el piso de mi compañera de clase, mis ojos se cruzaron con él. Charlaba con un grupo de otros tres invitados, dos chicos y una chica, sosteniendo un vaso de plástico en la mano. Se apoyaba en la pared de manera relajada y reía a carcajadas. Hasta mí llegó el sonido de su risa y mis ojos viajaron hacia la procedencia del sonido.

Elena, mi amiga y anfitriona de la fiesta, siguió la dirección de mi mirada y una sonrisa rasgada se extendió por su rostro.

—Está bueno, ¿eh? —preguntó dándome un codazo—. Ven, que te lo presento. Es David, un amigo de mi hermano. Le conozco desde que tengo uso de razón...

Por supuesto, no me negué.

—¡David! —llamó Elena arrastrándome al centro del salón y agitando una mano en el aire para llamar su atención—. ¡David! ¡Ven! Quiero presentarte a alguien.

Él volvió la cabeza en nuestra dirección, sus ojos saltaron de Elena a mí y se aproximó a nosotras con paso seguro y una sonrisa preciosa tatuada en sus rasgos.

A su espalda vi que por el rostro de la chica del grupo con el que había estado charlando se extendían la contrariedad y el fastidio. La verdad, no me importó mucho.

El sonido de los Red Hot Chili Peppers y su *Otherside* llenaba el ambiente a un volumen dos puntos más alto de lo que habría sido recomendable para la salud auditiva, pero éramos jóvenes, qué más daba. El disco acababa de salir y marcaba casi el final del curso. Celebrábamos haber sobrevivido un año más en la universidad.

En aquel momento no sabía que aquella canción me recordaría a él.

Se acercó al ritmo de los acordes y sonrió de nuevo, observándome con curiosidad.

—Mira, esta es Tima, somos compañeras de clase —nos presentó Elena—. Tima, este es David.

—¿Tima? —La curiosidad se había transformado en interés.

—Sí... Bueno, es una historia muy larga —repliqué sintiendo cómo el calor subía hasta mis orejas.

—Tengo tiempo. —Ojeó un inexistente reloj en la muñeca.

—Tima, qué quieres tomar, que te lo traigo —interrumpió Elena.

—No, voy contigo —dije sacando de mi mochila la botella de ron que había comprado para la fiesta.

—Ni hablar, tienes que Contestar a su pregunta... Ron cola, ¿no? —Mi amiga se hizo con la botella que yo todavía sostenía y la agitó frente a mi cara.

—Sí... Claro... Gracias.

No sé si me escuchó, porque ya se alejaba en dirección a la cocina para preparar las bebidas.

Me volví para enfrentarme a David. Sus ojos se clavaban en mí con intensidad. Reí para relajar el ambiente.

—Bueno, qué —dijo—. ¿Me vas a explicar de dónde viene ese nombre tan... original?

Suspiré antes de contestar.

—Sí, claro... A ver, mi madre y mi padre estudiaron los dos Arte, de hecho, así se conocieron —comencé casi aburrida. A los veinte años ya había explicado el origen de mi nombre demasiadas veces—. Él comenzó trabajando en un museo... Luego se pasó a la publicidad y mi madre tiene una galería de arte... Ya sabes, son creativos y esas cosas... Así que cuando me tuvieron, les pareció buena idea llamarme Timarete, que es el nombre de una de las primeras mujeres pintoras de las que se tiene noticia en la Antigua Grecia... Nunca consideraron que yo me pasaría el resto de mi vida dando explicaciones... Pero bueno, esa es otra historia.

—Y también te dedicas al arte... O te quieres dedicar, ¿no? —quiso saber.

—¿Cómo lo sabes?

—Bueno, eres compañera de Elena y ella estudia Bellas Artes...

—Ah, claro. —Me sentí muy estúpida. Ese chico me ponía nerviosa. Mucho.

Por suerte, en aquel instante apareció Elena con un vaso en cada mano. Me tendió uno y volvió a desaparecer entre la gente antes de que pudiese siquiera darle las gracias.

Escuché la risa de David a mi espalda.

—Parece que Elena tiene un plan para ti... Siempre ha sido igual, le encanta emparejar a la gente.

—Algo sabía de eso —dije riendo yo también—. He perdido la cuenta de las veces que ha intentado liarme con alguien.

—¿Alguna ha funcionado?

—No. Jamás. Sus amigos suelen pudrirme el alma. Demasiado pijos para mi gusto.

—¿Hasta ahora?

—Ya veremos —repliqué riendo de nuevo.

No funcionó. O, al menos, no tal y como Elena había planeado en su cabeza. Aquella noche, por supuesto, nos enrollamos; sin embargo, no fuimos a más, no nos hicimos pareja, no compartimos palomitas viendo una película en el cine ni paseamos cogidos de la mano por las calles de Madrid. Nada de hacer del lunes otro sábado ni de cruzar en rojo los semáforos. Ambos teníamos cosas más importantes que hacer como, por ejemplo, acabar nuestras respectivas carreras, ser esclavizados hasta conseguir un primer trabajo con remuneración suficiente para mantenernos y, por fin, convertirnos en adultos funcionales y aburridos como nuestros padres.

Los dos seguimos a la perfección el guion establecido por la sociedad, si bien continuamos coincidiendo durante los siguientes años en las suficientes ocasiones como para, por lo menos, llamarnos amigos.

¿Qué va a ser ahora, tras catorce años casados y un hijo en común, de esa amistad?

No tengo ni idea.

3

Eva

El gato se despidió de Eva con su mirada más rancia y un maullido despechado, seco, casi rencoroso.

—Lo siento, Vader —se disculpó ella—, tengo que salir a ganar dinero para pagar tu comida, tu arena, tu veterinario, tus juguetes y los muebles que destrozas con tus putas uñas.

Avanzó por el pasillo hasta la puerta y se despidió de su piso —y del gato— con un último vistazo al espejo de la entrada. Aquella mañana se había esmerado al elegir la ropa, quería causar buena impresión. Un maquillaje suave y natural, nada exagerado, el cabello castaño recogido en un moño alto medio deshecho, unos vaqueros negros, una camiseta blanca y un blazer oversize gris que le tapaba la zona de las caderas, algo más anchas de lo que a ella le hubiese gustado. Completaban el conjunto unas zapatillas de deporte, por aquello de no ir demasiado arreglada, y un abrigo largo también gris, por aquello de no sufrir demasiado las inclemencias del invierno madrileño.

Asintió frente al reflejo que le devolvió el espejo, cogió las llaves y salió asegurándose de cerrar bien la puerta. Lo último que quería era tener que pasarse la tarde buscando al maldito Vader. Le daba pánico perder la única compañía que tenía cuando llegaba a casa después del trabajo. No era una gran compañía, pero, a veces, sólo a veces, sentía que aquel gato la quería muchísimo. Eso no sucedía muy a menudo ya que, no se engañaba, era un gato y no un precioso y juguetón cachorro de labrador con el que salir de paseo, un ser peludo que te proporcionaba amor incondicional a cambio de unos mimos y abundantes trozos de pollo.

Nada que ver con los gatos.

Eva hubiera preferido tener un perro. Había tenido uno, Mot, en casa de sus padres cuando era pequeña, y le encantaban; no obstante, sus horarios de trabajo no le permitían adoptar uno, así que, ahí estaba, atrapada con un gato antipático que un buen día, cuando ella caminaba por la calle, había decidido que aquella señora que pasaba frente a él era la humana perfecta a la que agraciar con su inestimable compañía.

No, Eva no se engañaba, el gato la había adoptado a ella y no al revés.

El animal, una pelota de pelo diminuta, negra y apestosa, se había arrojado a sus pies cuando iba a entrar en su portal después de ir a comprar palomitas al súper. Eva sólo quería relajarse viendo una película en casa con sus doscientos kilos de palomitas y había acabado pasando la tarde en el veterinario para que le dijesen si aquel bicho estaba sano y le pusiesen las vacunas que fuesen necesarias. No había tenido el corazón tan putrefacto como para dejarlo en aquella acera, solo, abandonado y con las probabilidades de sobrevivir al tráfico de Madrid rozando el cero.

En aquel momento ella no tenía ni idea de gatos, cuatro años después, seguía sin tener ni idea, pero, poco a poco, iba descubriendo más y más sobre ellos.

Primero había aprendido que para bañarlos tienes que tener un máster, ser un experto en *krav magá* y la piel de la dureza de las escamas de un dragón; después, que había que hacerse con un arenero y limpiarlo veinte veces al día para que la casa no oliese mal; a continuación, que aquel ser minúsculo y negro guardaba el suficiente odio en su interior como para destrozar un sofá bonito, cómodo y de piel sólo por el placer de destrozarlo; y, más tarde, que tú no tienes al gato, el gato te tiene a ti.

Aun con todo ello, adoraba a ese animal insensato y tarado que en mitad de la noche se ponía a maullar con la fuerza de los mares porque le entusiasmaba el sonido de su propia voz. El felino tenía sus cosas buenas, claro, como cuando decidía pasar la noche enroscado a su lado y notaba la calidez de su cuerpecito junto a ella; en esos momentos, Eva sentía el corazón calentito. O cuando la seguía por toda la casa esperando a que ella acabase de hacer lo que fuese que estuviera haciendo para subirse de un salto a su regazo y ponerse a ronronear como un motor al ralentí. O cuando ella estaba triste y él se tumbaba a su lado y le ponía la patita en la pierna... Sí, los gatos tenían sus cosas buenas, pero lo que más apreciaba Eva era eso, la compañía. Llegar a casa y que estuviese allí, esperándola. Escucharse hablar una vez atravesaba la puerta que la separaba de la sociedad. Siempre se ha dicho que hablar solo es de chalados, pero ella no estaba chalada, ella tenía a Vader y a él le hablaba. Él nunca contestaba, pero eso era lo de menos.

Vader era su antídoto contra la soledad.

Eva tenía cuarenta años y había llegado a ellos sin una pareja estable, sin casarse, sin tener que aguantar las tonterías de otro, sin tener que renunciar a nada por tener unos hijos que no deseaba tener.

Había llegado a ellos sola y no se arrepentía de nada.

O eso se decía ella.

Tenía un buen trabajo, un buen piso, un buen coche, unos cuantos buenos amigos, una buena familia y un gato negro.

No solía sentirse sola por más que muchas personas insistiesen en decirle que lo estaba. Nadie de su círculo más íntimo, por supuesto. Ese círculo sabía que esa soledad era buscada, deseada, cultivada con cariño. Y aun así, Eva era humana y, cuando miraba a su alrededor, le era imposible no ver cómo la mayor parte de sus seres queridos vivían o habían vivido en algún momento de sus vidas en pareja: sus padres, su hermano, sus amigas... ¡Hasta muchas de sus compañeras de la oficina! Era inevitable que, de vez en cuando, se preguntase si había elegido la caja correcta, si el premio fruto de su elección era suficiente. Eso sí, muy de vez en cuando. En general, Eva estaba satisfecha con su vida.

Su esfuerzo le había costado.

Descendió en el ascensor hasta el aparcamiento del edificio y, con una sonrisa en el rostro de líneas suaves y redondeadas, se dirigió a su coche. No lo usaba más que para ir a trabajar, ya que la oficina se encontraba a las afueras o para alguna escapada de fin de semana, el resto de los desplazamientos los hacía andando o en taxi, no estaba todavía lo suficientemente loca como para moverse por la ciudad en coche... Y, viviendo al lado del parque del Retiro, ningún trayecto le llevaba más que los proverbiales quince o veinte minutos madrileños. Por supuesto, esos quince o veinte minutos andando solían ser más, pero ya se sabe, en Madrid todo está a quince o veinte minutos andando.

Se quitó el abrigo y lo dejó en el asiento de atrás, donde lo dejaría olvidado hasta el día siguiente. Entró en el coche y, pisando el freno, pulsó el botón de encendido. A Eva le encantaba su coche, un DS 4 híbrido en un rojo cereza brillante y alegre que le había enganchado la mirada nada más verlo. No entendía nada de coches, pero su hermano sí y él le había recomendado —con muchísima insistencia— ese modelo, y con eso a ella le bastaba. Comprarlo le había supuesto pasarse de su presupuesto... Sólo un poco... O mucho, pero ¿para qué estaba el dinero si no era para gastarlo en cosas bonitas? Además, para algo trabajaba. Podría decirse que no hacía mucho más que trabajar. Alcanzar el puesto de directora creativa en una importante agencia de publicidad, con varios equipos a su cargo, le había costado muchos sacrificios, bien podía permitirse un capricho de vez en cuando... Y tampoco salía muy a menudo, así que sus gastos no eran muy elevados.

Era posible que Eva tuviese lagunas en su vida privada, pero, en lo laboral, estaba más que satisfecha.

Solía escuchar música cuando iba al trabajo, siempre la relajaba. Intentaba no ponerse de mala leche a causa del tráfico. Era una conductora tranquila, disfrutaba conduciendo y no se estresaba cuando había atasco, ya que era algo que no dependía de ella. No podía controlarlo. Además, nadie la obligaba a fichar en la oficina, de hecho, muchas veces trabajaba desde casa; no obstante, aquella mañana tenían una reunión con la directora general y el director de marketing de una empresa de cosméticos que se proponía dar el salto internacional y estaba buscando agencia.

La casualidad había hecho que tuviesen su central en el mismo edificio que la empresa de Eva... Y la empresa en la que ella trabajaba contaba, además, con oficinas en las ciudades más importantes del mundo, así que los de los cosméticos habían mantenido una primera reunión con Luis, el director general de la agencia y jefe de Eva, para saber si podían encargarse del lanzamiento.

Como buena profesional, Eva se había preparado a fondo para la reunión estudiando la historia de la empresa, sus valores y sus productos, si bien estos últimos ya los conocía muy bien porque los usaba, y le hacía mucha ilusión poder trabajar con la marca. También había hecho una investigación sobre los mercados en los que pensaban lanzar los cosméticos. Se sentía segura.

Ella actuaría como apoyo al director general. Su papel, de momento, era conseguir que creyesen que estaban contratando a los mejores para sus objetivos. Y eso se le daba de muerte. Siempre presentaba algún concepto gancho, original y potente, pero no demasiado elaborado. Tampoco quería darles el trabajo hecho si decidían contratar a la competencia.

Cuando llegó al parque empresarial dejó el coche en el aparcamiento. El edificio aglutinaba diversas compañías, ellos ocupaban dos plantas. Algunas empresas utilizaban más y otras, apenas un par de despachos.

Subió en el ascensor hasta el vestíbulo y salió por la puerta central del complejo para dirigirse a la cafetería de al lado. No le gustaba el café de la máquina que tenían en su oficina, por lo que solía llevarse un termo con café hecho de casa; sin embargo, aquella mañana no le había dado tiempo y Eva, sin café, no funcionaba. Era su droga y no pensaba renunciar a ella.

Entró en la cafetería, esperó a que llegase su turno y pidió la bebida.

Con ella en la mano y mientras recorría de vuelta los escasos metros que la separaban del edificio en el que trabajaba, sintió que, ya sí, estaba lista para comerse el mundo.

Enfiló de nuevo hacia el interior del edificio de oficinas, en dirección a los ascensores. Si algo tenía claro era que no pensaba subir diecisiete pisos andando. A lo mejor el ejercicio le hubiese venido bien, pero existían ciertas líneas que no pensaba cruzar, una de ellas era lo de subir escaleras a primera hora de la mañana. No en esta vida. Y si de Eva dependía, tampoco en la siguiente.

En ese momento su teléfono sonó. Sostuvo el vaso caliente con la mano izquierda y con la otra rebuscó dentro del bolso sin dejar de caminar.

No sabía que avanzaba hacia el desastre.

4

Eva

¿Dónde estaría el maldito teléfono?

Continuó buscándolo mientras esperaba el ascensor. Ya había dejado de sonar, pero, considerando que nadie solía llamarla tan temprano —todo el mundo sabe que existe una ley no escrita que prohíbe las llamadas antes de las diez de la mañana, a no ser que alguien fallezca—, imaginó que sería importante. O su madre, también podía ser su madre, que desconocía todo lo relativo a leyes sobre llamadas telefónicas tempranas y la telefoneaba un poco cuando le daba la gana, pero Eva no se lo tenía en cuenta.

Las puertas del ascensor se abrieron y de repente lo sintió: un empujón y, sin previo aviso, un líquido más que cálido, ardiente, abrasador, como lava del Monte del Destino, expandiéndose por su camiseta, su chaqueta, sus pantalones...

—¡Joder! —exclamó Eva alejando el vaso de cartón de su cuerpo a la vez que sacaba los ojos del bolso para mirar a la persona que había causado aquella hecatombe.

—Lo siento..., lo siento —se disculpó el hombre intentando sacudirle el café de la manga de la chaqueta y provocando con ello que las manchas se extendiesen todavía más—. No te he visto, perdóname...

Eva se mordió la lengua. Se había formado un corrillo de

curiosos a los que aquel espectáculo matutino les había sacado de su zombificada rutina. A pesar de que sentía el cabreo escalar por todo su cuerpo a una velocidad vertiginosa, no le apetecía montar una escena poniéndose hecha una furia, al menos, no de manera gratuita, para que hiciese eso, toda aquella gente tendría que pagar una entrada. En ocasiones, Eva podía ser muy zen.

—Nada, no pasa nada, no te preocupes, estas mierdas pasan —replicó con fastidio intentando rebajar la tensión.

Aquel imbécil le había manchado toda la ropa y ahora iba a ir a la reunión hecha una mamarracha. No le daba tiempo a volver a casa para cambiarse.

—En serio, lo siento, déjame que por lo menos te pague el tinte —se ofreció él con una sonrisa azorada apartándose para que la gente subiese en el ascensor.

El público había decidido que allí y en aquel momento, no iba a haber sangre y, claro, un combate a muerte sin sangre perdía mucho.

—No, no hace falta, si es todo ropa de batalla, nada que no se pueda meter en la lavadora.

«¿En serio siguen existiendo pavos que se ofrecen a pagar el tinte?», pensó Eva divertida mirando al tipo con más detenimiento. Había que reconocer que no era ningún orco, aunque tampoco un glorioso. Alto, de rostro agradable —si bien tirando a normalucho—, algo torpe, como acababa de comprobar, y, eso sí, con una sonrisa de esas que iluminan hasta el día más plomizo.

Eva suspiró, en otra situación podría haber trabajado con aquel material.

—Entonces deja que te invite a otro café... Es lo mínimo que puedo hacer —insistió él.

—Tengo una reunión en diez minutos y voy a pasarlos en el baño intentando limpiarme todo esto.

—Ya... Claro... En serio, lo siento mucho. ¿No hay nada que pueda hacer por ti?

Eso la hizo sonreír; el tipo estaba avergonzado.

—No, de verdad, no pasa nada —miró su ropa—. Seguramente cuando se seque, ni se noten las manchas. —Ni de coña, aquellas manchas iban a pasar el día con ella. Eso lo sabía Eva y, por la manera en la que alzó las cejas, también lo sabía aquel hombre.

Escuchó el campanilleo que anunciaba la llegada de otro ascensor, se despidió del tipo insistiendo de nuevo en que todo estaba bien y se metió en el ascensor.

—¡Lo siento mucho! —volvió a disculparse él cuando las puertas ya se cerraban.

Subió hasta el piso diecisiete y corrió al baño a intentar limpiarse la ropa. Por supuesto, no tuvo nada parecido al éxito en su intento.

Por suerte, los vaqueros habían absorbido el café en su negrura, con lo que Eva se limitó a ignorarlos... El resto de las prendas... Bueno, esa era otra historia. La chaqueta lucía varias salpicaduras más oscuras en la zona de las solapas y en las mangas, pero siempre podía quitársela. Era la camiseta lo que le preocupaba. La camiseta podía ser declarada zona catastrófica sin ningún tipo de problema. Toda la pechera había sido alcanzada por la bebida. No había forma humana de disimular el desastre, por lo que ni siquiera lo intentó. Era una imposibilidad física limpiarla y secarla en diez minutos.

Si trataba de quitar las salpicaduras, tendría que asistir a la reunión en plan Miss Camiseta Mojada 2024 y eso sí que no entraba en sus planes. De ninguna de las maneras. Prefería parecer incapaz de sostener un vaso sin tirárselo por encima a estar toda la reunión con la ropa empapada. Se limitó a frotar con agua las mangas del *blazer* y a intentar secar toda la ropa, vaqueros incluidos, con el aire caliente del secador de manos.

Ahora la decisión consistía en dejarse o no la chaqueta puesta. Miró el reloj. Quedaban apenas un par de minutos para que comenzase la reunión; no obstante, la sala en la que se celebraba estaba a menos de diez metros, podía permitirse el tiempo que le llevaría resolver su duda. Se puso la chaqueta y estudió su imagen en el espejo. Se la quitó y repitió el proceso.

Vale, se la dejaría puesta. Sin ella su aspecto era demasiado informal y la mancha de la pechera demasiado visible. Con ella, su apariencia era la de una profesional que, o bien había tenido un accidente, o bien era ciega de nacimiento y no había visto los manchurrones de su camiseta al coger la ropa del armario.

Tendría que valer.

Entró en la sala donde se encontraba Carlos, el asistente del director general, preparando lo necesario para la reunión.

—Buenos días, Carlos. —Fue consciente de que los ojos del chico viajaban hasta su ropa—. Vale... antes de que preguntes: me he tirado el café por encima y no me ha dado tiempo a limpiarme. ¿Todo ok?

En ese momento llegó el director general, Luis, y Eva se dio la vuelta para saludarle. Llevaban trabajando juntos más de una década durante la cual ella había pasado por casi todos los departamentos de la agencia, siempre bajo la guía de Luis. Podía decirse que era su mentor y, tras tanto tiempo trabajando codo con codo, habían acabado haciéndose amigos. Buenos amigos. Ella sabía que cuando su jefe se retirase, en no muchos años, la recomendaría a ella para ocupar su puesto... Si es que ella seguía en esa empresa, claro, porque ofertas no le faltaban. Pero le gustaban su trabajo, su sueldo y sus compañeros, y sus perspectivas de futuro eran geniales si se quedaba donde estaba, lo que inclinaba la balanza a favor de estarse quietecita y no hacer tonterías. En el fondo, Eva era bastante conservadora a la hora de cambiar de empleo.

—Buenos días. —El hombre miró a Eva y alzó una ceja interrogante.

—No digas nada, Luis, por favor te lo pido.

—Entonces, sabes lo de tu ropa, ¿no? —comentó él sentándose.

—Algo he oído, sí —replicó Eva con algo muy parecido a un bufido—. Me he tirado el café por encima.

—Por todos los dioses... Así que ¿hoy no tienes tu droga? ¿Estás bien?

—¿De verdad tengo que contestar a eso?

—¿Le pido a alguien que te suba uno? —preguntó su jefe con una sonrisa amable.

Sabía que uno de los momentos preferidos de Eva era el de disfrutar de su café a pequeños sorbitos mientras comenzaba el trabajo del día. Hasta sabía que le gustaba con leche y sin azúcar. Era como un ritual para ella.

—No hace falta —replicó sentándose frente a su jefe con un resoplido—. Creo que podré sobrevivir.

La recepcionista asomó la cabeza para anunciar la llegada de los visitantes. Eva se recompuso en su asiento mientras Luis se levantaba para ir a recibirlos y acompañarlos hasta la sala.

—Eva, te veo luego —se despidió Carlos—. Y no te preocupes, con manchas o sin ellas, lo vas a petar.

Carlos abandonó la sala de reuniones lanzándole un guiño. Eva sonrió, esas palabras habían conseguido su objetivo: la habían animado y le habían dado seguridad.

Cuando regresó Luis, Eva se levantó de la silla esperando a que le presentase a las dos personas que le acompañaban. Primero vio a una mujer, tenía aproximadamente su misma edad, guapa, bien vestida, exquisitamente maquillada como si no llevase maquillaje y de cabello impecable. De su aspecto emanaba el aroma del dinero. Eva, al verla, fue muy consciente de su propia apariencia y de repente se sintió amedrentada, además de fea y desaliñada. La mujer miraba a su alrededor con curiosidad. Cuando Eva vio quién la acompañaba, se le congeló la sonrisa.

Detrás de la elegante mujer, iba el tipo que le había tirado el café por encima en la puerta del ascensor... Y llevaba un cartón con cuatro vasos de la cafetería de al lado.

Luis le presentó a la mujer, Lucía, como la presidenta y fundadora de la empresa de cosméticos. Eva tardó unos segundos en reaccionar, todavía con los ojos clavados en quien había entrado detrás de ella. Por fin, se obligó a sonreír de nuevo y estrechó la mano de Lucía.

—Y este es Alejandro —continuó Luis—, es el director de marketing. Por favor, sentaos donde queráis —terminó su jefe.

—No te ha dado tiempo —comentó el tal Alejandro mientras ocupaba una silla junto a Eva—. A limpiar un poco la ropa, me refiero.

—Lo he intentado, pero enseguida me he dado cuenta de que era una misión imposible —se resignó ella con un encogimiento de hombros.

—De nuevo, lo siento mucho... Ahora me da un poco de miedo darte esto —señaló los vasos que continuaban descansando en la bandeja de cartón—, temo que me lo arrojes en venganza, como en una película de los cuarenta.

Eva miró a Lucía y a Luis, que asistían al intercambio entre divertidos y curiosos.

—Yo lo haría —comentó Lucía—. Sin dudarlo, además. ¿Eso se lo has hecho tú? Es que no me digas...

—No te preocupes —añadió el jefe de Eva—, prefiere bebérselo a desperdiciarlo. Creo que está más dolida por la pérdida del café que por su ropa.

—Eso es cierto —confirmó Eva riendo para disolver la tensión que se había creado—, así que, si me das uno de esos que has traído, estaremos en paz.

La reunión comenzó de manera distendida, casi familiar, gracias al accidente en el que se habían visto envueltos Eva y Alejandro, y avanzó según lo previsto. Fue un completo éxito. Habían conseguido un nuevo cliente con un presupuesto más que aceptable para las campañas que querían realizar.

El único problema: ni Lucía ni Alejandro querían tratar con nadie que no fuesen Eva y Luis. Eran una empresa pequeña y se sentían más cómodos cuando no había doscientos intermediarios. El jefe de Eva les aseguró que así sería, ellos dos se encargarían de coordinar todo lo relativo a la cuenta.

Y a Eva tampoco le venía mal, al fin y al cabo, no sólo le servía para posicionarse todavía mejor de cara a la jubilación de Luis, sino que, además, le permitiría trabajar con una empresa de cosméticos, algo que todavía no había hecho y que le apetecía mucho.

Y nada tenía que ver con ello que Lucía le hubiese prometido enviarle un lote completo de los productos que comercializaban para que se familiarizase con ellos.

No, no tenía nada que ver que a ella le encantasen los artículos de tratamiento y maquillaje de la marca. Ni que ya los usase. Nada de eso tenía que ver.

O un poco sí.

Tampoco tenía nada que ver que el tal Alejandro, a pesar de haber comenzado con lo que podríamos llamar dos pies izquierdos con Eva, hubiese terminado pareciéndole, durante la reunión, un tipo divertido, inteligente, de trato agradable e interesante. No, no tenía nada que ver.

¿O un poco sí?

5

Tima

Estoy en mi estudio, acabo de terminar una obra, un cuadro que me ha llevado siglos debido no sólo a las técnicas utilizadas, sino también al tamaño; no obstante, estoy muy orgullosa con el resultado. Estiro los brazos para desentumecerme todavía observando los detalles del trabajo y asiento con un gesto de labios apretados.

Miro a mi alrededor considerando mis opciones. Es pronto aún, todavía puedo adelantar alguna tarea de contabilidad, la peor parte del curro. Odio hacer facturas, si bien me encanta cuando las cobro.

Camino hasta la cafetera e introduzco una de esas cápsulas milagrosas que te permiten beber un café recién hecho en cualquier momento del día sin apenas esperar. Cierto es que no sabe como el que se prepara en una buena cafetera italiana de las de toda la vida, pero bueno, hay que elegir. No se puede tener todo y yo he elegido comodidad frente a calidad.

Podría ir hasta la casa y dedicar los siguientes quince minutos a hacer un café de los de antes. Podría, sí, pero no me apetece.

Mi estudio está en el jardín, una construcción adosada a la vivienda, pero sin acceso desde ella. Una especie de cobertizo con ínfulas. Se trata de un espacio de dos pisos; el de abajo es cuadrado, abierto, con un pequeño aseo en una esquina y un gran ventanal en uno de sus muros que permite el paso de luz natural. Junto a la puerta, de madera, alta y amplia, hay un escritorio con el ordenador y, pegado a él, un archivador para todo el papeleo; en la pared de enfrente se sitúa una escalera de peldaños volados hechos en la misma madera que la puerta que asciende hasta una galería en la que conservo las obras que no están expuestas, están sin terminar o, más fácil todavía, no me da la gana venderlas ni exponerlas. En ocasiones me vinculo demasiado con mi trabajo y después me cuesta desprenderme de él. Esos cuadros se quedan a vivir conmigo, esos son sólo para mis ojos.

Por suerte, no sucede muy a menudo.

¿Qué por qué tengo el estudio en el jardín cuando vivo en una casa de tres pisos? Cuando nos casamos y tuvimos a Jorge, intenté seguir utilizando el desván, pero no funcionó; cuando estoy trabajando, necesito sentir la soledad rodeándome, necesito el silencio, necesito penetrar en un espacio de mi cerebro que no es el que se activa cuando estoy con mi familia. No es sencillo explicarlo.

La casa la heredé, por decirlo de alguna manera, al morir mi abuela. En realidad, se la dejó a su única hija, mi madre, quien, un par de años después me ofreció una donación en vida que, por supuesto, yo acepté. Ella y papá me ayudaron a pagar los impuestos. Pedí una hipoteca y la reformé. Nada demasiado extravagante: cocina, baños y quitar el gotelé de las paredes.

El gotelé le produce urticaria a mi alma de artista.

La idea de mi madre al donarme en vida la casa era que yo no tuviese que depender de ningún hombre nunca. Si ya tenía una casa en propiedad, las probabilidades de poder vivir de mi trabajo sin necesidad del sueldo de un posible marido aumentaban considerablemente.

He de reconocer que me hizo el favor más inmenso que me han hecho nunca. Me dio la suficiente independencia como para no necesitar a nadie. Podía sobrevivir con mis ingresos, escasos al inicio de mi carrera, más elevados según iban pasando los años y me iba haciendo un nombre.

David se mudó a mi casa un año antes de nuestra boda y después llegó Jorge y yo tuve que hacer malabarismos con el dinero para poder construirme el estudio, pero mereció la pena. Todavía no ha llegado el día en que me haya tenido que arrepentir de mi decisión.

Me acerco con pasos perezosos hasta la mesa del estudio y enciendo el ordenador. David se empeñó en que me comprase aquel modelo concreto y, la verdad, tengo que agradecérselo, ya que los programas de diseño que utilizo funcionan como un tiro... Eso sin contar que no tarda nada en encenderse y nunca —o casi nunca— se me queda colgado.

Y es bonito, eso también.

Guío el ratón hasta el icono del sistema de facturación que utilizo y que tengo anclado en la barra de inicio, pero en el último momento pulso el icono del navegador de internet... No pasa nada, tengo tiempo, Jorge todavía no ha vuelto del colegio y David sigue en la oficina.

Casi sin darme cuenta, mis dedos teclean el nombre de un portal de alquiler y compraventa de viviendas en el cuadro de búsqueda. Hago clic en la segunda página que aparece y relleno los datos que me pide: ciudad, zona, número de habitaciones, con garaje, etc.

Aparece el listado y voy mirando los resultados uno por uno. Me encuentro descartando unos por precio, otros por tamaño, otros por situación; sin embargo, hay un par que me gustan. Por las imágenes que veo, parecen luminosos, amplios y el precio se ciñe a mi imaginario presupuesto. Continúo viendo las fotografías de esos dos pisos y fantaseando con cómo sería mi vida si viviese allí hasta que unos nudillos golpean con suavidad, casi con dulzura, en la puerta del estudio.

—¿Mamá? ¿Estás ahí?

—Entra —digo cerrando con un rápido clic el navegador. No sé por qué, pero no quiero que mi hijo me vea mirando pisos. Me siento como si me hubiese pillado viendo porno.

Jorge abre la puerta despacio y asoma la cara, pequeña, pecosa como la mía y coronada por un pelo espeso y castaño como el de su padre, a través de la breve rendija.

—¿Has acabado? —dice mi hijo—. No quería molestarte...

—Ven aquí, tú no me molestas nunca. —Abro los brazos para acogerle en ellos. Él se acerca y le doy un abrazo a la vez que beso su frente—. ¿Qué has hecho hoy? ¿Todo bien en el cole?

—Sí, todo bien y ya he hecho las tareas.

Miro el reloj.

¿Cuánto tiempo llevo navegando por esa página? Se han volatilizado los minutos sin apenas darme cuenta de que ahí fuera ya comenzaba a oscurecer. Me muerdo el labio confusa, pero me obligo a sonreír a Jorge.

—¿Quieres ver lo que he hecho? —le pregunto fingiendo una ligereza que no siento.

—Claro —confirma limpiándose las manos en el pantalón.

—No, no puedes tocarlo aún, está secándose —aviso.

—Ah, vale... ¿Me dejarás tocarlo cuando se seque?

—Con las manos limpias, ya sabes que sí.

A Jorge le encanta tocar mis obras, acariciarlas, sentir las diferentes texturas de la pintura bajo las yemas de sus dedos... Al niño le gusta el arte, eso no se puede negar, aunque luego también posee esa seriedad casi severa tan característica de su padre.

Nos acercamos al cuadro y enciendo la luz para que pueda verlo bien. Él acerca su nariz al lienzo y aspira en profundidad.

—Me gusta mucho como huele, huele a ti. —A veces dice cosas que me desarman por completo y ni siquiera se da cuenta—. Y me encantan los colores que has utilizado... ¿Quién es?

—El dueño del cuadro. Quería un retrato y mamá se lo ha hecho.

—Aun así, se nota que es tuyo... No es un retrato normal. Me gusta mucho.

Se me escapa una carcajada. Para no tener ni idea de arte, más allá de lo que le gusta y lo que no, mi hijo suele dar en el clavo.

Por supuesto que hago encargos; los artistas, por muy artistas que seamos, necesitamos pagar facturas, como todo el mundo, y si alguien quiere un retrato suyo, de su mascota o de su tía Paqui, yo lo hago. Lo único que tienen que saber es que los voy a hacer con mi estilo, que no esperen un retrato tradicional, porque ahí es donde me bajo del encargo. Me puedes decir lo que quieres, pero no me puedes decir cómo lo quieres.

—Muchas gracias, cariño. —Le vuelvo a abrazar y él me devuelve el abrazo—. ¿Tienes hambre?

—Sííí.

—Pues vamos, papá tiene que estar a punto de llegar.

Salimos del estudio apagando las luces y cerrando la puerta a nuestra espalda y caminamos por el pequeño jardín hasta la casa, silenciosa y casi totalmente a oscuras hasta que la llenamos con nuestra presencia.

Jorge me ayuda a preparar la cena, le gusta cortar las verduras; a pesar de que tiene ya once años, a mí me sigue dando pánico verle con un cuchillo en la mano, pero me obligo a no decir nada. En algún lugar leí que es bueno para su autoestima y su independencia ir dándoles tareas acordes a su edad y permitir que las hagan ellos solos. Y eso he ido haciendo desde que era pequeño. Comenzó haciendo sólo su cama y, según creció, fue responsabilizándose poco a poco de mantener el orden en su habitación, de decidir cuándo tenía que echar algo a lavar... Hasta ahora, que comienza a ayudarnos a su padre y a mí cuando cocinamos o cuando ponemos lavadoras, que es lo máximo que podemos hacer porque el resto del tiempo estamos los dos trabajando. Además, yo tengo que viajar cada vez que expongo fuera de la ciudad, por lo que tenemos contratada también una empleada del hogar, Elsa, que se encarga de la limpieza; aun así, yo no puedo evitar ponerme a recoger antes de que llegue cada mañana.

Elsa lleva con nosotros desde que nació Jorge y para mí es de la familia. Ni sé la de veces que me ayudó cuando el bebé llegó a casa, cada vez que yo entraba en pánico porque no sabía qué hacer... Al fin y al cabo, no nacemos dominando los entresijos de la maternidad y los libros que leía en aquel momento sobre el tema daban, en muchas ocasiones, información contradictoria, lo que me indicaba que yo tenía razón: ser madre es ir aprendiendo día a día, es ir improvisando sobre la marcha. Y, para mí, la ayuda de Elsa, que tiene dos hijos, uno ya con veinte años y una niña cuatro años mayor que Jorge, ha sido fundamental.

Tiene un contrato de seis horas, de lunes a viernes. Comienza su jornada en casa a las ocho y media de la mañana y, a esa hora, yo ya le tengo el desayuno preparado, se ha convertido en una tradición desayunar juntas, charlando sobre nuestras cosas. Así supe de su vida, que no ha sido nada fácil. Llegó de Ucrania hace casi veinte años y fue limpiando de casa en casa por horas hasta que reunió el dinero suficiente para traer a su marido y a sus hijos. Trabajaba siempre sin asegurar, sin derechos, hasta poco antes de conocerla, que ya había comenzado a pedirles un contrato a sus empleadores... Unas veces con más suerte que otras. Nosotros no tuvimos problema con ello y ya lleva once años en casa.

Soy muy consciente de lo diferentes que son nuestras vidas, de lo sencillo que ha sido para mí y lo difícil que lo ha tenido Elsa, y eso sin contar con la culpabilidad que siento por tener a otra persona limpiando mi casa.

Problemas del primer mundo.

Si bien, también sé que me es muy difícil renunciar a su ayuda, así que he tenido que llegar a una especie de acuerdo conmigo misma. Es algo tan sencillo como tratarla como el ser humano que es. Trabaja para mí, pero no es mi sirvienta. La quiero por la mujer que es y la respeto por haber conseguido sacar a una familia, a la que adora, adelante teniéndolo todo en contra.

Y aquí estoy yo, apenas consciente de que mi propia familia se encuentra en estado decrépito.

Continúo cocinando con Jorge, preparando una cena que comeremos con su padre, rellenándola con charla vacía e insípida hasta que podamos sentarnos, de nuevo en silencio, delante de la tele a ver la última serie de Netflix. Mientras tanto, mi imaginación sigue y seguirá amueblando los pisos que sé que nunca alquilaré.

Y no sé bien qué significa eso.

6

Tima

Me da la impresión de que no voy a pasar una buena noche.

Otra más.

No hago más que dar vueltas sobre el colchón intentando conciliar el sueño. David hace rato que se ha dormido. Siento su respiración regular junto a mí, pero yo sigo pensando que el haber estado tanto tiempo mirando pisos tiene que tener un significado. No ha sido un simple entretenimiento.

¿Estoy fantaseando con una nueva vida sin David?

¿Y dónde deja todo eso a Jorge?

Por supuesto, conmigo.

No me van a separar de mi hijo, antes le prendo fuego a todo.

Eso es así.

No obstante, tengo que pensar en cómo le podría afectar que su padre y yo nos separásemos. Es un buen niño, sensible, divertido, inteligente, cariñoso... Y también es un poco dramas, un poco intenso.

Adoro a mi hijo, pero las cosas como son.

A veces me arrepiento de no haberle dado un hermanito o hermanita. A Jorge no le habría venido mal, por aquello de endurecerse... Aunque ya es tarde para ello, sobre todo si su padre y yo nos separamos. Y eso sin contar con los cuarenta y cuatro años que arrastro a mis espaldas. Que sí, que vale, que todo el mundo dice que no los aparento, lo mismo es por mi estatura o por mi cabello pelirrojo, abundante y rizado, o puede que por mi eterna delgadez. No sé por qué es, pero aun con esa genética privilegiada que me han legado mis padres —sobre todo, mi madre—, los tengo. Llámame loca, pero se me hacen demasiados como para ni siquiera pensar en tener otro hijo.

Es curiosa la manera en la que funciona la edad. Por un lado, cuarenta y cuatro años me parecen muchos para plantearme otro embarazo, pero, por otro, no me parecen los suficientes como para tener que continuar viviendo con un hombre con el que ya no soy feliz.

Me sorprendo de nuevo por el curso de mis pensamientos.

Ahí está la idea.

Otra vez.

A ver si va a ser que, de verdad, quiero separarme.

A ver si esto no va a ser una mala racha.

La peor de todas las que hemos tenido.

Tendré que hablarlo con mamá, aunque ya puedo escucharla: «Cariño, separarme fue la mejor decisión que pude tomar. No aguantaba a tu padre y, mira ahora, es mi mejor amigo. No fracasan las personas, fracasan las relaciones. Si no eres feliz, haz algo al respecto». Y bla, bla, bla.

Sí, mis padres se separaron cuando yo era una adolescente. Se tomaron su tiempo para decírmelo y, siendo honesta, cuando por fin lo hicieron, tampoco me extrañó mucho. Estaban todo el día discutiendo, aunque siempre intentaron no hacerlo delante de mí. Aun así, yo podía escucharles desde mi habitación —siempre esperaban a que me fuese a dormir, todo un detalle por su parte—. Una vez se separaron, se acabaron las peleas y, poco a poco, con el paso de los años, fueron reconstruyendo su relación con ladrillos distintos a los del matrimonio, algo de lo que yo me sentí muy orgullosa; al fin y al cabo, si habían seguido relacionándose, había sido, más que nada, porque tenían una hija en común.

Esa soy yo, la hija en común.

Nunca hablaron mal el uno del otro, al menos no a mí. Nunca me vi en la situación de tener que ponerme de parte de uno o del otro, cosa que yo agradecí. Siempre me mantuvieron al margen de sus emociones y se preocuparon por mí, por darme una estabilidad que ellos ya no tenían como pareja.

Con el paso del tiempo, mamá rehízo su vida con otro hombre del que, después, también se divorció. Pero mantuvo el contacto con papá y, sí, hoy en día son grandes amigos. La forma de su amor ha ido cambiando, pero siguen queriéndose y a mí con eso ya me vale.

¿Sería yo capaz de conseguir algo así si me separaba de David?

Lo dudaba.

El problema es que David y yo apenas discutimos... ¿Cómo vamos a hacerlo si casi no hablamos? Al menos ya no hablamos como antes. Nuestras conversaciones giran en su mayoría en torno a cosas prácticas como las facturas, el colegio de Jorge, la compra, quién lleva el coche a la revisión o la cena de cada día. Esos son los temas habituales, más o menos.

Ya no hablamos sobre nosotros.

Y sí, antes solíamos mantener conversaciones íntimas tras hacer el amor, pero he perdido la cuenta de las veces que hemos comenzado hablando como antes lo hacíamos y, en menos de diez minutos, hemos acabado en los temas cotidianos, por eso el otro día ni siquiera lo intenté.

No sé si el problema es mío, suyo, de ambos o de quién. Tampoco importa. Sólo sé que tenemos un problema.

Y ni siquiera creo que él se haya dado cuenta.

Me explico.

Mis padres, a pesar de sus peleas, hablaban. Hablaban mucho. Antes de su divorcio —mucho antes—, yo les veía enamorados. Bromeaban, reían y no tenían ojos para nadie más. Eran felices juntos. ¡Si hasta he llegado a avergonzarme de ellos!

Sí, claro que he sentido vergüenza ajena, por ejemplo, cuando venían amigas a casa y ellos tonteaban y se besaban. En esos momentos yo sentía el calor subiendo por todo mi cuerpo, sentía cómo mi rostro iba enrojeciendo y con él, mis orejas. ¡Qué absurdo! ¡Adultos actuando como chiquillos enamorados! No veía a otros padres comportarse como ellos lo hacían... En resumen, lo que quiero decir es que me he criado en un hogar en el que había amor. Luego se fue todo a la mierda, de acuerdo, pero hubo amor entre ellos.

Amor verdadero.

Al divorciarse, tuve que pasar por «la charla», no sé si me explico. Ese instante en el que te sientan y te cuentan sus motivos para el desamor. Te dicen que ambos han cambiado y que ya no sienten lo que se supone que una pareja debe sentir. Que son personas distintas a las que se dieron el «sí quiero».

Distintas e incompatibles.

Y tú lo aceptas porque tienes diecisiete años y todo suena muy razonable, pero no terminas de entenderlo. Te viene grande la situación.

La cuestión es que de pequeña fui testigo de la forma del amor. Puede que mi cerebro lo procesase más tarde, de acuerdo, cuando, ya libre de los prejuicios típicos de la edad del pavo, comencé a entender de qué iba eso de estar enamorado. Había visto muchas películas, leído muchos libros, pero toda esa ficción carecía de algo esencial: verdad.

En las pelis todo es un vaivén emocional con altos y bajos hasta que los enamorados triunfan. Y nos lo cortan justo cuando llega lo que es de verdad interesante: el día a día.

Yo, en casa, había visto lo que pasaba en ese día a día, cómo al final la vida se comía a los protagonistas, por muy enamorados que estuviesen. Pero al menos tenía el término comparativo. Había asistido como espectadora al antes y al después de una relación en la que había habido verdadero amor.

David no lo había tenido.

O eso creo.

Sus padres siguen casados.

Eso sí, por lo que he visto, no se aguantan.

Se casaron al terminar su padre la carrera de Arquitectura; su madre también estudió, Derecho, en su caso, pero nunca ha ejercido. Para qué, tampoco le ha hecho mucha falta nunca.

Ambos eran de buena familia. Y cuando digo «buena familia», me refiero a que los padres de ambos, o sea, los abuelos maternos y paternos de David, estaban forrados.

Y lo siguen estando.

Se casaron jóvenes y el padre de David comenzó a trabajar en la empresa de su padre, empresa que, más tarde, heredó y de la cual mi marido es socio.

Y heredará, llegado el momento.

La madre no ha tenido nada mejor que hacer que criar a su hijo y realizar obras benéficas envuelta en voluminosos abrigos de pieles, para que se note lo lejos que está de aquellos a los que ayuda.

Son como una película de los sesenta.

Boomers de manual.

Supongo que al principio estaban enamorados, como todas las parejas.

Supongo. Tampoco lo sé con total seguridad.

Supongo también que, con el avance del tiempo, dejaron de amarse y se acostumbraron a vivir juntos y, aun así, separados.

David proviene de una familia tradicional y cuando digo tradicional, quiero decir religiosa. Mucho. De las que piensan que el divorcio es lo peor que te puede pasar en la vida. De los que piensan que el matrimonio sí es para siempre. Te guste o no. Una condena que te buscas tú, sin ayuda de nadie.

No creen en el divorcio, pero, si me preguntan a mí, el divorcio sí cree en ellos.

Sus padres, Alfonso y Begoña, apenas se miran. Y creo que mi marido ha interiorizado que eso es lo normal en las parejas. La evolución habitual y natural del estado civil «casado».

De puertas para afuera, mis suegros todavía hacen algún esfuerzo por aparentar lo que no son. Se hablan con educación, curvan sus labios en sonrisas que no alcanzan los ojos y mantienen una falsa fachada de cordialidad.

En la intimidad, he visto cómo a duras penas pueden soportar la presencia del otro. Hablan a través del servicio —porque tienen servicio, no una persona externa que les echa una mano—; cuando se encuentran en la misma habitación, la temperatura de ésta desciende hasta situarse varios grados por debajo de cero; nunca, nunca, hacen planes de pareja a no ser que sean actos en los que deben fingir que siguen siendo un matrimonio feliz o que salgan a cenar con nosotros; y llevan sin dormir en la misma habitación desde que David era un niño de cinco años.

Eso último me lo dijo mi marido hace más tiempo del que puedo recordar.

No sé, a mí todo eso me da alguna pista de cómo van las cosas entre ellos. No sé si pasó algo o es que se casaron porque era lo que tocaba y se conformaron con lo que tenían a mano.

Él es buen hombre, chapado a la antigua, pero cariñoso con los que le rodean. Por supuesto, fue un padre ausente que suplió su ausencia con ingentes cantidades de pasta, de la de gastar, no de la de comer.

A mí me tolera bastante bien, siempre se alegra cuando vamos con el niño a verlos, ya sea a su chalet de La Moraleja o a cenar en algún restaurante, porque, eso sí, siempre vamos nosotros, nunca vienen ellos.

Alfonso se sorprendió mucho cuando supo a qué me dedicaba. En su cabeza los artistas eran poco más que bohemios empobrecidos y drogadictos natos que lucían cortes de pelo vanguardistas y ropas extravagantes; no obstante, venció sus reticencias y mostró interés por lo que yo hacía. Puede que, al principio, lo considerase más como una rareza o una curiosa afición mía, pero, poco a poco, fue mostrando una verdadera fascinación por mi trabajo, y con ella vino el respeto y podría decir que hasta el cariño.

Cuando David me presentó a sus padres, yo todavía trabajaba en una galería de arte, en la de mi madre, para ser exactos, si bien ya había comenzado a intentar abrirme camino como pintora y escultora. Él se ofreció a presentarme a algunos de sus amigos, interesados en el mecenazgo de nuevos talentos y, a pesar de que yo rechacé su ayuda de la manera más amable posible —al fin y al cabo, para eso ya tenía a mis padres—, nunca ha dejado de interesarse por cómo me va y de alegrarse por mis éxitos.

Begoña, en cambio, sigue considerando que mi trabajo es un hobby, algo que hago para matar el tiempo del mismo modo que ella hace obras de caridad. Nunca me ha tomado en serio. Creo que en secreto desprecia mi trabajo… Bueno, en secreto, no. Lo desprecia abiertamente.

Y a mí con él.

No soy lo suficientemente buena para su adorado hijo.

La cuna en la que nací no era de oro. Mis padres no dejan de ser dos personas a las que les ha ido bien, pero no perdamos de vista que han sido siempre dos curritos dependientes de su sueldo para poder pagar las facturas. Su origen es humilde, como el de la mayoría de los seres humanos. Y, además, están divorciados.

En *El mundo según Begoña* existen varios niveles de personas: en el más alto se sitúan ella y David, los dos seres humanos más perfectos de la existencia conocida; en el siguiente podríamos poner a la realeza y a la nobleza, porque para algo son eso, reyes, condes y marqueses; un escalón por debajo estarían las personas cuya situación económica es «nadando en panoja desde que llegaron al mundo» —incluyendo ahí a su propio esposo—; y en la base de esa pirámide construida con los palillos de su inane imaginación y en la que el dinero es lo que da valor a las personas, el resto de la población del planeta, o lo que es lo mismo, unos ocho mil millones de personas.

Vamos, que la mujer es gilipollas.

Y una clasista.

Y mi suegra. Eso también es.

La cuestión es que David ha crecido en una casa, que no es lo mismo que un hogar. Un ambiente en el que sus padres apenas hablaban. Él dedicado en cuerpo y alma a su trabajo y ella a sus cosas de señora rica que puede mirar por encima del hombro a todo el que la rodea.

No me malinterpretéis, su padre también es muy clasista, pero, por lo que sea, conmigo no lo es. Creo que hizo un esfuerzo al ver que su hijo me quería.

Ella no lo hizo.

Todavía recuerdo el día que nos casamos. Se pasó toda nuestra boda mirando alrededor, como si del resto de los invitados emanase un desagradable olor a sulfuro... Y no ha cambiado mucho de actitud en los catorce años que David, la joya de su corona, y yo llevamos juntos. Y sólo estoy contando los años que llevamos casados, que son los únicos que valen para ella. Los tres que estuvimos saliendo antes de que David me pidiese casarme con él no son válidos en el cómputo general del universo de Begoña, porque no dejó pasar ni un día sin intentar convencerle de que me dejase.

Nuestra boda fue su fracaso.

Nuestro divorcio sería su triunfo.

Un triunfo agrio, por aquello de que no cree en el divorcio, pero triunfo, al fin y al cabo.

7

Eva

Las normas de Eva para salir con hombres:
1. Nunca, nunca, nunca liarme
con compañeros de trabajo.

Entró en el piso con un enorme ramo de flores y se dirigió a la cocina. Tanteó en el interior de uno de los armarios con una sola mano hasta que sus dedos rozaron la superficie suave y fresca del objeto que buscaba: un jarrón. Precioso, de cristal violeta, esmerilado y tallado en relieve. Le gustaba mucho ese florero. Era uno de sus favoritos. Al incidir en su superficie, la luz de la lámpara que colgaba sobre la mesa del comedor creaba hermosos dibujos de color malva a su alrededor, y eso, unido a las flores, otorgaba a ese rincón de su piso un aspecto mágico, hermoso, como si hubiese sido sacado de una revista de decoración.

A Eva le encantaban las revistas de decoración.

Y los jarrones.

Los tenía de todos los tamaños y colores: de porcelana, de cristal, de peltre, de aluminio, de arcilla... En blanco, negro, gris, dorado, azul, verde, plateado... Si existía, lo tenía. En más de una ocasión se había encontrado regalando alguno a su madre o a alguna de sus amigas por el motivo más simple de todos: no le cabían más en los armarios de casa, no obstante, había visto uno en algún escaparate —otro más— que la había enamorado y, claro, había necesitado comprarlo.

¿Para qué utilizaba Eva tantos jarrones, vasijas y floreros? La respuesta era sencilla: para tener siempre flores frescas en casa.

De pequeña fantaseaba con vivir en su propio piso y que éste estuviese lleno de flores frescas. Y lo había cumplido si por lleno entendíamos un ramo en el salón. Eso sí, siempre había uno y siempre en buen estado, salvo que Vader se aburriese, claro.

Compraba invariablemente el más vistoso y colorido que hubiese en la floristería de su calle, ya fuesen peonías, tulipanes, margaritas, dalias, lirios… No le importaba la flor del ramo mientras este estuviese lleno de color. Sólo había dos excepciones a esta norma, las rosas y los claveles: no soportaba el aroma de las rosas ni el aspecto mundano de los claveles.

Esa semana se había decidido por gerberas, las margaritas esas grandes que tanto le gustaban, en blanco, rosa fucsia, amarillo y morado, por eso había elegido el florero violeta. Lo llenó de agua y arregló el conjunto.

Recordaba cómo en su casa las flores habían sido un lujo y, aun así, su padre se las llevaba a su madre sin motivo alguno. Y cada vez que lo hacía, el día se convertía en una ocasión especial.

Cuando su padre venía con un ramo, su madre se ponía muy contenta y reía y bromeaba con Eva y con su hermano, Sergio, sobre qué habría hecho su marido para venir con flores de disculpa a casa; y se permitía bromear sobre ello porque estaba segura de que él no había hecho nada malo. Se querían con locura.

A ojos de Eva, sus padres eran una pareja que volaba rozando con sus alas la perfección.

Uno de los motivos por los que no se había casado ni tenía pareja era que comparaba todas sus relaciones con la de sus padres... Y ninguna pasaba el corte. Ni siquiera se acercaban.

El matrimonio de sus padres había pasado por baches, casi socavones, normalmente a causa del dinero, que nunca sobró —de hecho, casi siempre faltaba—, pero los habían superado con lo único que sí tenían: su familia y el cariño que respiraban en casa.

Eva nunca había tenido zapatillas de marca, siendo niña había heredado los pantalones, las camisas y las camisetas de su hermano. No fue hasta la adolescencia que comenzó a tener su propia ropa, la más barata que encontraba, claro, y, hoy en día, a pesar de poder permitirse mejores cosas, continuaba sin gastar en exceso en prendas de vestir, ¿para qué? Sólo era ropa. Pasaba de moda enseguida.

En lo que más gastaba Eva era en su piso. Su pequeño castillo. Su refugio. Su rincón del mundo. Le gustaba mirar alrededor y ver lo bonito y acogedor que era.

Lo había comprado hacía seis años. Como hija de familia trabajadora, le habían inculcado que lo más importante era tener un piso propio, y en cuanto se sintió lo bastante segura en el trabajo, se decidió. No era muy grande: dos dormitorios, dos baños —uno de ellos en su habitación—, salón y cocina. Eso sí, tenía una terraza y orientación sur, por lo que la luz natural abundaba. En su piso se sentía segura y pasaba en él la mayor parte de las horas que no estaba en la oficina, así que más le valía que le gustase.

Para Eva, las flores que se compraba ella misma invocaban aquellos días felices de su infancia. La hacían sonreír del mismo modo que el ramo que traía su padre pintaba una sonrisa enorme en el rostro de su madre.

Colocó el jarrón ya con sus nuevas habitantes sobre la mesa de madera, encendió la lámpara —algo innecesario por completo, puesto que eran algo más de las doce del mediodía— y se alejó unos pasos para comprobar el efecto.

Perfecto.

Quedaba perfecto. Pero eso ella ya lo había sabido.

—Ni se te ocurra, Vader —avisó.

El gato se había encaramado a la mesa con uno de esos saltos felinos, elegantes y silenciosos, y fijaba una mirada hipnotizada en los reflejos del cristal sobre la madera.

—Ni lo pienses, gato —insistió Eva cogiéndolo en brazos—. No si no quieres morir a la tierna edad de cuatro años. —Se alejó de la mesa en dirección a la cesta de juguetes, eligió un ratón de felpa y lo agitó frente a los ojos de Vader—. Toma esto y deja en paz mis flores.

Dejó al animal en el suelo y le tiró el muñeco. Vader correteó hasta él y lo atacó con claros instintos asesinos. Eva le lanzó una mirada divertida y caminó hasta el interruptor. Lo presionó para apagar la lámpara a la vez que le echaba un vistazo al reloj que llevaba en la muñeca.

—Pero ¿cómo va a ser esta hora? ¿En qué se me ha ido la mañana? —exclamó nerviosa.

Se había hecho tarde. Mucho. Tenía que empezar a arreglarse.

No sabía cómo había sucedido, seguramente él la había pillado con la guardia baja, en el trabajo, más concentrada en el desafío que tenía delante que en lo que le decía su nuevo «compañero». No sabía tampoco muy bien cómo referirse a Alejandro, porque, ateniéndose al sentido estricto de la definición de la palabra, no era su compañero, no trabajaban en la misma empresa, sólo estaban en el mismo proyecto; no era tampoco su jefe, para eso ya estaba Luis; y no le gustaba referirse a él como cliente por encontrar ese término demasiado mercantil; así que había elegido la opción más inofensiva de las tres: compañero. Con un matiz: en su cerebro siempre aparecía entrecomillada. A Eva le gustaba utilizar bien las palabras y el no encontrar la correcta para describir una situación, lugar, acción o persona, solía dejarla un poco descolocada.

Si bien, en este caso, lo que la había descolocado había sido la invitación a comer de Alejandro durante la reunión que habían mantenido el miércoles anterior.

Llevaban trabajando juntos algo más de un par de meses y estaba casi todo a punto, ya que se trataba de acciones sobre todo en redes y online. Lo bueno: era fácil trabajar tanto con Alejandro como con Lucía, ambos escuchaban con detenimiento las propuestas que Eva y Luis les llevaban y no trataban de imponerse. Lo no tan bueno: sus oficinas estaban en el mismo edificio, por lo que últimamente les veía más a ellos que a sus propios —y auténticos— compañeros. Por otra parte, era muy sencillo cerrar una reunión cuando necesitaba discutir algo, que era lo que había pasado el miércoles.

—¿Estás en tu despacho? —preguntó Eva hablando por el móvil.

—Aquí estoy —replicó Alejandro.

—¿Estás ocupado? Quiero comentar algo contigo.

—Baja.

—Voy.

Eva cortó la llamada y se dirigió al ascensor. En menos de dos minutos estaba llamando con los nudillos a la puerta del director de marketing.

—Pasa —invitó Alejandro.

—Hola, ¿cómo vas? —Eva se sentó en la silla frente a la mesa de él sin que la invitasen a hacerlo y buscó en su iPad el archivo que quería enseñarle—. No me gusta. Esto no me gusta.

Giró el dispositivo para que el hombre pudiese ver aquello que tanto le molestaba. Se trataba de un vídeo.

—¿Qué no te gusta?

—Nada, no me gusta nada. Sé que queréis mantener una imagen fresca —comenzó a explicar Eva—, pero creo que tendríamos que elegir prescriptores que no se pongan diez millones de filtros. En serio, creo que tenéis que hacerlo con profesionales. Las hay a patadas en redes. Y muy buenas... Y también incluir hombres.

Para el lanzamiento internacional querían llevar a cabo una campaña en redes sociales con influencers de cada país donde iban a presentar la marca. A la empresa de Eva le había parecido bien, la única discrepancia entre los puntos de vista de ambas partes era que Eva prefería que se hiciese con maquilladoras y maquilladores profesionales y Lucía y Alejandro se inclinaban más por instagramers y tiktokers con millones de seguidores.

Y Eva odiaba eso.

—Creo que tienes razón —comentó él devolviéndole el iPad—. Mejor que nos ciñamos a profesionales, y pondremos una cláusula en el contrato para que no usen filtros. Los filtros no nos benefician como marca.

—Vaya, ha sido fácil convencerte... Si lo llego a saber, te lo digo antes.

—Lo hiciste en la última reunión. E insististe bastante sobre ello. He pensado mucho sobre el tema y creo que sí, que tienes razón. Es mejor elegir maquilladores profesionales, aunque no tengan tantos seguidores, el mensaje lo recibirán las personas correctas. —Hizo una pausa—. Y solucionado esto, ¿quieres comer conmigo el sábado?

—Mmm...

Eva miraba la pantalla, distraída, casi hipnotizada por el filtro de belleza de la mujer del vídeo, preguntándose cómo podían ser tan realistas, tan perfectos, así que contestó sin saber muy bien qué le había preguntado su interlocutor.

—Sí, claro.

—¿Sí?

—Sí ¿qué? —replicó Eva volviendo al mundo real.

Alejandro rio.

—Que si quieres comer conmigo el sábado.

—Ah... —Eva dudó.

Por un lado, quería decir que sí, aquel tipo le parecía lo bastante interesante como para querer conocerle más. Cada vez que necesitaban verse para hablar sobre algo de la campaña que se traían entre manos, Eva sentía una especie de vacío en el estómago. Uno similar al producido por la caída de una montaña rusa tras llegar al punto más alto. Eso hacía siglos que no le sucedía y no terminaba de ser desagradable. También se había pillado arreglándose algo más de lo normal cuando sabía que iban a coincidir, pero se decía que era sólo porque quería causar una buena impresión en Lucía, que siempre iba divina. Bueno, más que ir divina, Lucía era divina.

Por otro lado... Eva tenía una serie de normas que no solía saltarse; la primera, y una de las más importantes, era nunca, nunca, nunca liarse con compañeros de trabajo. Pero ¿era Alejandro un compañero de trabajo en el sentido más estricto del término? La respuesta, según Eva, era que no... O a ella no se lo parecía. Cuando acabasen aquel proyecto, cada uno volvería a su despacho y no tendrían que cruzarse por los pasillos de la empresa ni nada de eso. Aunque, trabajando en el mismo edificio, podría pasar. Era algo que no se podía descartar; sin embargo, «cruzarse con» no es lo mismo que «trabajar en estrecha colaboración con».

Y había algo más que considerar: la posible pérdida de control que aquella comida podía implicar. A Eva le gustaba controlar su entorno, era la única manera de sentirse segura en él. Hasta el momento, ella había dirigido los intercambios con Alejandro, ella hablaba, proponía o sugería y él escuchaba y matizaba o, incluso, rechazaba alguna de las propuestas que ella hacía, pero eso era parte de la relación que les unía, no era nada personal. En un ambiente laboral, ella tenía el control de lo que hacía, fuera de él... Eso no tenía por qué ser así.

De cualquier modo, Eva no sabía muy bien a qué venía aquella invitación, lo mismo era algo así como una cita o lo mismo era una comida de negocios, para seguir profundizando en la campaña... Y sólo podría saberlo con seguridad aceptándola.

—¿Y bien? —La pregunta sonó casual, casi desinteresada, pero Eva notó en su postura cierta tensión en los hombros y en los brazos mientras su mirada intentaba fingir ligereza, casi indiferencia, sin terminar de conseguirlo.

Lo mismo sí que era una cita. Y por probar...

—Sí, claro —aceptó Eva por fin—. Mándame un wasap con los detalles y allí estaré.

No habían vuelto a verse desde el miércoles.

Y, en el fondo —y no tan al fondo, si era sincera consigo misma—, a ella le apetecía mucho verle fuera del ambiente del trabajo.

Eva corrió al baño casi atropellando a Vader por el camino, que saltó quitándose de en medio y le lanzó una de sus famosas miradas homicidas.

—Lo siento, gato —se disculpó ella—. Llego tarde.

Habían quedado en menos de una hora y ni siquiera se había duchado todavía.

8

Eva

—Perdóname —se disculpó Eva al acercarse a él. Se había prohibido correr. Llegaba tarde y eso siempre la ponía nerviosa, le gustaba ser puntual, de hecho, era una excepción que no lo fuese, pero se había propuesto no llegar trotando para no parecer ansiosa—. ¿Recibiste mi mensaje? Se me hizo algo tarde y no quería tenerte esperando.

—Sí, no te preocupes —dijo Alejandro inclinándose para darle dos besos. Eva dio un paso atrás, más por la sorpresa que por otra cosa. El hombre se quedó congelado por una fracción de segundo, hasta que una sonrisa se extendió por su rostro—. Vaya, qué bonito. Nuestra primera cobra, chispas.

«Por lo menos no se lo ha tomado mal», pensó Eva.

—Lo siento, lo siento —se disculpó ella con una risa nerviosa—, es que no me lo esperaba, no sé muy bien cuál es la etiqueta a seguir en estos casos.

—¿En estos casos?

—Sí, cuando quedas con alguien de la oficina y esas cosas... No suelo hacerlo. Bueno, mejor dicho, nunca lo hago.

—Actúa como si nos hubiésemos conocido en cualquier otro sitio —replicó él con picardía—, porque nada más lejos de mis intenciones que hablar de trabajo hoy. ¡Es sábado!

Por lo visto era una cita y no horas extra no remuneradas. Estaba bien saberlo.

Eva pensó que parecía diferente y se fijó más en el hombre con el que había quedado mientras entraban en el local y los acompañaban a la mesa. Hasta que no estuvieron sentados, no se dio cuenta de qué era. ¡No llevaba traje! Se le veía muy cambiado con unos vaqueros, una camiseta negra de *Star Wars* —Eva le dio puntos por ello—, una chaqueta de cuero, que ahora descansaba en el respaldo de la silla, y zapatillas de deporte. Parecía varios años más joven... Incluso llevaba el pelo distinto, algo más despeinado.

—Te queda bien el rollo informal —afirmó Eva acomodándose en su silla—. Casi no te reconozco. No pareces la misma persona.

—A ver, es que sólo me has visto con traje... Y no es que me guste precisamente, pero es lo que toca. En mi tiempo libre soy más de vaqueros.

—También es más cómodo, ¿no? —Él la miró levantando la ceja en un signo de interrogación, esperando a que aclarase lo que acababa de decir—. A ver, a lo que me refiero es a que, con el traje, por lo menos, sabes qué te vas a poner cada mañana... Vamos, que no tienes que estar eligiendo cada día. Hoy, traje; mañana, traje; pasado, traje... Y así. Con tener unos cuantos en el armario, ya estaría.

—Visto así... —replicó él con una mueca de escepticismo.

—No te convence mi teoría.

—Ni un poquito —rio Alejandro—, es una teoría de mierda, preferiría vaqueros y camiseta a diario.

—¿Te gusta? —preguntó Eva señalando la camiseta.

El dibujo mostraba, a un lado, la mitad de un casco y, al otro, la frase THIS IS THE WAY en letras mayúsculas.

—Sí, claro, si no, no me la habría comprado... —respondió él extrañado.

—No, hombre, me refiero a la serie, *El Mandaloriano*.

—No me fío de nadie a quien no le guste —afirmó él señalando la camiseta de Eva.

Aunque lo intentó, Eva no pudo reprimir una sonrisa.

Ella había terminado eligiendo para ese día un top de tirantes anchos en blanco con el escudo de la Alianza Rebelde, también de *Star Wars*. Había pensado mucho qué ponerse, qué imagen quería dar y, por fin, había decidido ir vestida de ella misma. Se sentía mucho más segura cuando no tenía que fingir ser alguien que no era.

Mejor que la llamase rarita cuanto antes. No sería la primera vez que un tío la miraba con condescendencia cuando se enteraba de que le gustaban los cómics o las películas de Marvel y se lanzaba a explicarle por qué estaba TAN equivocada. Por lo visto, no eran gustos lo bastante adultos; por lo visto, tenían que gustarle el cine de Haneke, Bergman o Coppola —algo que no era incompatible con las películas de superhéroes—, leer libros intensos y vestir como su madre para que la tomasen en serio.

—Si me dices que también te gustan los cómics, *El señor de los anillos* y las cosas frikis en general, me caso.

—¿Nunca lo has hecho? —preguntó Alejandro.

—¿El qué?

—Pues eso, casarte —aclaró él.

—¡Ah, eso! No, nunca. ¿Y tú?

—Tampoco.

—Vaya, otro con tara...

—Explícame eso de la tara —pidió él con un gesto divertido.

—A ver, se supone que si no nos hemos casado o no tenemos pareja estable a nuestra edad —y al decir «pareja estable», Eva puso ambas manos a los lados de su cabeza y flexionó los dedos índice y corazón dos veces, el gesto universal para las comillas—, es porque tenemos una tara. Una importante. Es lo que afirman mi familia y mis amigos. Porque imagino que tú los cuarenta ya no los cumples, corrígeme si me equivoco...

—No, no te equivocas, cuarenta y tres —confirmó él—. ¿Y qué tara tienes tú?

—Eso depende de a quién le preguntes, claro.

—A ti. Te pregunto a ti. —Alejandro afiló la mirada.

Eva se apoyó en el respaldo de la silla, cruzó los brazos sobre su pecho y clavó los ojos en su interlocutor antes de responder.

—Entonces la pregunta está mal formulada —dijo por fin—. La pregunta correcta sería cuál no tengo.

—Prefiero que me hables de las que sí tienes, creo que así la conversación durará más.

Eva lanzó una carcajada. La respuesta la había pillado desprevenida. Esperaba que él dijese algo tópico, un lugar común, como que no sería para tanto, que estaba exagerando o que él no veía tantos defectos en ella, pero no, había entrado en su sentido del humor, ácido, casi corrosivo, al que recurría cuando hablaba de ella misma sin probar antes la temperatura del agua con un dedito del pie.

—¿Cuánto tiempo tienes? —preguntó Eva todavía entre risas—. Esto se va a alargar.

—Todo el del mundo.

Comieron charlando sobre ellos mismos, conociéndose. Hacía mucho que Eva no hacía eso. Normalmente le presentaban a alguien o lo conocía a través de alguna app de ligues y, si le gustaba, no se molestaba en indagar sobre él mucho más que lo necesario para acabar en la cama, siendo siempre obligatorio que no fuese en la de ella para así poder largarse a su casa cuando le apeteciese. Era toda una maestra en encuentros —más bien, encontronazos— de una noche. Para algo había inventado Dios el Tinder.

Después, se limitaba a arrojarlos al foso de los cocodrilos, término acuñado por su amigo Marcos cuando todavía estaban en la universidad y que significaba darles la patada.

No le interesaba tener pareja, no le interesaba casarse y, en general, no le interesaban los hombres, entendidos estos como concepto y no como género.

Tenía amigos, masculinos, por los que sentía devoción. Uno de ellos, su propio hermano, al que adoraba y al que no veía tanto como le gustaría, ya que vivía en Barcelona. Él sí estaba casado. Luego estaba Marcos, al que conoció en primero de carrera y ahí seguían, a los cuarenta años, siendo amigos. Él se había ido a vivir a Londres hacía ocho años con su pareja, James, que era de allí, y tampoco se veían mucho, pero continuaban hablando a menudo. No podía olvidar a Luis, su jefe, su mentor, pero también su amigo, con quien había forjado una relación de respeto y cariño mutuos que había traspasado la barrera de lo laboral y que valoraba más de lo que podía expresar con palabras. Y, por supuesto, el novio de su amiga Marta, Alberto, a quien quería muchísimo, al que conocía hacía mil años, con quien se había emborrachado en más de una ocasión y quien había estado ahí para apoyarla siempre que lo había necesitado.

Eva temía que Marta y Alberto lo dejasen en algún momento. Le daba pánico que la pusiesen en la situación de tener que elegir a uno de ellos y prefería no tener que llegar a eso nunca. Para Eva, el mejor de los escenarios posibles era que terminasen casándose y fuesen felices para siempre.

Claro que había tenido relaciones largas, pero no creía haber estado nunca enamorada, al menos no desde que era una mujer adulta y con las cosas claras, al menos no como se supone que eso es.

Desde que había cumplido los treinta, nada de mariposas en el estómago, nada de encontrarse fantaseando con una vida compartida con nadie, nada de flotar en una nube... No sabía si esas cosas eran ciertas o sólo divagaciones de guionistas expertos en comedias románticas. Por lo que había podido averiguar, porque había preguntado a toda aquella persona con la que tenía confianza suficiente, eran ciertas, pero Eva nunca las había sentido con nadie. O lo había olvidado. Desconocía si era problema de ella o tan sólo que no había conocido a la persona que la hiciese sentir así. De hecho, desconocía si era un problema, ya que para ella nunca lo había sido.

Hubo una época, allá por los dulces veintitrés años, cuando todo el mundo a su alrededor comenzaba a emparejarse, que había llegado a plantearse si no sería que estaba poniendo el foco en las personas incorrectas, a ver si iba a ser que a ella no le gustaban los hombres, a ver si iba a ser que era lesbiana y, claro, así, como iba a enamorarse de un hombre. Cuando le dio una segunda vuelta a su incipiente idea, llegó a la conclusión de que eso era una soberana gilipollez. Le gustaban los hombres, disfrutaba del sexo con ellos, pero no la enamoraban. Eso era todo, ya le llegaría.

O no.

Tampoco le preocupaba mucho.

A mitad de la veintena, había tenido dos relaciones algo más serias. No habían acabado bien.

Ninguna de las dos.

Y así habían ido pasando los años.

Y se había plantado en los cuarenta.

Sola y contenta de estarlo.

Ahora casi hasta le daba pereza pensar en compartir su vida con nadie.

—¿Vas a tomar postre? —preguntó Alejandro leyendo la carta en la pantalla de su teléfono.

—¿Tú? —devolvió la pregunta Eva.

Aquel era un momento importante. Si el tipo la juzgaba por pedir postre o hacía algún comentario sobre su peso, aquella comida habría servido para, por lo menos, bajarle del pedestal en el que comenzaba a subirle. Le tocaban las narices los tíos que controlaban lo que comía una mujer escudándose en que se preocupaban por ella y por su salud.

—Yo sí, pero quiero dos y no acabo de decidirme...

—Espera, que miro —pidió ella. Escaneó con su móvil el código QR que todavía estaba sobre la mesa y buscó los postres en el menú—. Si uno de los que quieres es la tarta Tatin, pide los dos. Si no, pídelos igualmente... Y añade una tarta Tatin. Yo te ayudo.

—¡Bien! —exclamó Alejandro—. ¡Por fin alguien que sabe que hay un estómago distinto para el dulce!

Eva había perdido la cuenta de los puntos acumulados que llevaba aquel hombre. Durante la conversación que había acompañado a la comida, había ido ganándolos de manera indiscriminada y lo del postre le había sumado otros cinco...

O diecisiete, qué más daba. A aquellas alturas, lo único que sabía Eva era que le gustaba.

—También me tomaría un café…

—No, espera —la interrumpió él—. Si quieres pedimos el café aquí, no hay problema, pero justo al lado hay un sitio donde hacen un café espectacular, tienen especialidades de todo el mundo… Si no se te ha hecho muy tarde, claro. Lo mismo tienes planes…

Eva no tenía más plan que irse a casa dando un paseo por el Retiro para bajar la comida y pasar la tarde en el sofá viendo películas con Vader hasta que llegase la hora de irse a dormir, también con el gato.

Le gustaba vivir la vida a tope.

No obstante, no quería confesar que no tenía nada que hacer para que Alejandro no creyese que esperaba algo más de aquella cita. Pero tampoco quería marcharse porque estaba disfrutando como hacía mucho que no lo hacía. Se le había pasado el tiempo sin darse cuenta. Tenía que pensar rápido en una solución que no sonase demasiado falsa… Y creía que la tenía.

Miró el reloj.

—Vale, si me dejas hacer una llamada cuando acabemos el postre, podemos arreglar lo de ese café.

Cuando no quedaron más que migajas en los platos, Eva se levantó de la mesa, cogió el móvil y salió del restaurante.

En la puerta encendió un cigarrillo y llamó a Marta, su mejor amiga.

—Holis —contestó ella al segundo tono—. ¿Qué pasa?

—Nada, que estoy comiendo con un tío y ahora quiere que vayamos a tomar café y no quería decirle que no, pero tampoco quería que supiese que mi vida es muy triste y que me iba a casa con el gato.

—Así que le has dicho que tenías que hacer una llamada para arreglar unas cosas y ahora le dirás que adelante con el café.

—Joder, cómo me conoces —rio Eva.

—Como si te hubiese parido, cari. Pero cuéntame, ¿y quién es él? —canturreó su amiga.

—¿Y en qué lugar se enamoró de ti? —continuó Eva.

—No, ahora en serio, quién es ese tío.

—¿Qué de un tío? —Eva escuchó a Alberto al fondo—. ¿Qué pasa con un tío?

—Te pongo en manos libres —dijo Marta—. Es Eva, amor.

—Lo sé, sólo ella te llama un sábado a estas horas, el resto de la humanidad tiene vida propia —replicó Alberto—. ¿Cómo estás, guapísima? ¿Has ligado?

—¿Por qué no me muero? —rio Eva—. ¿Os puedo volver a llamar mañana y os lo cuento todo? —preguntó sofocando una carcajada. Aquellos dos la conocían demasiado bien.

—¡Pero danos algo! ¡Un *teaser*! ¡Un titular! ¡Algo! —insistió Alberto con voz desesperada.

—Es mejor decir avance, no *teaser*, eso es un anglicismo, Alberto, que te lo tengo dicho. Mañana os cuento. Un beso —Eva cortó la llamada.

Dio una calada al cigarro y expulsó el humo despacio, pensando si no estaría equivocándose. Aunque, si así fuera, tampoco sería tan grave, nadie moriría como resultado de su error. Ese era su baremo más seguro cuando tenía que tomar una decisión: si las consecuencias podían llegar a ser mortales, no lo hacía; si no lo eran… El fallo no sería tan importante.

Eva se encogió de hombros y se acercó a una papelera para

apagar el cigarro y tirarlo. A continuación, encaminó sus pasos al interior del restaurante.

—Arreglado. ¿Pedimos la cuenta y vamos a por ese café? —dijo sentándose de nuevo frente a Alejandro.

—Ya he pagado, la próxima vez invitas tú —replicó él.

—Ah, que crees que va a haber una próxima vez —dijo Eva con una sonrisa torcida. Le fastidiaba un poco —bastante— que él estuviese tan seguro de sí mismo.

—No, para nada, no me malinterpretes. Sólo intento coaccionarte para que la haya. Si pago yo hoy, te sentirás obligada a pagar tú otro día.

—Veo algunas lagunas en tu estrategia —respondió Eva con una mirada escéptica.

—En absoluto, es un plan perfecto.

Eva tenía que reconocer que lo era. La había calado, no le gustaba que la invitasen y, de hecho, siempre insistía en pagar su parte. Había hombres por ahí que entendían las relaciones como una especie de forma de prostitución femenina: pensaban que invitar a una mujer a cenar, a comer o a una simple copa les investía, como por arte de magia, con el derecho inalienable de mantener relaciones sexuales con esa fémina.

Y, por lo que fuese, ella no lo veía así. Aun con eso, prefería no entrar en una diatriba sobre lo que pensasen otros hombres, no quería prejuzgar al que tenía delante sin contar con más información sobre él.

—Vale, tú ganas —accedió por fin Eva—, pero sólo porque me caes bien.

—Espera, no. —Alejandro estiró el brazo sobre la mesa y apoyó con suavidad su mano sobre la de Eva impidiendo que se levantase—. Sólo estaba bromeando, no tienes que invitarme otro día si no quieres.

—Ah, vale —replicó ella sin dar más explicaciones.

«El cabronazo se acerca bastante a lo que considero ser una persona decente», pensó.

Después del café fueron a tomar una copa. Y luego pidieron otra. La charla fluía entre ellos con facilidad, sin silencios incómodos, con muchas risas.

Y, cuando Eva quiso volver a mirar su reloj, eran las nueve de la noche.

Hora de despedirse.

Y preveía que iba a ser un momento bastante incómodo, porque a ella lo que le apetecía era arrastrarlo hasta el taxi más cercano, meterlo en él a empujones y llevárselo a casa para arrancarle la ropa. ¡A casa! ¡A su sagrado piso! ¡Lo nunca visto! Y creía que él estaba más o menos igual que ella. Aun así, sabía que no era lo correcto. ¡Joder, si trabajaban juntos! Vale que en su mente ya había dejado establecido que no eran compañeros de trabajo, pero trabajaban juntos. No quería meter la pata con él, que las cosas se pusiesen difíciles y perder un proyecto que era tan importante para ella.

—Bueno, ahora sí que se ha hecho tarde —comentó con ligereza—. Voy a tener que marcharme. Deja que pague yo las copas, por favor.

Alejandro hizo un gesto de invitación en dirección a la barra del local. Eva pagó, se puso la chaqueta y caminó hacia la salida. Él la siguió.

—Te acompaño a buscar un taxi —dijo.

No tardaron mucho en encontrar uno, se despidieron con dos besos y Eva se alejó en su caballo blanco con una línea roja oblicua atravesando la puerta.

La cosa no había sido tan embarazosa como había anticipado... No había intentado alargar la velada, ni quedar para otro día... Ni siquiera había intentado besarla.

Y todo ello, por mucho que le costase reconocerlo, le molestaba.

9

Tima

Si hace unos años me llegan a decir que me iba a ocurrir lo que me acaba de suceder, me hubiese reído en la cara de mi interlocutor. Y no habría sido una risa de esas educada, discreta, suave, nerviosa... No, en absoluto, habría sido una carcajada abierta, ruidosa, irónica, agresiva. De las que producen un dolor lacerante, casi físico, en quien la recibe.

Y, por supuesto, ahora mismo estaría llamando a esa persona para disculparme.

Menos mal que nadie me lo dijo, porque pocas cosas me molestan más que estar equivocada. Y no es que quiera tener siempre razón, es tan sólo que no me gusta no tenerla.

Continúo poseída por el espíritu de la incredulidad. No tanto por la petición de David, que también, como por mi respuesta a ella.

David lleva varios días raro, más esquivo de lo habitual, sumido en tal mutismo que resulta doloroso al oído. Durante esta última semana me he llegado a desesperar intentando encontrar temas de conversación porque el silencio en casa resultaba ya aberrante. Sólo quería acabar con él. Con el silencio, me refiero, no con mi marido.

Hasta Jorge se ha dado cuenta. Ayer me preguntó si nos pasaba algo, si habíamos discutido, y, al decirle que no, se marchó a su habitación todavía más ansioso y preocupado. Ni siquiera pude concederle a mi hijo la paz mental que supondría saber que existía un motivo tan válido y mundano como una pelea para el extraño comportamiento de su padre.

He llegado a pensar que todo era culpa mía, que mi marido había conseguido averiguar, de algún modo místico y misterioso, todo lo que pasa últimamente por mi cabeza: mis dudas con respecto a nosotros, mis deseos de cambio, mi inconformismo con nuestra situación... Y no, para nada.

Ahora lamento que no haya sido eso, porque, desde luego, hubiese sido menos sórdido que la realidad.

Hoy, a eso de las doce del mediodía, he llevado a Jorge a casa de su amigo Lucas, sus padres van a llevarlos a pasar el día al parque de atracciones. Cuando he regresado, a eso de la una, David estaba esperándome en el salón con dos copas de vino. Al principio he pensado que quería aprovechar esa tarde libre de niño digamos que de manera más... sexy.

En serio, yo ya me veía disfrutando de la compañía de mi marido, bebiendo vino, pidiendo algo a algún restaurante rico y deleitándome con la buena charla y, por qué no, las caricias. No sé, pensaba que era un buen momento para volver a conectar.

Como en los viejos tiempos.

Me he ilusionado pensando que David también echaba de menos nuestra antigua relación y que estaba intentando revitalizarla un poco.

JA.

SI ES QUE SOY TONTA.

—Tima, tenemos que hablar —dice David.

Sólo con esa frase, sospecho que la película que me he montado en la cabeza al entrar en casa no va a ser una comedia, va a ser más bien tirando a dramática.

Nunca, jamás, en la historia de la humanidad, nada que haya acabado bien ha empezado con un «tenemos que hablar». Eso es un hecho científico, empírico e irrefutable, una verdad de la naturaleza. Además de una carencia total de originalidad a la hora de comenzar una charla desagradable.

Eso es así.

—Ajá... ¿Y de qué quieres hablarme? —replico con cautela, arrastrando mucho cada sílaba.

—Ven, siéntate conmigo en el sofá —me pide con gesto serio. Demasiado serio para mi gusto.

Obedezco intentando que mi cuerpo no traduzca con sus movimientos lo suspicaz que me siento. Incluso sonrío, si bien no tengo claro que mi sonrisa no sea mucho más que una triste y pésima imitación de una sincera, el equivalente a los bolsos de Louis Vuitton que se venden, pero en sonrisa.

—¿Y bien? —Estiro el brazo y me hago con la copa de vino que descansa sobre la mesa baja que está delante del sofá. Me parece que voy a necesitarla.

—Mira, Tima, no sé muy bien cómo decirte esto... —Él sujeta su copa con tanta fuerza que temo que parta el pie. Se la lleva con manos temblorosas hasta los labios y da un largo trago antes de poder juntar todas las palabras que necesita juntar para disparar a bocajarro la siguiente frase—. He conocido a alguien.

«Vaya, así que no me equivocaba al creer que teníamos un problema», pienso. Lo que me pilla por sorpresa es que haya sido él el que haya dado el primer paso y reconocerlo.

Él, don perfecto, el señor apático, míster aburrido. Él ha conocido a alguien. Y..., déjame que adivine, seguro que ha sido en el trabajo, porque es lo único que hace: ir al trabajo y volver a casa. Aun sabiéndolo, prefiero que sea David quien lo diga, así que le pregunto.

Tomo aire antes de hablar, haciendo un esfuerzo consciente por mantenerme calmada, por no levantar la voz. Prefiero que esta conversación se mueva dentro de las fronteras de la educación y el civismo, si bien son fronteras que a mí me empiezan a parecer difusas; no obstante, tampoco voy a ganar nada perdiendo los papeles.

—¿Y dónde has conocido a ese alguien? —Bebo un par de uvas de mi copa de vino y miro alrededor buscando la botella. Sé que, en breve, voy a precisar más de ese líquido rojo sangre.

—Espera.

Se levanta y se dirige a zona de la cocina. En menos de un minuto vuelve llevando la botella recién abierta. Se trata de un Pago de los Capellanes reserva de 2019. Por lo menos no ha escatimado; no es el mejor del mundo, pero cuesta casi cuarenta pavos.

Una sonrisa nostálgica curva mis labios. Puede que él no lo recuerde, pero el día de nuestra primera cita también pedimos un Pago de los Capellanes.

—Has adivinado mis pensamientos. —Intuyo el sarcasmo en mi voz.

—Te conozco, estabas buscando la botella —replica con sencillez, como el que da un dato objetivo. Y no se equivoca.

—Me estabas diciendo que habías conocido a alguien...

Resopla antes de continuar y se aprieta con el dedo índice y el pulgar el puente de la nariz. Miro su rostro, sus gestos, y la idea de que no le conozco, de que nunca le he conocido, se me enquista en el cerebro.

—Sí, en la oficina. —Un nuevo suspiro escapa de entre sus labios—. Sabes que paso mucho tiempo allí...

—Y, por lo visto, tienes un buen motivo. —Esta vez el sarcasmo es patente.

Estoy intentando comportarme, no obstante, estoy encontrando algunas dificultades inesperadas, entre ellas, mi orgullo herido. A nadie le gusta saber que ya no es la protagonista de su historia, que, de manera espontánea y sin mediar acción alguna por su parte, acaba de convertirse en personaje secundario.

—Tima, por favor. Deja que te explique...

—De acuerdo, perdona. Continúa.

—Se llama...

—¡No! —interrumpo poniéndome en pie—. No quiero saber cómo se llama; dime lo que tengas que decirme, pero no me digas su nombre.

No sé muy bien el porqué, pero no quiero saber cómo se llama la otra mujer, porque imagino que es mujer, aunque vete tú a saber. De cualquier manera, el nombre es un dato que no necesito. Si tiene un nombre, es un ser humano y ahora mismo no me apetece considerar a esa mujer como tal —en serio, tiene que ser una mujer porque cualquier otra opción sí que sería sorprendente—, prefiero imaginarla como una bruja maligna de piel verdosa y serpientes por cabello, una mezcla entre la bruja de Blancanieves y una gorgona; aunque siempre he sabido que para que se dé una infidelidad en un matrimonio hacen falta dos.

La parte casada no es inocente. Nunca lo es.

Él también se levanta del sofá y me obliga, con suavidad, a sentarme de nuevo. Veo una súplica en su mirada y eso me tranquiliza un poco.

Sólo un poco.

Él no es muy de suplicar.

—Está bien, no te diré su nombre, sólo te pido que me escuches.

—¿Qué más tengo que escuchar? ¿Me quieres contar tu infidelidad en detalle? —Mi voz suena demasiado aguda hasta para mis oídos.

Vale, puede que esté perdiendo un poco los papeles, me está costando más de lo previsto mantenerlos ordenados. No puedo evitarlo.

Me mira como si me hubiese convertido de repente en un extraterrestre de tres cabezas.

—No te he sido infiel —dice en apenas un susurro—. Por eso estoy hablando contigo, no quiero hacerte eso. No quiero serte infiel. —Con sus palabras ha conseguido callarme la boca. Ahora sí que quiero seguir escuchándole—. He visto a mis padres hacerse daño desde que yo era un niño. Mi padre tuvo mil aventuras y mi madre siempre lo supo, desde la primera... No quiero que nos convirtamos en ellos.

Así que era eso lo que ocurría entre mis suegros: cuernos, de los de toda la vida. No me extraña que la mujer esté tan amargada...

—¿Y qué es lo que quieres? —preguntó.

Si no quiere engañarme y no quiere que nos convirtamos en sus padres, lo mismo lo que quiere es arreglar nuestra relación. No obstante, hay alguien separándonos y eso me lo indica el hecho de que haya comenzado diciendo, y cito textualmente, que «ha conocido a alguien». En estos instantes me encuentro algo perdida y no termino de entender a dónde quiere ir a parar con esta conversación.

—Lo que quiero es... No sé cómo decirlo... Es... No hay manera de suavizarlo. —Está sufriendo; sin embargo, no me apetece hacer nada para aliviar su angustia. No. Me apetece ver cómo se tortura porque intuyo que lo que va a decir a continuación no me va a gustar—. Lo que quiero es pedirte permiso.

Parpadeo una vez.

Vuelvo a parpadear.

No sé si lo he entendido bien.

Voy a decir algo, pero las palabras agonizan y mueren a la altura de la faringe, antes de poder alcanzar los labios.

Apuro la copa de vino y vuelvo a rellenarla antes de hacer la siguiente pregunta. En realidad, echo por mi garganta media copa más. Nada de pequeños sorbos comedidos y elegantes. Si acaba de decirme lo que creo que acaba de decirme, estoy más allá de toda elegancia posible. Vamos, que la elegancia se ha bajado dos o tres paradas antes.

Vuelvo a llenar mi copa y le miro con incredulidad manchada de algo que se parece mucho a la ira.

—Mi permiso para qué, exactamente. —Consigo no gritar, aun así, mis palabras impactan en él como disparos.

—¿Tengo que decirlo?

—Dilo. Más que nada, para ver si te he entendido bien.

—Quiero acostarme con ella, pero no quiero hacerlo a tus espaldas.

Es un hecho, mi marido tiene los huevos del tamaño de pelotas de baloncesto, como paelleras, como globos aerostáticos, como rotondas.

Así los tiene.

Y creo que me quedo corta.

Por lo menos ha confirmado que es una mujer; aunque, a estas alturas, casi preferiría que hubiese sido un hombre, la verdad. Por lo menos sabría qué tiene él que no tengo yo.

Lleno mis pulmones de aire y lo mantengo en mi interior durante unos segundos. Cuando lo exhalo, intento expulsar con él toda la furia que siento.

Necesito repetir la operación un par de veces más porque todavía percibo demasiada rabia derramándose por todos mis poros.

—Di algo, por favor —implora.

—En tu cabeza esto sonaba espectacular, ¿eh? —Escupo—. Ahora mismo necesito pensar.

—¿Quieres que me marche?

Lo medito unos instantes y niego con la cabeza.

—No, no hace falta. Has tenido mucho valor para decirme lo que acabas de decirme, lo mínimo que puedo hacer es darte una respuesta rápida.

No creo que sea bueno que le dedique mucho tiempo a esto. Reflexiono durante unos minutos. Pocos. Tal vez, el que me haya enfadado tanto quiere decir que todavía estoy enamorada de él y todo lo que me ha estado sucediendo durante estos meses era algo normal en un matrimonio. Altibajos los llaman; no obstante, ese no es el problema que me ocupa ahora mismo. El problema que me ocupa en estos momentos es si le doy permiso a mi marido para ponerme los cuernos o no se lo doy.

Entonces, me surge la duda: si accedo a lo que me pide, ¿son cuernos? ¿Podemos hablar de cuernos en esta situación?

Tengo que centrarme; sin embargo, mis pensamientos

fluyen como una manada de ñus cruzando un río lleno de cocodrilos.

Si le digo que sí, ¿podría yo seguir viviendo con mi decisión?

Si le digo que no, ¿podría él seguir viviendo con mi decisión?

Si le digo que sí, ¿podría yo seguir durmiendo en la misma cama?

Si le digo que no, ¿podría él mantener la polla dentro del pantalón?

Hay demasiados condicionales, demasiadas posibilidades.

Por fin, encuentro la respuesta. Es demasiado obvia como para ignorarla.

—Haz lo que veas —digo con un suspiro resignado—. Te dé permiso o no te lo dé, vas a acabar haciendo lo que quieras.

—Lo que no quiero es que nos separemos —intenta coger mis manos y las retiro—. No quiero divorciarme de ti. Te quiero, pero creo que necesito hacer esto... Yo...

—No, no lo necesitas —le interrumpo—, quieres hacerlo. Hay una diferencia entre querer y necesitar.

—Quiero hacerlo —reconoce sin atreverse a mirarme a los ojos—. Pero no quiero que nos afecte.

Ignoro su último comentario porque no puedo afrontar eso en estos instantes.

—¿Estás enamorado de ella?

—No, en absoluto.

—No quiero saber nada más. Eso sí, no quiero que sea en mi casa —remarco mucho el «mi». Nunca le he recordado que la casa es mía, no de los dos, pero, en este momento lo utilizo como un cuchillo afilado directo a la carótida—. Te vas a un hotel o a su casa, lo mismo me da. Lo que sí quiero saber es qué día eliges para hacerlo. Y nunca, nunca, me digas quién es. Si trabajas con ella, prefiero no saberlo.

Después de decir esto, me levanto y salgo al jardín. Necesito aire fresco. Él no intenta detenerme.

Vuelvo sobre mis pasos y cojo el bolso y el abrigo que cuelgan del perchero de la entrada. Acabo de decidir que no necesito aire fresco, lo que necesito es un cigarro. Lo dejé hace años, pero en estos instantes estoy que me fumo encima.

Salgo a la calle y camino sin rumbo hasta que, diez minutos después, doy con un estanco abierto en el que comprar un paquete de tabaco. Elijo uno rubio y light. Sé que me voy a marear con la primera calada, así que mejor que sea suave.

Abro el paquete con dedos temblorosos, saco uno de esos cilindros blancos y acerco la llama del mechero que también acabo de comprar. Estoy tan nerviosa que me cuesta acertar, pero continúo intentándolo hasta que lo logro.

Al dar la primera calada me siento como una aspiradora.

El humo me llena los pulmones. Procuro retenerlo dentro, pero un ataque de tos incontrolable lo expulsa de mi interior. La siguiente calada es menos arisca conmigo. Aun así, siento arcadas, no termino de decidir si por el tabaco o por la escena que acabo de vivir.

Me mareo, algo nada inesperado tras tanto tiempo sin fumar, más o menos doce años, lo dejé cuando supe que estaba embarazada de Jorge, pero hoy me da igual, continúo fumando esperando que la sensación pase.

Acabo el cigarro y entro en el primer bar que encuentro. Antes de pedir, miro la hora. Las tres y media de la tarde. Tal vez demasiado pronto para una copa. Me encojo de hombros y pido un ron con Coca-Cola.

No sé dónde me deja la decisión que acabo de tomar.

No sé dónde nos deja la decisión que acabo de tomar.

Vuelvo a encogerme de hombros y resuelvo que ya lo averiguaré cuando llegue el momento.

10

Tima

—¿Qué te pasa, Tima? Llevas toda la tarde como ida.

Lola se equivoca.

No llevo toda la tarde como ida, llevo toda la tarde ida. Por completo. No habito en este nuestro querido planeta Tierra. Estoy mucho más allá de los límites de la galaxia conocida.

—¿Puedo contarte algo? —pregunto tras un silencio no muy largo.

Si no se lo cuento a Lola, que es mi mejor amiga, no sé bien a quién se lo voy a contar.

Mamá y papá están descartados, me da demasiada vergüenza, el mismo motivo que me hace sacar de esta ecuación a la mayor parte de los amigos en común que tenemos David y yo.

Elena, por supuesto, está eliminada de mi lista de posibles confidentes. A pesar de ser también una de mis mejores y más antiguas amigas, no puedo confiar en que no llame a David para gritarle lo hijo de puta que es. Al fin y al cabo, nos presentó ella y, si de algo estoy segura, es de que se va a sentir muy culpable por ello, del mismo modo que siempre ha estado muy orgullosa por haber sido el nexo entre nosotros, la persona que nos presentó. Es una tontería, pero es su tontería, prefiero que se entere cuando sea inevitable.

Si es que llega a ser inevitable.

Y así llegamos a Lola, una de las pocas personas que no tiene nada que ver con David; han coincidido en alguna ocasión, en alguna de mis exposiciones, pero ya.

Lola es sólo mía.

Nos conocimos a través de Twitter.

Al principio sólo hablábamos por medio de esa red social; coincidíamos en muchas cosas y, además, era muy ocurrente. Nos encantaba entablar conversaciones absurdas sobre cualquier tema. Eso debió ser allá por 2011, y algo más de un año después decidimos ponernos cara y quedamos para tomar un café.

Fue el comienzo de una bonita amistad que dura hasta hoy.

En realidad, no tengo muchos amigos que no tengan nada que ver con David, se pueden contar con los dedos de una mano. Está Lola; también está María, con la que trabajé en la galería de mi madre cuando ambas empezábamos; Santi, amigo mío desde que íbamos al colegio; y poco más. Todos los demás comparten un pasado común con David y conmigo.

—Puedes contarme lo que quieras —dice Lola con una sonrisa más dulce de lo habitual. Tiene muy claro que algo me ocurre y, si bien no quiere presionarme para que hable, con ese gesto quiere hacerme saber que puedo confiar en ella. Que está ahí si la necesito.

¡Y vaya si la necesito!

Estamos en un pub, sentadas en dos taburetes junto a la barra; es viernes y hay bastante gente, pero yo hoy no podía quedarme encerrada en casa. Necesitaba salir. Hemos ido a merendar a una pastelería vegana a la que vamos mucho. Lola es vegana y, siempre que nos vemos, vamos a lugares donde ella pueda comer o tomarse un café sin preocupaciones... Y yo descubro un montón de platos deliciosos, así que, en este binomio, las dos salimos ganando.

Un pastel de zanahoria y un café con leche de avena más tarde nos hemos venido al pub de siempre.

Necesito una copa.

O veinte.

Lo que no necesito es volver a mi casa.

Al menos, no de momento.

—¿Sabes por qué he querido verte hoy? —pregunto.

—Porque te pasa algo. Nunca me llamas para vernos el mismo día.

Ahora Lola no se equivoca.

Siempre quedamos con antelación, nos guardamos una mañana o una tarde entera para nosotras, sin obstáculos ni interrupciones durante unas pocas horas.

Con eso nos basta.

No nos vemos tanto como nos gustaría por aquello de que la vida es una cabrona que te pone mil impedimentos para estar con las personas a las que más quieres. En cambio, no tiene problema alguno en que puedas sacar un rato casi todas las semanas para ver a gente que te deja indiferente o a la que incluso detestas, como, por ejemplo, mi suegra.

Lo dicho, la vida es una cabrona.

—En estos instantes David se está acostando con otra. —La frase sale como un disparo a bocajarro, he intentado encontrar una manera menos cruda de decirlo y he fracasado. Los rodeos no son lo mío; si puedo decir algo con diez palabras nunca utilizo veinte.

Aun así, decirlo en voz alta consigue que me sienta mejor de inmediato.

Enseguida me doy cuenta de que puede que no haya elegido el mejor momento para hacerlo, porque mi amiga justo estaba dándole un trago a su copa y veo cómo se le atraganta.

—Joder —farfulla intentando no escupir el líquido—. Pero ¿cómo lo sabes? ¿Le has pillado algún mensaje o algo así?

—No, nada de eso. Me lo dijo él mismo... —confieso—. En cierto modo, tiene mi permiso.

Lola me mira con ojos agrandados por la sorpresa. Casi puedo ver cómo las preguntas se agolpan en su boca, atascándose detrás de sus dientes. No es capaz de decidir cuál es más importante, cuál debe hacer primero, son demasiadas, así que resuelvo ponérselo fácil contándole toda la conversación que tuve con David el sábado anterior. Me lleva un rato encontrar el ritmo y el tono necesarios para que el relato suene lo más neutro posible, una relación de hechos, sin inferencias emocionales por mi parte. Quiero contarle a Lola las inferencias tal y como sucedieron.

—Joder —repite cuando acabo. Creo que la he dejado sin palabras—. Pues sí que se ha dado prisa el desgraciado... No ha esperado ni una semana para hacerlo.

No, no ha esperado ni una semana para acostarse con esa otra mujer. Estaba ansioso.

Asiento con resignación.

—¿Y cómo estás tú? —se inclina hacia mí y me coge las manos.

Es la preocupación que leo en su rostro y el sentir sus manos rodeando las mías, lo que consigue que, por fin, siete días después, reaccione.

He estado toda esta semana haciendo vida normal, como si nada sucediese. De hecho, apenas me afectó cuando mi marido me dijo que había elegido este viernes, hoy, como día D o día P, de polvazo.

Ahora que ha llegado el momento, ahora que sé que en estos mismos instantes mi querido esposo, la persona con la que me casé, la persona que me juró amor eterno en la salud y la enfermedad y esas cosas, se la está metiendo a otra mujer, ahora que les imagino sudorosos y jadeantes, disfrutando de un sexo salvaje, desinhibido y hambriento, ahora, justo ahora, me doy cuenta de que me da igual.

Me da igual.

Ni siquiera estoy enfadada con él. Creo que mi cabreo e indignación iniciales se debieron más a lo inapropiado de la petición que a otra cosa.

Darme cuenta de que no me importa hace que todo mi cuerpo quede inundado por una tristeza que desborda por mis ojos. Las lágrimas resbalan por mi rostro como una cascada. Sin sollozos. Sólo gotas saladas que descienden por mis mejillas y acaban colgando en el borde de mi mandíbula para acabar suicidándose en un último salto contra el suelo.

Es una tristeza fría, casi distante, despojada de amargura y ostentación, pero no puedo impedirla.

Lola saca un pañuelo de papel de su bolso y me limpia la cara con mucho cuidado, a pequeños toques.

—No te preocupes, no llevo maquillaje —comento con tranquilidad.

Mi amiga detiene el movimiento y me mira.

—Ahora me estás asustando, ¿qué estás pensando?

—Es que acabo de darme cuenta de que no me importa. —Paso una mano por mi cara limpiándome de nuevo las lágrimas, que no paran de brotar—. No me importa que esté con otra... Creo que hace mucho que no me importa lo que haga David y que se esté acostando con otra mujer es casi un alivio para mí... Y eso me pone muy triste.

Lola se levanta de su banqueta junto a la barra y me rodea con sus brazos, me sostiene con fuerza, como si estuviese a punto de caerme.

Y puede que sea así.

Le devuelvo el abrazo.

—Es que es muy triste —dice en mi oído y me da un beso en la mejilla.

—Nos está mirando todo el mundo —comento sin romper el contacto que nos une.

—Me da igualito —replica mi amiga—. Que miren y aprendan.

Por fin nos separamos riendo.

Lola me coloca un rizo detrás de la oreja con mucha ternura.

—¿Mejor? —pregunta.

—Ni te lo imaginas —digo—. ¡Qué bien sienta esto! ¡Poder contarlo por fin!

—¿Quieres seguir hablando de ello?

—Bueno, creo que ya sé lo que tengo que hacer... En realidad, sólo hay una cosa que puedo hacer. —Hago una pausa para poner orden en mi cabeza, estoy sintiendo demasiadas cosas a la vez y sé que lo que voy a decir a continuación es muy importante para mí. Va a definir el resto de mi vida—. Ya no le amo. No estoy enamorada de él, no soy feliz con él y no quiero seguir con él.

Por primera vez reconozco, en voz alta y con testigos, algo que sé desde hace meses. Nada más pronunciar esas frases, entiendo que son verdaderas, innegables, sin matices posibles; tengo la seguridad de que todo es real. El decirle a Lola lo que siento por David lo ha hecho real. Hasta ahora, mis sentimientos por David o, mejor dicho, mi falta de sentimientos románticos por él, sólo eran dudas y elucubraciones que habitaban en el mundo de las ideas; ahora sé con certeza que ya no estoy enamorada de él. La idea se ha convertido en algo físico, concreto, algo que puedo tocar, algo que ya no puedo ignorar.

Mi matrimonio está acabado.

Y para aceptarlo sólo ha sido necesario que mi marido se acueste con otra contando para ello con mis bendiciones.

—Tomes la decisión que tomes, sabes que estoy de tu parte, ¿no?

—Eso espero. Eres de las pocas amigas que tengo que no son también amigas de él.

No hay mucho más que decidir, no puedo hacer nada que no sea separarme.

Algo se ha rasgado dentro de mí al darme cuenta de que me era indiferente que mi marido se estuviese tirando a otra. Es un punto de no retorno. Seguir con él sólo conseguirá que me convierta en una persona amargada. Si seguimos juntos, poco a poco me iré pudriendo por dentro y convirtiéndome en todo eso que odio. Me transfiguraré en alguien muy parecido a su madre.

Y no.

Por mucho que David dijese que esto era algo puntual y único, sé que lo que está sucediendo hoy va a volver a ocurrir. Puede que con la misma mujer o puede que con otra distinta.

Da igual, el caso es que volverá a suceder.

Y no quiero estar ahí cuando pase.

Tampoco quiero hacer yo lo mismo. No quiero ir buscando hombres con los que acostarme, algo que es muy probable, algo que podría producirse, aunque fuese sólo por rencor. Nunca he sido rencorosa; no obstante, seguir con él podría conseguir que lo fuese.

No quiero seguir casada con él por venganza, para hacerle tan infeliz como yo. No quiero que se sienta culpable, no quiero hacerle daño, ni hacérselo a mi hijo.

Sólo quiero que esto acabe cuanto antes.

11

Eva

«Pero ¿cuándo me he vuelto yo gilipollas?», se preguntaba Eva.

Hacía ya una semana que había salido a comer con Alejandro y su teléfono estaba tan mudo como las películas de Buster Keaton.

El pedazo de insolente no le había propuesto una segunda «cita» y ella no sabía si sentirse aliviada o frustrada por ello.

Bueno, sí lo sabía, sobre todo cuando, a cada rato, ya fuese en la oficina o en casa, se encontraba mirando la pantalla del móvil para comprobar que por algún enrevesado truco de magia negra su móvil no hubiese dejado de tener cobertura en los lugares donde antes sí la tenía. Y todas y cada una de las veces, el maldito teléfono tenía la poca vergüenza de funcionar a la perfección.

Aquella semana no habían necesitado hablar por la campaña. Ya estaba todo organizado y aprobado, tanto por Lucía como por Alejandro, y sólo esperaban a que se aproximase la fecha de lanzamiento para poner las acciones en marcha, así que no había tenido ocasión de contactar con él con esa excusa... Y todavía no estaba en el punto de llamarle ella sin más motivo que el de escuchar su voz. Le hacía bien pensar que todavía estaba a años luz de ese punto. Controlaba la situación... O eso se decía ella.

—Es mejor así, Vader —dijo para reafirmarse. El gato, que dormitaba junto a la ventana, abrió los ojos al escuchar su nombre y le dedicó a la mujer una mirada desafiante—. ¿Qué? ¿Que no? Pues claro que lo es... Imagina que empezamos a salir, tú pasarías mucho más tiempo solo... No es que eso te importe mucho, pero bueno, tú ya me entiendes.

Eva llevaba los últimos siete días repitiéndose que, en realidad, no deseaba volver a quedar con aquel tipo, creía que había estado bien, que habían disfrutado de una tarde divertida con buena charla y risas.

Eso era todo.

A ella le parecía que había habido chispa entre ellos, pero lo mismo se equivocaba. Casi con total seguridad se equivocaba, al fin y al cabo, no es que Eva fuese muy de citas, más bien al contrario. Tampoco es que entendiese muy bien a la gente o supiese leerla. Sus habilidades sociales eran cercanas a cero. Podría decirse que un níscalo tenía más habilidades sociales que ella. No se desenvolvía muy bien con otros seres humanos.

A lo mejor el chico se había pasado la tarde fingiendo estar pasando un buen rato para no ofenderla o algo así.

Ahora se sentía una completa estúpida al recordar el domingo pasado, cuando había quedado con Marta y Alberto y les había contado todo.

Todo.

Hasta las ganas que tenía ella de tirárselo.

—Ya, bonita, si todo esto está muy bien, Eva —dijo Alberto cuando terminó de narrar lo ocurrido la tarde anterior—, pero ¿por qué no le invitaste a casa? Para..., ya sabes..., un revolcón y esas cosas.

—Eso es lo que me estaba preguntando yo —añadió Marta—. No es típico de ti.

—Bueno, a ver, es que trabajamos juntos... Tampoco quiero cagarla, al menos no tan pronto.

—Esto sí que es nuevo. —Marta se levantó del sofá—. No sigas hablando, voy a ponerme otra copa, ¿queréis una?

Tanto Alberto como Eva apuraron las suyas a la vez. No estaban dispuestos a rechazar una copa. Y menos un domingo por la tarde. Todo el mundo sabe que los domingos por la tarde deberían estar prohibidos por el bien de la humanidad.

—Espera, que te ayudo. —Eva se puso también en pie y la siguió a la cocina llevando los vasos vacíos.

—Ese tío te mola —afirmó Marta mientras lo rellenaba los vasos con hielo—. Y no me refiero sólo a esa costumbre tuya de tirártelos y a otra cosa, mariposa. Te mola de verdad, te gusta. No lo niegues.

—No, mujer, no creo que sea eso —replicó Eva casi horrorizada porque su amiga la hubiese calado con tanta facilidad. Le pasó las botellas de ginebra, ron y whisky antes de continuar negando lo obvio—. A ver, ¿me mola? Sí, claro, pero como todos, para sexo y listo. No creo que haya nada más.

—Pues ya me dirás qué motivo hay para que ayer no acabaseis en su casa... ¡O en la tuya! Es que no me cuadra. Es que si dices que te mola para follártelo y no lo has hecho cuando ese es tu *modus operandi* desde que te conozco...

—Estáis hablando sin mí —acusó Alberto asomando la cabeza por la puerta de la cocina—. Y a mí tampoco me cuadra. Mira, guapa —continuó alzando un dedo acusador hacia Eva—, nos conocemos desde hace muchos años y no. Hay algo que no estás contando o algo que estás negando.

—¡Que no! Que es sólo porque trabajamos juntos. No

quiero echarle al foso de los cocodrilos y tener que seguir viéndole en el trabajo. ¿Dónde está la tónica?

—En la nevera... Y no cambies de tema —replicó Marta mientras abría una lata de Coca-Cola Zero para el ron y una Fanta de naranja light para el whisky.

Eva sacó la bebida de la nevera, quitó la chapa del botellín de tónica y comenzó a echarla en su vaso.

—En serio, no estoy ocultando nada, es sólo que el proyecto en el que estamos trabajando me interesa mucho de cara a mi futuro en la empresa y no quiero meter la pata.

Volvieron los tres al salón y se sentaron cada uno en el mismo sitio en el que estaban antes de levantarse. En realidad, eran sus sitios de siempre. Eran animales de costumbres fijas. En casa de Eva actuaban de la misma manera, tenían cada uno un lugar determinado e inamovible en el sofá y nunca, jamás, ocupaban otro. No era algo que hubiesen hablado, se trataba de una especie de contrato espiritual cuyo incumplimiento ni se planteaban.

—¿Sabes lo que te pasa? —preguntó Marta.

—A ver, qué me pasa.

—Primero, te pasa que estás cagada de miedo; segundo, que ese tío te gusta más de lo que quieres reconocer...

—¡No!

—Pues ya me dirás tú qué haces aquí un domingo contándonos que has quedado con él la increíble cantidad de una, UNA unidad de veces... Y no me has dejado acabar.

—Vale, acaba, pero ahí iría mejor «inusitada» que «increíble» —aceptó Eva cruzando los brazos—. «Increíble» es que es difícil de creer, «inusitado» es que es inusual o sorprendente. Es distinto.

Su amiga meneó la cabeza en una negación y puso los ojos

en blanco; para empaquetarlo todo, lanzo un resoplido antes de continuar donde lo había dejado, haciendo caso omiso a la última puntualización de Eva.

—Y tercero, se te hace muy difícil reconocer todo esto porque tú, querida mía, que nosotros sepamos, no has estado enamorada en tu puñetera vida y puede, sólo puede, que te estés...

—¡Enamorando! —exclamó Alberto—. Y ya iba siendo hora —añadió con una sonrisa que le recorría toda la cara.

Eva pensó que eran como una jodida mente colmena, el uno acababa las frases de la otra y viceversa. Estaban siempre en la misma página y eso, que a Eva habitualmente le hacía gracia y le parecía muy dulce y tierno, le molestaba una barbaridad cuando lo hacían en algún tema que se refería a ella.

No los soportaba cuando se ponían así.

—No os soporto —dijo Eva tras una pausa.

—Piénsalo, ¿qué es lo peor que puede pasar si te enamoras? —preguntó Alberto—. ¿Que os caséis o viváis juntos? ¿Que después las cosas vayan mal y tengáis que iros cada uno por vuestro lado?

—¡Pero míranos a nosotros! —rogó Marta—. ¡Que estamos los dos divorciados!

—Pues a ver cuándo os casáis entre vosotros y me dejáis en paz —refunfuñó Eva.

Sabía que había perdido. Sus amigos tenían razón, pero, aun así, le costaba siquiera pensar en que sintiese algo más que una mera atracción física.

Eva y Marta se conocían desde hacía doce años. Durante los dos primeros eran simples conocidas que habían coincidido a través de otra amiga común. Se veían de vez en cuando en alguna fiesta o quedada y, poco a poco, con el roce, habían comenzado a hablar más y a darse cuenta de la cantidad de cosas que las unían y de lo mucho que disfrutaban de la mutua compañía. Y, como mandan las normas de la amistad, habían acabado haciéndose inseparables. A Alberto le conoció poco después que a Marta, se lo presentó su amiga. Entre ellos dos ya había una buena amistad antes de que llegase Eva, pero eso no fue impedimento para que, con el tiempo, la aceptasen en su pequeño aquelarre. Ambos estaban divorciados y los tres, Marta, Alberto y Eva, se habían hecho inseparables. Eran como los tres mosqueteros sin un D'Artagnan.

La pareja era tan friki como Eva y eso, en un mundo de cuarentones serios y adultos que hacían cosas serias y adultas, ella lo agradecía mucho. No había mucha gente por ahí con su edad que quisiera largarse una semana a un festival de literatura de fantasía, ciencia ficción y terror. Tampoco contaba con nadie para ir al cine a ver películas palomiteras de señores vestidos con leotardos y capas salvando el universo; ni siquiera alguien con quien comentar el último episodio de la última serie estrenada sobre *El Señor de los Anillos*... Disponía de pocas personas a su alrededor dispuestas a perder ni un minuto de su vida en lo que consideraban mamarrachadas.

Para todo esto, ya tenía a Marta y a Alberto.

Habían comenzado siendo un trío y hacía cuatro años se habían convertido en una pareja más Eva, quien, a veces, se sentía como la rueda que le sobra al triciclo para ser una bicicleta. Enseguida sus dos amigos se habían ido a vivir juntos. Se conocían los dos tan bien y desde hacía tanto tiempo que era algo natural. Para Eva, no obstante, no pensaba renunciar a ellos. Les dejaba su espacio, por supuesto, pero un par de veces al mes se veían para hacer cosas, como antes de que ellos dos se convirtiesen en una pareja. En muchas de esas ocasiones quedaban en sus pisos para comer o cenar y lo que surgiese, otras se reunían en el bar de siempre y lo que surgiese y, de vez en cuando, iban a descubrir algún restaurante nuevo y lo que surgiese.

Lo que solía surgir durante esas veladas era estar de copas y charla hasta las tantas de la madrugada. Por eso tenían habitación de invitados en sus respectivos pisos. Eva consideraba la de su casa como la habitación de Marta y Alberto porque, aparte de ella, que la usaba como despacho cuando teletrabajaba, nadie más que sus amigos había dormido allí.

—Ah, pues de eso queríamos hablarte —dijo Marta estirando su mano hasta que casi tocó la nariz de Eva.

—¿Qué haces? ¿Quieres que te la bese? —se extrañó Eva apartándola con un manotazo distraído.

Marta volvió a ponerle la mano delante de las narices.

—Eres idiota, ¿verdad? —preguntó su amiga—. ¿Quieres mirar bien?

Eva obedeció.

Entonces se dio cuenta.

Sus ojos se abrieron hasta casi salirse de las órbitas a la vez que su boca formaba un círculo perfecto.

Miró a su amiga.

Bajó la cabeza para ver bien el anillazo que lucía en el dedo anular.

Sus ojos viajaron hasta Alberto, que sonreía satisfecho como un perro después de zamparse un solomillo, sólo le faltaba relamerse.

Volvió a mirar a Marta.

—¡No me lo puedo creer! —exclamó por fin—. ¡Me alegro muchísimo por vosotros! —Se levantó y abrazó a los dos—. ¿Y cuándo es la boda? ¿Y qué me pongo?

—En septiembre. Y ponte lo que quieras, va a ser una cosa pequeña —dijo Marta riendo.

—Ya, ya, pequeña, eso es lo que se dice siempre… Pero, en serio, esto me hace más feliz de lo que imagináis —insistió Eva—. Ya no tendré que vivir con el temor a que lo dejéis. Me alegro muchísimo. ¿Cómo no me lo habéis dicho antes?

—Marta confiaba en tus dotes de observadora —confesó Alberto—. Creía que verías el anillo… Yo le dije que ni de coña, que para según qué cosas eres una nulidad, y ahora tu amiga me debe una cena.

—No, no, no, no… Soy una imbécil, tenía que haberlo visto. ¡Joder! ¡Si es enorme! —replicó Eva cogiendo la mano de Marta y mirando de nuevo la sortija—. Yo os invito a los dos por no haberme dado cuenta antes. Elegid día y hora y yo me encargo del resto. De verdad, es que ahora me siento fatal por no haberlo visto. ¡Tenemos que celebrarlo!

Quedaron para cenar dos fines de semana después, ya que, el siguiente, Marta y Alberto se iban al pueblo a ver a los amigos que tenían allí y a celebrar el compromiso con su familia.

Y ese era el motivo por el que Eva estaba sin planes aquel sábado, algo bastante habitual, por otro lado.

Suspiró y arrastró los pies hasta la cocina.

Abrió la nevera y miró en su interior. Todo lo que había requería una preparación más laboriosa de lo que a Eva le parecía necesario. Todo, menos un yogur, natural y sin azúcar, que era mucho más sano de lo que a Eva le parecía necesario.

Tenía que hacer la compra.

Pero esa resolución no arreglaba el problema que había

surgido al abrir el frigorífico: estaba hambrienta y nada de lo que había en casa le apetecía.

—Pues estoy yo con unas pintas preciosas para salir a la calle —murmuró.

El súper estaba a punto de cerrar y no le apetecía nada vestirse de persona para salir a comprar, ya iría el lunes, cuando volviese del trabajo. Ahora prefería pedir al chino de su misma calle. De hecho, pediría lo suficiente para subsistir también el domingo sin necesidad de salir de casa. La mala noticia era que tendría que pasar a recogerlo porque no contaban con reparto a domicilio.

Frente a ella se abría una dicotomía casi irresoluble: salir a comprar o salir a recoger comida ya cocinada. Tendría que salir sí o sí, eso estaba claro.

La decisión ahora era comprar o pedir.

Hizo un rápido cálculo mental y el resultado le salió a pedir.

Llamó al restaurante.

—Puedes pasar a recogerlo en unos quince minutos —dijo su interlocutor con un fuerte acento. Creyó reconocer a Tao, el dueño.

Se dirigió a su dormitorio y se miró en el espejo con la esperanza de que su pijama de felpa pudiese pasar por ropa de calle. Enseguida se dio cuenta de que era una quimera, una ilusión irrealizable. Era un pijama y se notaba que era un pijama, tal vez a causa de los adorables conejitos rosas que adornaban todo el conjunto. ¡Si incluso tenía una capucha con orejas de conejito!

Se encogió de hombros y cogió unas botas planas con las que fue hasta el recibidor. Una vez allí, se sentó en el banco de la entrada para cambiarse el calzado. Si podía evitarlo, nunca entraba en su piso con los zapatos de la calle. Tenía un mueble con un banco en cuyo interior guardaba las zapatillas de andar por casa y cuando llegaba, se las ponía antes de dar un paso más. Le gustaba saber que los suelos estaban limpios.

Se echó un abrigo largo por encima en un intento por disimular su ridículo atuendo, cogió las llaves y la cartera y salió sin echar la llave; total, no iba a tardar mucho en regresar. Y tampoco es que fuera a pasar nada en ese rato, ¿no?

Fue a por la comida a la carrera, temiendo encontrarse con alguien conocido y que la viese con aquellas pintas. Recogió el pedido, charló durante unos minutos con el propietario del restaurante, a quien conocía desde que se había mudado al barrio, y volvió a casa de nuevo a la carrera.

Nada más atravesar la puerta, se quitó las botas, volvió a calzarse sus zapatillas de casa y fue a la cocina a guardar las cosas del día siguiente para, a continuación, preparar las que pensaba engullir en ese momento.

Se moría de hambre.

Bailoteaba por la cocina deprisa, con movimientos fluidos, eficaces y breves. Abría y cerraba armarios y cajones sin apenas mirar en su interior, apilando en una bandeja palillos, platos y cuencos. Pretendía llevarse todo lo que iba a necesitar para así no tener que volver a levantarse una vez consiguiese sentarse a cenar, que era algo que la fastidiaba mucho. Una vez se acomodaba, odiaba tener que levantarse de nuevo.

Lo colocó todo en la mesa baja frente al televisor y llevó la comida. Por fin, se dejó caer en el sofá; le gustaba sentarse con las piernas cruzadas, cada pie sobre el muslo contrario. Recordaba de las —escasas— clases de yoga a las que había asistido que a esa manera de sentarse se le denominaba la posición del loto. A Eva eso le hacía mucha gracia ya que, al colocarse en esa postura, ella no se sentía como una delicada flor de loto, se sentía más como un Buda sonriente y rechoncho, pero ya le valía así.

Encendió la tele con el mando y, en ese momento, sus ojos pasearon por la pantalla del móvil, que continuaba sobre la mesa frente al sofá. Se lo había dejado olvidado al salir de casa.

Tenía una llamada perdida.

12

Eva

—Es que me cago en mi vida —masculló Eva—. Me cago una y mil veces en mi vida.

Se encontraba frotando el lavabo del baño con ferocidad, intentando eliminar la suciedad de la cerámica a la vez que apaciguaba la frustración que sentía. Más lo segundo que lo primero, puesto que Eva mantenía siempre su piso pulcro, sin mácula, como si de un momento a otro fuesen a llegar un zafarrancho de madres a pasar el dedo sobre todas las superficies del apartamento en busca de la mota de polvo olvidada que poder utilizar para sacarle los colores. Aun así, dedicaba los domingos por la mañana a la limpieza. Era algo que solía relajarla, le gustaba limpiar; no obstante, aquel día no estaba produciendo el resultado esperado. Por más que enjabonase, fregase y abrillantase, no conseguía sacarse de la cabeza la llamada de la noche anterior.

Llamada que no había devuelto.

Y tampoco pensaba hacerlo.

De todas maneras, él no lo había intentado una segunda vez, ni le había dejado un mensaje, ni le había enviado un triste wasap. Nada.

Se había vuelto a hacer el silencio.

Cuando iba a empezar a cenar, Eva se había encontrado

con aquel número uno metido en un circulito rojo en el indicador de llamadas perdidas. Se había arrojado sobre el teléfono vertiendo, por el camino, la salsa de soja, que se había extendido sobre su preciosa mesa de madera dejando una mancha oscura que a sus ojos era muy semejante a la sangre escapando de un cuerpo recién apuñalado.

Por supuesto, eso la hizo olvidar por el momento la llamada perdida.

Aquello era una urgencia. Una emergencia de las peores.

Esa madera no podía estropearse.

No debía estropearse.

Corrió a la cocina a por un paño húmedo y retiró con él el charco de soja, secando, a continuación, secó la humedad con delicados toquecitos. Después dedicó los siguientes cinco minutos a mirar la superficie desde todos los ángulos posibles, no fuese a ser que se hubiese dejado una gota o algo y que la madera la absorbiese y se la quedase para siempre. Tenía que empezar a poner mantel aunque cenase sola, pero le daba demasiada pereza. Cuando estuvo satisfecha con el brillo y esplendor de su preciosa mesa de madera de teka, cogió el móvil y comprobó quién osaba telefonearla a esas horas.

Alejandro.

¡Cómo no!

No daba señales de vida en toda la semana y la llamaba el sábado por la noche. Como si ella no tuviese nada mejor que hacer que esperar sentada junto al teléfono a que él le hiciese un hueco en su ajetreada agenda de cuarentón atractivo y con pelo.

Lo que más le jodía a Eva era que, efectivamente, ella no había tenido nada mejor que hacer, pero eso él no tenía por qué saberlo. Así que había decidido no devolver la llamada ni en ese momento, ni al día siguiente, ni nunca.

Si quería algo, ya sabía dónde encontrarla.

Acto seguido, le dio otra vuelta a la cosa y decidió que tampoco había necesidad de ser tan radical; si no llamaba él, le llamaría el martes o el miércoles. No antes, para no parecer demasiado ansiosa.

Lo que tenía claro era que no iba a saltar cuando él se lo pidiese, no lo había hecho jamás por nadie y no iba a empezar a la tierna edad de casi cuarenta y un años.

No terminaba de entender la causa, pero Eva llevaba encabronada desde la noche anterior, dándole vueltas a por qué la había llamado un sábado a esas horas y los motivos que se le ocurrían para ello no terminaban de parecerle muy halagadores.

Tal vez la lo había hecho porque se le habían estropeado otros planes, lo que dejaba a Eva como plan B.

O podía ser que no quisiera salir y a última hora le había apetecido echar un polvo, lo que dejaba a Eva como alguien que solo valía para follar. No es que a ella eso le pareciese mal, pero para una vez que un tío le interesaba para algo más que para una noche de sexo sin compromiso...

O, quizás, estaba de farra con sus amigos y había apostado con ellos a que podía quedar con ella cuando él quisiera.

O alguna otra mierda igual de insultante.

La cuestión era que cuanto más lo pensaba, peor le parecía.

O, lo mismo, se estaba comiendo la cabeza más de la cuenta y en realidad sí que había una razón por completo válida y razonable para haberse puesto en contacto con ella a esas horas. Meditó sobre esa idea unos instantes durante los cuales hizo hasta una pausa en su cruzada contra la inexistente suciedad de su cuarto de baño.

Podría ser eso último.

Y para salir de dudas no tenía más que agarrar el puto teléfono y devolver la puta llamada.

Negó con la cabeza, masculló un «ni de coña» y continuó dejándose las uñas en el estropajo.

En el fondo, Eva era consciente de que estaba buscando rasgos en él que la irritasen, que la desagradasen, que consiguiesen que ella pudiese echarlo al cajón de reciclaje, al foso de los cocodrilos, al pozo del olvido, al lugar al que iban a parar todos los hombres con los que sabía de antemano que no llegaría a ningún sitio. Hombres que eran cuentos en los que nadie comía perdices, en los que había un final rancio y agusanado antes siquiera del «Érase una vez».

Mucho antes.

Total, Alejandro y ella habían quedado sólo en una ocasión y no había sucedido nada, ¿por qué aquel tío le estaba llenando el cerebro de ese modo?

¿Por qué coño no conseguía sacárselo de la cabeza?

Sentía que era como una mosca volando junto a su oído justo antes de dormir: insoportable.

Tenía muy presente la conversación de la semana anterior con Marta y Alberto. Podía escucharles diciéndole que estaban seguros de que a ella le gustaba más de lo que decía y eso la exasperaba más por acertado que por otra cosa.

No quería que le gustase porque no quería llegar a enamorarse.

No quería renunciar a su soltería.

No quería ver mermada su independencia.

No quería empezar a pensar en pares.

Eva era impar.

Eva no era unos zapatos, unos guantes o unos auriculares.

Ella era un calcetín desparejado en el primer lavado, emancipado y autárquico.

Y quería seguir siéndolo.

A lo mejor lo que tenía que hacer era permitir que las cosas siguiesen su curso, dejarse llevar por la situación. Tarde o temprano él la cagaría y así ella podría dejar de idealizarlo.

Lo mismo utilizaba sus encantos para ir coleccionando mujeres como quien colecciona cucharillas de café, o lo mismo era un narcisista de esos que te hacen luz de gas y van destruyendo tu autoestima hasta que te dejan hecha un guiñapo como ser humano y como mujer, o un asesino en serie de los que te fascinaban con su labia hasta que podían rebanarte el pescuezo y tirarte en una cuneta, o, peor aún, lo mismo follaba con los calcetines puestos.

Eva se estremeció ante el último pensamiento.

En cualquier caso, creía que, si se lo permitía, antes o después, él metería la pata hasta el codo.

Y eso era lo mejor que le podía pasar a ella.

De acuerdo, se dejaría llevar. Permitiría que pasase lo que tuviese que pasar.

Se decía que nunca había sufrido por un hombre porque nunca ninguno le había importado lo suficiente, no creía que con Alejandro eso fuese a ser diferente.

No temía al mal de amores, eso era una gilipollez inventada por gente con poca imaginación o con mucho tiempo libre. Ella tenía cosas mejores que hacer que llorar por un fulano si las cosas iban mal. Eva se decía que casi ni se acordaba de la última vez que eso había sucedido.

Admiró el brillo de su lavabo y, con una sonrisa satisfecha, no sólo por el resultado, sino por la determinación que acababa de tomar, dio por finalizada la limpieza de la semana. Siempre dejaba el baño para el final porque era lo que menos le gustaba hacer. Eso y la plancha. Lo odiaba tanto que rezaba a un dios en el que no creía para que se pusiese de moda la ropa arrugada o para que, por lo menos, alguien inventase —y pusiese también de moda— un tejido de buena calidad que no se arrugase.

Una de dos.

Que no fuese por opciones.

Se podía permitir una empleada del hogar, pero era algo que le parecía demasiado decadente y burgués. En casa de sus padres, las tareas del hogar las hacían entre todos, no había pasta suficiente como para pagar a alguien que se encargase de ellas. Por otra parte, Eva vivía sola y no ensuciaba mucho. Además, no le apetecía tener a alguien en su piso sin que ella se encontrase en él o que hubiese una persona revoloteando a su alrededor cuando ella teletrabajaba. No se sentía cómoda con la idea y la había desechado hacía ya bastante tiempo.

—Vader, ¿qué te apetece hacer ahora? —preguntó al gato—. ¿Leemos un rato? ¿Nos ponemos un programa de esos de reformas? Venga, tú eliges.

El gato la miró desde el sillón en el que se encontraba durmiendo, bostezó y siguió echándose la siesta de después de la primera siesta. Llevaba un estricto control del horario de sus siestas y no se saltaba ni una.

Eva se resignó a pasar el resto del día sin hacer nada. Por la tarde podría dedicar un par de horas a darse mascarillas en el rostro y a lavarse el pelo, pero en ese momento prefería descansar y relajarse con un buen libro bajo los rayos de sol que incidían sobre el sofá creando un rincón iluminado y cálido que a ella le encantaba.

Se acomodó en el asiento, abrió la novela que estaba leyendo y se dispuso a matar el tiempo hasta la hora de comer dándole pequeños sorbitos a una infusión de té matcha. No le gustaba mucho su sabor, pero beberlo tenía el curioso efecto de lograr que se sintiese sofisticada.

A lo lejos escuchó la melodía del móvil.

Resopló, dejó el libro bocabajo en el asiento y se puso en pie con una mueca de fastidio tatuada en el rostro.

Era matemático: justo cuando conseguía sentarse, alguien molestaba.

Siguió el sonido por el pasillo arrastrando los pies y farfullando protestas. No recordaba dónde había dejado el teléfono, podría haber sido en cualquier lugar del piso, pero parecía provenir de su dormitorio. Entró en él y miró alrededor, buscando.

Caliente, caliente.

Allí se escuchaba más fuerte.

Asomó la cabeza por la puerta del baño de la habitación, el último lugar que había limpiado ese día, y ahí estaba, entonando su estridente tonada sobre la taza del váter.

Miró la pantalla.

Alejandro.

Otra vez.

No se atrevió a tocar el teléfono, no fuese a rozar siquiera el icono de contestar y tuviese que hablar con él.

No estaba preparada.

Esperó a que saltase el contestador.

Cuando estuvo segura de que la llamada se había cortado, cogió el móvil como si el aparato quemara, le lanzó una mirada temerosa que era más una súplica para que no volviese a sonar y caminó de regreso al salón. Por el pasillo, el teléfono vibró y emitió el tintineo que avisaba de un mensaje nuevo en el buzón de voz.

«Vaya —pensó—, en esta ocasión sí ha dejado un mensaje».

Una vez frente al sofá, cogió el libro, introdujo el marcapáginas entre sus hojas y lo dejó sobre la mesa. De repente se le habían quitado las ganas de leer.

Vale que había decidido dejarse llevar, pero ahora que había surgido la oportunidad, de contestar al teléfono y «dejarse llevar» le había entrado el pánico escénico.

Pulsó con dedos inseguros el número del buzón de voz y se dispuso a escuchar lo que Alejandro tuviese que decir.

PRIMAVERA

Spare me your judgments and spare me your dreams
'Cause recently mine have been tearing my seams
I sit alone in this winter clarity which clouds my mind
Alone in the wind and the rain you left me
It's getting dark darling, too dark to see
And I'm on my knees, and your faith in shreds, it seems.

Thistle & weeds,
MUMFORD & SONS

Tantán tantán tararááá
Tantán tantán tararááá
Tirurí tirurí tiruritintín
Tantán tantán tararááá
Tantán tantán tararááá
Tirurí tirurí tiruritintín
Chanchán tarará chanchanchán
Chanchán tarará chanchanchán
Chanchanchán chanchanchán chanchán tarará chanchán.

La primavera,
ANTONIO VIVALDI

13

Tima

Ha pasado casi un mes desde que David se acostó con esa mujer y todavía no he encontrado el momento de decirle que lo nuestro ya no funciona, que quiero dejarle.

Es difícil.

Mucho más de lo que imaginaba.

No puedo pensar sólo en mí, tengo que tener en cuenta a Jorge, temo enfrentarme a él. Odio tener que convertirle en hijo de padres separados. Temo cómo se lo va a tomar, temo lo que me vaya a decir, su reacción, su miedo, porque seguro que se va a sentir muy asustado, dolido y confuso. Temo que se culpe del fracaso, que se enfade conmigo, temo que se quiera quedar con su padre, temo no volver a verle, temo que David o mi suegra lo usen como arma arrojadiza si llegamos a divorciarnos.

Y también temo la reacción de mi marido cuando se lo diga.

Él está convencido de que, tras su «desliz», las cosas entre nosotros están volviendo a la normalidad, cree que estoy empezando a superarlo o, al menos, que estoy deseando superarlo puesto que mantengo una especie de *entente cordiale* en la convivencia. Es como si pensase que he firmado un pacto tácito de no agresión, de no agredirle a él, me refiero. Sé que en su cabeza este es el primer paso después de «el gran cisma»... Y puede que parte de la culpa sea mía.

Cuando volvió a casa aquella noche, le pedí que durmiese en la habitación de invitados, no podía compartir la cama con él. Por suerte, esa habitación de invitados está en el desván y la de Jorge en la planta baja, por lo que creo que el niño no se ha dado cuenta de que sus padres duermen separados; no obstante, hace un par de noches subí al desván.

Ya he dicho que me encanta el sexo con mi marido, por lo que no veo necesario profundizar más en lo que sucedió, aunque sí habrá que hacerlo en las consecuencias de mis actos, ya que, al día siguiente, David consideró que el hecho de que quisiera acostarme con él significaba que le había perdonado y volvió a mover sus cosas al dormitorio que llevamos compartiendo desde que nos casamos.

No tuve valor para decirle que estaba en un error.

Del mismo modo que todavía no he tenido valor para decirle que me quiero separar.

Ojalá existiese algún fármaco que al tomarlo infundiera el coraje necesario para hacer las cosas que nunca nos atrevemos a hacer. Yo qué sé, cien miligramos de Intrepidina te facilitan entrar en la casa del terror del parque de atracciones; quinientos miligramos te ayudan a lanzarte en paracaídas desde un avión; y mil miligramos te dan el valor necesario para decirle a tu marido que le quieres dejar.

Desde el día D —o P, de polvazo—, no le he recriminado nada, ni siquiera he querido hablar de lo ocurrido. Él lo ha intentado, pero me he cerrado en banda. No quiero hablar sobre ello. No puedo; no obstante, no estoy más borde ni nada de eso. No he dejado traslucir en mi forma de comportarme nada que no sea absoluta y completa tranquilidad y cotidianeidad, excepto por lo de dormir en habitaciones separadas, claro, pero qué menos, no me jodas.

Cada noche he hecho la cena, he mantenido charlas insulsas sobre temas prácticos y he visto las mismas series de siempre en modo automático, como si nada hubiese sucedido. Como si de verdad fuese una mujer comprensiva y hubiese entendido las «necesidades» de mi marido.

Él, por el contrario, está mucho más cariñoso. Ha intentado entablar más conversaciones conmigo si bien, como digo, yo no me he mostrado muy receptiva; ha planificado unas cuantas citas a solas que no he podido más que rechazar; y me ha hecho, eso sí, muchos regalos, entre ellos: varios ramos de flores con olor a frustración; unos pendientes de platino y brillantes preciosos, carísimos, envueltos en cobardía; y una caja con una trufa artesanal de Knipschildt con sabor a culpabilidad.

Cree que lo nuestro tiene arreglo.

Cree que comprando presentes y poniéndomelos a los pies como los Reyes Magos puedo llegar a olvidar lo que ha hecho.

Y, sobre todo, cree que lo que me pasa es por lo que ha hecho.

Pobre infeliz.

—Va siendo hora de que nos sentemos a hablar —dice David—. Llevas esquivando esto desde hace un mes… Necesito hablar contigo, necesito que volvamos a comunicarnos. No podemos continuar así.

Me doy la vuelta para mirarle, suspiro y asiento. Este es tan buen momento como cualquier otro y, por lo menos, al estar en mi estudio, evito que Jorge nos escuche. Además, el olor de los óleos y de la trementina que flota perenne aquí consigue que me sienta en mi terreno. Me tranquiliza y me reconforta. Él ha venido a territorio enemigo a negociar y no al contrario, y eso me gusta.

Limpio los pinceles con mimo, algo que me lleva más rato de lo que a mi marido le gustaría. Noto crecer su impaciencia, es casi tangible, pero no quiere decir nada que me haga cambiar de opinión ahora que, por fin, he accedido a dialogar con él.

Cuando estoy satisfecha con la limpieza de mis herramientas de trabajo, le hago un gesto invitándole a sentarse en la única silla que hay en el estudio: la de mi escritorio. Yo agarro una pequeña escalera de madera que utilizo para llegar a las partes más altas de los lienzos, la abro y me acomodo en el peldaño superior manteniendo la distancia con él.

—Dime —intento que mi tono sea tranquilo.

—Quiero que me escuches sin interrumpirme —pide.

—Lo intentaré, es todo lo que puedo prometerte.

Asiente con la cabeza y clava la mirada en el suelo.

—Mira, Tima, siento mucho lo que ha pasado, lo que he hecho —comienza—. No me siento orgulloso y sé que te he hecho daño... Pero, sinceramente, creo que nos va a ir mejor de ahora en adelante porque me he dado cuenta de lo mucho que te quiero... Esto ha sido hasta positivo para nosotros como pareja. —Alza sus ojos hasta los míos y sólo entonces se da cuenta de que la cosa no va tan bien como él había previsto. Esa última frase ha congelado mi gesto en una mueca de desagrado y estupefacción—. No quiero decir con esto que yo haya hecho lo correcto, no me malinterpretes —intenta corregirse. Demasiado tarde en mi opinión. Lo dicho, dicho está—, pero sí me ha servido para entender lo importante que eres para mí, de lo importante que es esto que hay entre nosotros. Sé que te va a costar perdonarme, pero te ruego que lo intentes, por nuestro bien, por el bien de Jorge...

—A Jorge no lo metas en esto. —Le corto. Soy tajante. Intento mantener la calma, pero su discurso, si ha tenido algún efecto, no ha sido el que él pretendía. Ahora me siento furiosa.

¿Pues no tiene los cojonazos de decirme que el acostarse con otra ha sido bueno para nuestro matrimonio?

Otra cosa no, pero en estos momentos, admiro su audacia.

—Sí, tienes razón —se retracta—, es mejor que mantengamos ambos a Jorge al margen... Lo que trato de decirte es que estoy más convencido que nunca de mi amor por ti. Eres mi mujer y te quiero.

Deja de hablar y espera mi respuesta.

Asumo que ha terminado el alegato de la defensa.

Reviso mentalmente su discurso, que, dicho sea de paso, no ha sido muy largo. En ningún momento ha mencionado que esto no vaya a repetirse, así que, por clarificar conceptos, lo saco yo a colación.

—¿Y la próxima vez que te apetezca follarte a otra volverás a pedirme que te dé mi bendición?

Silencio.

—No va a haber próxima vez —dice por fin.

—No me da ninguna confianza el silencio que ha habido antes de contestar —replico.

—No, no va a volver a repetirse —afirma. Esta vez lo hace con más contundencia—. Te quiero.

Me mira expectante.

Apoyo los codos en mis rodillas y me froto el rostro con las manos un par de veces. Después dejo que mi mentón repose sobre los puños, decidiendo la mejor forma de decir lo que quiero decir.

Después de meditar durante unos segundos, decido que no hay forma mejor o peor de hacerlo, sólo hay una, con honestidad, así que suspiro y comienzo a hablar.

—Entiendo lo que dices y cómo te sientes. —Mi voz suena muy calmada, demasiado para las emociones que en ese momento están manteniendo una sangrienta batalla en mi interior, por mucho que yo esté reconociendo las suyas. En algún sitio leí que la mejor manera de comunicar este tipo de cosas es sin levantar la voz, mostrándote serena e intentando no echar nada en cara. Me propongo intentarlo. Soy una mujer madura—, pero ahora necesito que me escuches tú y trates de entender cómo me siento yo.

—De acuerdo —accede David.

—El mismo hecho que te ha servido a ti para darte cuenta de lo mucho que me quieres, me ha servido a mí para darme cuenta también de algo. —Hago una pausa. Quiero que mis palabras calen antes de continuar, quiero que sepa que lo que estoy diciendo no es fruto del resentimiento o del despecho. Quiero que entienda que estoy hablando en serio—. Ya no estoy enamorada de ti...

—Pero... —Me corta, se levanta e intenta acercarse a mí.

—No, te he pedido que me escuches —digo haciendo un gesto para que vuelva a sentarse—. No me interrumpas —Se acomoda de nuevo en la silla, su postura es más reticente ahora—. La noche que quedaste con esa mujer, yo quedé con Lola. No pensaba decirle nada de lo que sucedía, pero me sentía tan mal que acabé contándoselo todo y, al hacerlo, me di cuenta de que lo que sentía no eran celos. Ni siquiera estaba tan enfadada contigo como creía, nada de eso. Lo que me pasaba era que me daba igual... Así de simple. Estaba triste, mucho. Aquella noche apenas dormí. No hice otra cosa más que llorar porque entendí que lo que más me dolía de todo este asunto no era que estuvieses con otra, lo que más dolía era que a mí no me importaba que estuvieses con otra... No me importaba, David... Y... quiero que nos separemos.

—No puedes hablar en serio. Estás cabreada, lo sé. Tú tienes muy mal genio. —En estos momentos me da un poco de pena; sin embargo, no puedo retroceder ni un paso o sé que me será imposible volver a mantener esta conversación con él—. Sólo estás haciendo esto para hacerme daño... Lo merezco... Me dijiste que no había problema en que me acostase con otra... Y ahora cambias de opinión... Como siempre...

—Nunca dije que no hubiese problema, dije que hicieses lo que quisieras porque de cualquier modo lo ibas a hacer. Es diferente —matizo.

—¡Tendrías que haberte negado! —explota poniéndose de nuevo en pie y dando un par de pasos en mi dirección—. ¡Nada de esto estaría sucediendo ahora!

—¿De verdad me vas a echar la culpa a mí? —Le imito y yo también me pongo en pie. No puedo disimular más mi enfado, no me da la gana disimularlo. Soy una mujer madura, pero, por lo visto, no tanto. Estoy muy cabreada. En exceso. Y me da igual. Me apetece una rabieta y creo que me la he ganado—. ¿De verdad vas a tener las narices de decirme que esto es culpa mía?

—¿Y de quién si no? —El volumen de nuestras voces está subiendo hasta convertirse en gritos—. ¡De la persona que ha cambiado de opinión!

—¿Qué te parece que sea del tío que le ha dicho a su mujer que se quería acostar con otra? Y, además, adivina, LO HA HECHO —remarco bañando mi voz en sarcasmo—. Ni lo has pensado, ¿no? ¡Eres tan egoísta, vives con la cabeza tan metida en tu enorme ombligo que ni siquiera te has parado a pensar cómo tus actos podrían afectar a tu familia! Los actos tienen consecuencias y la consecuencia del tuyo es que me he dado cuenta de que ya no estoy enamorada de ti.

—¡Yo te pregunté y me dijiste que adelante! ¡Y ahora lo utilizas como excusa! ¡Estás loca!

Yo lo utilizo como excusa, por supuesto. Siempre tengo que ser yo la mala, siempre tengo que acabar siendo yo quien se equivoca. Él es don perfectito de los cojones, debería ponerlo en sus tarjetas de visita. Pero esta vez no me importa. ¿Quiere salir de aquí pensando que él es magnífico? ¿Que su matrimonio se ha ido a la mierda porque su mujer es una loca del coño?

De acuerdo.

Está bien.

Que piense lo que le apetezca.

Me obligo a volver a hablar, esta vez sin alzar la voz.

—Mira, puedes pensar lo que te dé la gana, por mí te puedes ir a la mierda. Quiero que nos separemos y punto —repito.

Algo debe de ver en mí o escuchar en mi voz que le indica que no estoy bromeando, que esto no es una pelea normal, que, como suele suceder, en un par de días las cosas no van a volver a su cauce. Me da la impresión de que, por fin, es capaz de ver que es posible que yo esté cavando duro con una pala para modificar el jodido cauce de la normalidad.

—¿Vas en serio? —pregunta con estupefacción dejándose caer de nuevo en la silla.

Me encojo de hombros.

—Es lo que hay.

—¿Y Jorge? ¿Qué le vas a decir?

—Qué le vamos a decir —corrijo—. Es hijo de los dos... Y no te preocupes, no le voy a contar que te has acostado con otra. Le diremos lo de siempre: que sus padres ya no se quieren, que no tiene nada que ver con él y bla, bla, bla. Lo mismo que me dijeron mis padres a mí. Lo entenderá. No tendrá más remedio que entenderlo. Quiero que le mantengamos al margen.

Asiente en silencio.

—¿Y a dónde voy?

—De momento puedes quedarte aquí. Dormirás en la habitación de invitados, pero ve buscando dónde vivir. Tienes un mes. —Me siento poderosa al decir esto. Gracias, mamá, por regalarme esta casa.

—Te vas a quedar sola, nadie te soporta —escupe poniéndose en pie y dirigiéndose hacia la puerta.

—Ese será mi problema —acepto. Me niego a caer en su trampa dialéctica.

Estoy cansada de esta conversación, si es que podemos llamarla así, y prefiero que termine. Ya no quiero discutir más y si contesto a su exabrupto sé que no va a acabar. Que tenga la última palabra, qué más me da a mí ya. Yo sólo quería entregar un mensaje y, llámame loca, pero creo que lo ha captado.

Sale del estudio con un portazo no sin antes lanzarme una mirada de desprecio. En ese instante me doy cuenta de lo mucho que se parece a su madre.

Escucho sus pasos agresivos, casi violentos, alejándose en dirección a la vivienda. Otro portazo me indica que ha entrado en casa.

Cuando estoy segura de que se ha marchado, y de que no va a regresar, permito que las lágrimas que llevo un rato conteniendo sean libres.

Lo he hecho, se lo he dicho.

Y ha sido todavía peor de lo que imaginaba. ¿Pues no ha tenido el cinismo de echarme a mí la culpa? Es que no doy crédito a lo gilipollas que puede llegar a ser. ¿Ha sido siempre así? ¿Y por qué no lo había visto hasta ahora?

Estoy agotada.

No sé si me quedan fuerzas para nada más que para irme a la cama, pero, de momento, hasta que nos sentemos a hablar con Jorge, tengo que aparentar que todo está bien. Tengo que hacer la cena y sonreír como si nada sucediese, aunque sólo sea por el bien de mi hijo. «Tampoco me va a costar mucho», me digo para darme ánimos, «llevo un mes haciéndolo. No me va a pasar nada por fingir un poco más».

Sólo un poco más.

14

Eva

Las normas de Eva para salir con hombres:
2. Nunca, nunca, nunca enamorarme.

—Hola, Eva, soy Alejandro... Nada, que no doy contigo, volveré a llamarte en un rato. Un beso.

Y eso era todo.

Por supuesto, Eva se puso a desmenuzar el mensaje tratando de encontrar el significado secreto de las diecisiete palabras que lo componían. Analizó el tono, el ritmo, los sonidos de fondo, todo lo que se le ocurrió. Le llevó un buen rato hasta que, por fin, consiguió entender que, por muchas vueltas que le diese, lo único que decía era eso, que la había telefoneado, que ella no había contestado y que volvería a llamarla.

No había mucho misterio en el asunto.

Se sintió algo estúpida —tampoco mucho— por ponerse a examinar de esa manera un sencillo mensaje en el buzón de voz. Como cuando tenía quince años y su madre, Candela, contestaba la llamada del Romeo de turno porque ella no estaba en casa.

—Pero ¿qué ha dicho exactamente? —preguntaba Eva al enterarse de que la había telefoneado.

—Nada, ha preguntado por ti y le he dicho que no estabas —replicaba su madre sin dejar de hacer lo que fuese que estuviese haciendo.

—¿Se le notaba nervioso? —insistía ella.

—No lo parecía, cielo. Sólo ha preguntado por ti —volvía a explicar su madre—, le he dicho que no estabas, me ha pedido que te dijese que había llamado, me ha dado las gracias y ya está.

—Ah, ¿seguro que no ha dicho nada más?

—No, nada más.

—Candela, amor mío, dale algo a la niña —decía su padre riendo—. Haz memoria, que la tienes en ascuas.

—Pero es que el muchacho no ha dicho nada más, cariño —replicaba la mujer riendo y dándole un beso en la mejilla a su marido.

Tras la breve y poco informativa conversación con su madre, ella marcaba el número de su mejor amiga para charlar sobre lo que había dicho y lo que REALMENTE había querido decir el chico en cuestión. Se sentaba en el suelo del pasillo, a pesar de que sabía que el culo se le quedaría duro y frío a causa del horripilante y helador terrazo de la vivienda, y hablaba y hablaba sosteniendo el auricular entre el hombro y la oreja hasta que su madre le daba el alto recordándole que la factura subía y no la pagaba ella.

Era una época, la de la adolescencia de Eva, en la que no existían los móviles y se perdían muchas llamadas deseadas por no estar en casa, o por estar en la ducha o, sencillamente, porque no se llegaba a tiempo al teléfono. Y ellos no tenían contestador, eso era cosa de las series americanas.

Eva se había criado en un pueblo de Madrid, uno pequeño al que no llegaba ni el cercanías y en el que el día a día tenía un ritmo más relajado y amable. Vivían en una típica casa de pueblo, vieja, con muebles que ya habían pasado de moda quince años antes de que Eva naciera, de fachada ajada y desconchada a la que le hacía falta una capa —o siete— de pintura, ventanas vetustas que, a pesar de las contraventanas de madera, dejaban pasar el aire cortante durante el invierno y el bochorno pegajoso del verano, y un patio embaldosado con un pozo de piedra grisácea y antigua en el centro.

Lo único bonito de aquella vivienda era ese pozo. Estaba coronado por un tejadillo de madera que su padre había ido restaurando durante los fines de semana.

A Eva le gustaba verle trabajar en el patio; su hermano y ella le llevaban agua y se peleaban por pasarle las herramientas y tablones que iba necesitando. La risa de su padre lo llenaba todo. Los miraba con indulgencia y bromeaba con ellos sin dejar de lado su labor. Les explicaba lo que iba haciendo y les enseñaba a manejar el material. Decía que nunca estaba de más saber utilizar un taladro o un serrucho. Su padre era un hombre de ojos chispeantes y sonrisa fácil. Parlanchín y cariñoso, siempre dispuesto a echar una mano a sus amigos, a sus hijos, a su mujer... A cualquiera que se lo pidiese. Eva no recordaba haberle visto nunca un mal gesto y cada vez que pensaba en él se le llenaba el alma de una calidez teñida de nostalgia.

Era una época también en la que a Eva todavía le interesaban los chicos; luego alcanzó la edad adulta, que para ella era la treintena, y aquello pasó.

Eva se decía que no había sucedido de la noche a la mañana, que había sido algo gradual. Primero, por estar demasiado centrada en sus estudios universitarios; no se podía permitir perder la beca. Y, segundo, porque cuando no estaba estudiando, estaba trabajando en un pub del pueblo, poniendo copas a sus amigos de la infancia, muchos de los cuales habían pasado de la universidad y se habían puesto a trabajar, ya fuese en el negocio de sus padres o en la construcción, sector en el que, en aquellos años, se ganaba bastante. Esos amigos iban al bar al volante de Audis y se podían permitir salir por ahí a divertirse en cuanto el sábado asomaba la nariz.

Su principal fuente de ocio era la lectura. Le encantaba leer: novelas, cómics, lo que fuese. Leer la ayudaba a evadirse. La bibliotecaria del pueblo era una vieja conocida, ya que Eva iba todas las semanas a por algún libro. El otro capricho que se permitía era el cine. Eso sí, siempre el día del espectador, que era más barato. Los miércoles salía de clase, comía en la cafetería de la universidad y, por la tarde, iba al multicine. Siempre al mismo, casi siempre sola y, aun así, adoraba la experiencia: la penumbra de la sala al entrar, el aroma salado de las palomitas, el murmullo de los espectadores antes de comenzar la proyección y, después, la oscuridad rodeándola y el brillo luminoso de aquella pantalla en la que sucedían mil cosas que la maravillaban.

Cuando acabó la carrera, sus amigos de la infancia se encontraban ya pasando por el altar o teniendo hijos. Algunos consiguieron largarse del pueblo. Algunos, pocos. La mayoría continuaban allí, construyéndose hogares en los que pasar el resto de sus vidas.

Y parecían felices.

Eva se planteó en muchas ocasiones tirar la toalla. Hacer lo que hacían los demás: encontrar un trabajo cualquiera, casarse y tener hijos. Al resto no parecía que les fuese mal. Sólo su hermano, una *rara avis* como ella, empeñado en salir del pueblo, había insistido en que continuase, que ella no iba a ser feliz allí, en que había peleado ya mucho como para conformarse con algo diferente a lo que de verdad quería hacer.

No entendía por qué a ella aquella forma de vida no le parecía aceptable, no le gustaba. Quería hacer algo distinto y estaba intentando poner los cimientos para conseguirlo; aun así, en ocasiones se le hacía muy difícil ver cómo sus compañeros del colegio se habían ido integrando de manera natural en la edad adulta y ella, a pesar de tener la misma edad, se sentía todavía como un ser humano incompleto. Como una persona a medias.

Sin acabar.

Adoraba a sus padres, pero no quería ser como ellos. No quería pasarse la vida viviendo para trabajar y llegando a duras penas a fin de mes, siempre preocupados por el dinero, por sacar adelante a sus hijos, sin tiempo para viajar, sin tiempo para disfrutar, sin tiempo para ellos mismos.

Después llegaron los primeros empleos, que continuó compaginando con su trabajo como camarera durante los fines de semana, en las fiestas del pueblo, en Navidades y en cualquier puente. También llegó su primer novio, si bien sólo en contadas ocasiones salían a divertirse juntos.

No tenía demasiado tiempo para ello, ya que, además de los dos trabajos, Eva se había matriculado en un máster y en todo aquello que creía que le podría servir para aspirar a mejores puestos: desde idiomas a cursos de programación, edición o diseño. Lo que fuese.

En aquella época todavía no se había podido independizar de sus padres, no obstante, Eva intentaba darles lo suficiente para que la carga que suponía tener una hija en la veintena todavía conviviendo con ellos fuese lo menor posible. Apenas pasaba tiempo en casa y, cuando lo hacía, estaba encerrada en su habitación, estudiando.

Sus padres la animaban a salir, a descansar, le decían que se estaba perdiendo su juventud, que la estaba gastando con la cabeza metida en los libros. Se preocupaban por ella, pero Eva insistía en su esfuerzo. Ya saldría todo lo que quisiera más adelante. Creía que tras todas esas noches estudiando en su habitación bajo el charco de luz amarillenta de la lámpara, con la cama todavía sin deshacer a su espalda, vendría la recompensa.

¿Qué recompensa?

Eso tampoco lo tenía muy claro, pero seguro que había alguna. Al fin y al cabo, ella sólo quería salir del pueblo y no depender de nadie.

Encontrar un puesto estable y bien remunerado que le permitiese ser autosuficiente le había llevado demasiado. Hacía tan sólo diez años, cuando ella contaba casi con treinta, lo había encontrado. Y en él seguía.

Pudo dejar su trabajo de camarera y alquilar un apartamento compartido en Madrid. Pudo dejar de estudiar por las noches, de aprovechar cada segundo libre del día para seguir mejorando, pudo empezar a vivir la vida que siempre había querido tener.

Pudo sentirse, por fin, casi completa.

Lo demás vino solo: los ascensos, su propio piso, el coche bonito, el gato negro... Y la inexistencia de una pareja.

Se había acostumbrado a no necesitar a nadie a su lado para sentir que era una mujer realizada.

Le encantaba su trabajo y le encantaba su vida.

Y, además, Marta y Alberto tenían razón: le daba pánico

poner en peligro todo por lo que llevaba tantos años peleando por un hombre.

Por amor.

Había ido dejando de creer en el amor casi sin advertirlo, como una barca que se va acercando a la orilla del cinismo mecida por la marea. Con total seguridad, habían influido diversos factores en esa carencia de interés en lo romántico. Si Eva se hubiese parado a pensar sobre ese asunto durante al menos un par de minutos, se habría dado cuenta; pero habría sido una rareza que se parase a meditar sobre ello, ni siquiera se lo planteaba, prefería negarlo, que era algo mucho más rápido y eficiente.

A Eva no le gustaba reflexionar sobre ciertos temas, entendiendo por «ciertos temas» todo aquello que la incomodaba, que le hacía reparar en que su vida no era tan feliz como se empeñaba en fingir. Que había cosas que llevaba demasiado tiempo negándose y ni siquiera era consciente de ello. Tenía asuntos más importantes en los que emplear su tiempo, como, por ejemplo, trabajar.

Tal vez el par de relaciones algo más serias que había tenido y que habían terminado dejándola desolada, vacía y arrasada como la sección del papel higiénico en un supermercado tras el anuncio de una pandemia fuese otro de aquellos factores. Porque sí, Eva había tenido un par de relaciones un poco más serias.

Poco después de acabar la universidad, se había enamorado. Se trataba de un compañero al que había conocido en su primer trabajo. La relación había durado once meses y veinticuatro días.

No acabó bien.

Él la engañó, Eva le pilló y tuvo que luchar contra ella

misma para dejarle. La Eva más romántica, la que acabó muriendo unos años después, pensaba que tal vez debía darle otra oportunidad, que había sido un error y que todos tenemos derecho a equivocarnos; la Eva más escéptica repetía y repetía que si lo había hecho una vez, lo volvería a hacer y que si había sido un error, era uno irrevocable porque sería incapaz de volver a confiar en él. ¿Y qué era una relación sin confianza?

Nada.

No era nada.

El vacío absoluto.

La Eva que tuvo que tomar la decisión escuchó a la segunda, a la más cruda y realista, y algo en su argumento le dijo que tenía razón, así que se echó una cota de malla por los hombros y dejó a aquel imbécil sin permitirse derramar ni una lágrima por él. Al menos no en público.

No le gustaba mucho hablar sobre ello y, de hecho, no se lo había contado ni a su familia ni a Marta y Alberto. Había sido en otra vida, cuando ella era joven e idiota, o eso se decía, porque, en realidad, es posible que sí que fuese idiota, pero no era ya tan joven.

De ahí venía su norma de nunca, nunca, nunca salir con compañeros de trabajo.

La siguiente y última relación seria de Eva había sido antes de cumplir veintiocho años. Con Hugo. Le había conocido de manera bastante mundana: en un pub. Se habían intercambiado los números de teléfono y habían empezado a salir.

Eva se enamoró. Era un amor de esos que lo llenaban todo, que conseguían que quisieras pasar cada momento del día con la otra persona y que aun así no te pareciese bastante, que lograban que creyeses que la vida se te iba a hacer muy corta con él.

Estuvieron juntos casi tres años, incluso llegaron a hablar de irse a vivir juntos; no obstante, al final del tercer año él recibió una oferta de trabajo de una empresa situada en Frankfurt y se largó sin mirar atrás.

No hubo un «ven conmigo», ni un «vendré a verte», ni hostias.

Fue un «adiós, encantado de haberte conocido».

Tres años había estado con él.

Tres.

No uno, ni dos. Tres.

Eva ni se molestó en ir a despedirle al aeropuerto, ¿para qué?

Pero aquello le dolió.

Mucho.

Sintió como si aquellos casi tres años no hubiesen significado nada. Y, en realidad, no habían significado nada, al menos para él. A ella le sirvieron para añadir una armadura más resistente sobre la cota de malla que ya llevaba sobre los hombros.

Tampoco sus amigos sabían nada sobre la existencia de un Hugo que le había roto el corazón, lo había pisoteado y, por si todavía quedaba algo de esperanza en él, le había prendido fuego, no fuese que volviese a latir más adelante.

Pasó algún tiempo analizando aquella relación y convenciéndose de que, en realidad, nunca le había querido, que todo había sido un enamoramiento absurdo, casi adolescente, debido a su poca experiencia con los hombres.

Pasó algún tiempo reescribiendo su historia a su gusto para que encajase en la narrativa de la persona que quería ser.

Tan bien lo hizo que terminó por creérselo.

De ahí venía su norma sobre nunca, nunca, nunca enamorarse.

Y luego estaba la muerte de su padre.

15

Eva

Su padre, Ricardo, había muerto poco después de que Hugo se largase dejándola sola, vestida para los restos con su armadura contra los desengaños. Eva todavía no había cumplido los treinta años.

Sucedió de repente.

No hubo avisos o, si los hubo, fueron ignorados por el buen hombre, porque a la familia le pilló por sorpresa.

Un día estaba en casa con sus pantuflas, preparándose para ver las noticias mientras cenaba con su mujer, y al momento siguiente yacía tirado en el suelo. Por lo que había contado su madre, se había llevado las manos al pecho y poco más.

Muerto.

Un infarto.

La causa más frecuente de mortalidad en todo el mundo.

Lo que en términos generales no era más que otro fallecimiento que pasaría a formar parte de una estadística, Eva lo sintió como si le hubiesen arrancado el alma del cuerpo y se hubiesen echado un partido de fútbol con ella.

Su hermano, que ya se había casado y vivía en Barcelona, regresó para arreglar con Eva todo el papeleo. Sólo querían facilitarle al máximo la situación a su madre, que estaba desolada. Ambos pensaban que todo el proceso sería más sencillo, pero se sintieron abrumados por la burocracia que conlleva la muerte. La pena que sentían ambos también hizo que las cosas fuesen mucho más difíciles.

Tras el entierro, Sergio regresó a su vida, si bien bajaba a Madrid muy a menudo para intentar ayudar en lo posible; no obstante, tenía una familia —su mujer estaba embarazada en aquel momento— y un trabajo que se encontraban a setecientos kilómetros de distancia.

Eva se quedó con su madre. La desdichada mujer no hacía nada que no fuese llorar hasta caer rendida. La hija lo entendía. Se habían casado muy jóvenes y su madre no comprendía la vida sin el hombre con el que había estado durante más de treinta años. La tristeza se había apoderado de su existencia y ahora convivían en una especie de simbiosis que a punto había estado de llevarse a Candela por delante.

No comía si no le metían la comida en la boca, no se duchaba si no la obligaban y no salía de casa aunque la forzasen. Incluso dejó su trabajo en el supermercado cuando se hizo patente que no iba a poder regresar en breve. Pensaba que nunca podría hacerlo, que aquel dolor que la acompañaba día y noche iba a quedarse con ella para siempre, y rezaba en silencio para que ese «para siempre» fuese lo más corto posible.

Quería desaparecer.

Quería morirse.

Eva, viendo que su madre la necesitaba, dejó su piso compartido y regresó al pueblo para cuidarla. Durante el día iba a la oficina, hacía su trabajo intentando que nada la distrajese, intentando disfrutar de esas horas de libertad, pero regresaba al ambiente fúnebre y oscuro de su casa nada más acabar el horario laboral. Nada de cañas con los compañeros, nada de cine los miércoles, nada de nada.

Habló con Luis y le contó lo que sucedía en casa y el hombre la apoyó. Le sugirió que flexibilizase sus tareas y horarios cuando lo necesitase, pero ella no quiso ni oír hablar del tema; él incluso le propuso trabajar desde casa, cosa que Eva rechazó con más vehemencia de la esperada, ya que las horas en las que estaba en la oficina eran las únicas del día que se permitía para ser ella, para sentirse una persona normal y no alguien inmerso en una telenovela en la que todos los personajes sufrían destinos imposibles, enrevesados y lacerantes.

El trabajo se convirtió en su refugio.

Los sábados y domingos dejaron de existir para convertirse en un día más. La única diferencia era que pasaba las veinticuatro horas con su madre; y, aunque no quisiera reconocerlo por lo doloroso de la idea, aquellas cuarenta y ocho horas seguidas con ella, la ahogaban, la asfixiaban.

Eran como el beso de un dementor.

Los lunes la aliviaban. Eran como una sombra aislada en un día al sol de agosto.

¿Por qué Luis la ayudó tanto cuando no hacía ni un año que trabajaba para él? Eva no lo entendió en aquel momento, ni tampoco se lo preguntó. Prefería que su jefe no le diese muchas vueltas al tema, no fuese a cambiar de opinión.

Años después, cuando la amistad entre ambos estaba ya establecida, se atrevió a hacer las preguntas que estaban pendientes y el hombre confesó: le recordaba a su hija, no en el físico, pero sí en su sentido del humor, en su arrojo, en su desparpajo, en sus ganas de aprender y en lo fácil que conseguía que pareciesen las cosas más complicadas. Desde que la conoció, había sentido la necesidad de protegerla y guiarla del mismo modo que había hecho —y seguía haciendo— con su hija cuando comenzó a labrarse un futuro profesional unos años antes. No veía a su hija tanto como le gustaría a pesar de que vivían en la misma ciudad.

Eva no supo qué decir ante sus palabras, pero le quiso. Ya le quería, pero le quiso aún más. También se sintió mal por él, por los motivos que había tenido para apoyarla como lo había hecho; se sentía como si ella hubiese abusado de la buena fe de Luis, como si se hubiese aprovechado de él y de esa semejanza con alguien tan querido para él, y así se lo dijo.

El hombre rio ante sus palabras y le dio uno de los mejores consejos que le habían dado nunca: «Aprovecha lo que te ofrezcan sin pedir nada a cambio, la vida te dirá cuando debes devolverlo».

Durante aquellos primeros meses, las amigas y vecinas de su madre se turnaban para cuidar a Candela cuando Eva no estaba en casa; la acompañaban, le hacían la comida y se sentaban con ella hasta que llenaba la barriga con lo suficiente para seguir viva un día más. Aquel grupo de mujeres habían sido una tabla de salvación para la joven. Sin ellas no lo hubiera conseguido.

Aun así, Eva volvió a quedarse encerrada. No salía. Temía dejar sola a su madre, le daba miedo que cometiese alguna locura. Todo su ocio consistía en ver series y películas con ella y leer sentada en el sofá de la salita, siempre con Candela a la vista.

Cuando se hizo patente que su madre no iba a superarlo por sí sola, la obligó a visitar a una psicóloga en Madrid que la ayudase con el duelo. Ella la llevaba todos los sábados en el coche de su padre, que ahora utilizaba, y, a veces, conseguía invitarla a comer en algún restaurante de la capital, sólo a veces.

A partir de ese instante y poco a poco, la mujer fue recuperando algo parecido a una vida normal. Comenzó a salir de nuevo; al principio daba breves paseos hasta el cementerio, a visitar la tumba de su marido, siempre agarrada del brazo de Eva. Los vecinos con los que se cruzaban durante esas salidas les sonreían y las animaban con palabras amables.

Nadie mencionaba al marido fallecido.

Era un pueblo, todo el mundo sabía lo que le había sucedido a Candela al perderlo y no querían recordárselo.

Después, se animó a ir ella sola a hacer la compra de nuevo y, según avanzaban las estaciones, la mujer fue recobrando las ganas de vivir. Le llevó varios meses volver a cocinar para ella misma y para Eva... Y algunos más darse cuenta de que su hija estaba agotada. La había cuidado sin protestar ni una sola vez, había continuado con su trabajo en Madrid y había intentado que las cosas no se hundiesen a su alrededor. Eva había soportado más de lo que nadie de su edad debía soportar. Su hija ya había sacrificado un año de su vida para ocuparse de ella y no estaba dispuesta a seguir siendo una carga.

Candela por fin se había arremangado y había decidido retomar el control de sus días. Echaba de menos a su marido, por supuesto, pero quería demasiado a su hija para seguir causándole daño, así que un día se sentó con ella y le hizo saber que ya no la necesitaba.

—Cariño, ven a la cocina —pidió Candela cuando escuchó a Eva regresar del trabajo.

La joven soltó el bolso en la entrada de la vivienda y arrastró los pies por el pasillo. La casa olía a canela, a vainilla, a café y a algo dulce, delicioso y caliente. Olía a hogar. Como hacía un año que no olía. Eva sonrió con cautela al asomar la cabeza por la puerta de la cocina.

—¿Qué haces, mamá? Huele muy bien.

—Ven, hija, siéntate —dijo Candela señalando la mesa por encima del hombro.

Se encontraba de espaldas a Eva, frente al horno abierto e inclinada, sacando algo de su interior.

Eva miró a su alrededor y volvió a sonreír. Por lo que veía, su madre había pasado un día muy ocupada. Todo estaba brillante y el aroma del friegasuelos de limón que utilizaban impregnaba con suavidad la estancia, atenuado por el de lo que fuese que Candela había estado cocinando. A Eva le daba asco el de pino, le recordaba a los ambientadores de los coches viejos.

La mujer había limpiado toda la habitación y se había ocupado también de los cacharros de la cena de la noche anterior, que a Eva no le había dado tiempo a fregar, y ahora reposaban en el escurreplatos junto al fregadero; además, la lavadora ronroneaba en su rincón haciendo girar en sus tripas una colada.

La joven se detuvo en el centro de aquella cocina tan familiar. Sus muebles, electrodomésticos y azulejos podían estar pasados de moda, pero siempre habían sido mimados, como si estuviesen recién instalados, y eso se notaba. La vivienda entera era un viaje al pasado, como si el tiempo se hubiese detenido en una década muy anterior, en una época ya olvidada; sin embargo, ahora aquella casa atesoraba en sus rincones los recuerdos más felices de una familia, guardaba el eco de cumpleaños, Navidades y risas. Resonaba con las experiencias vividas entre sus cuatro paredes y parecía que Candela estaba decidida a mantenerlas, a no permitir que la tristeza le arrebatase aquellos recuerdos.

En el medio de la habitación, la antigua y rayada mesa de

madera había sido cubierta por un mantel de flores y servilletas y, sobre ella, se encontraban dos tazas con sus correspondientes platitos a juego y dos platos de postre junto a una cafetera humeante que esperaba a que alguien diese buena cuenta de su contenido. Eva se fijó en que su madre había sacado la porcelana buena, la que vivía en el aparador del salón esperando visitas importantes que nunca llegaban.

—¿Qué sucede? —preguntó Eva tomando asiento—. ¿Te encuentras bien?

—Mejor que nunca —comentó su madre desmoldando el bizcocho que acababa de sacar del horno. Lo sirvió en una bandeja de la misma vajilla que las tazas, cogió un cuchillo pastelero y se aproximó a la mesa.

—Mamá, me estás asustando. ¿De verdad que estás bien?

Candela se sentó y comenzó a servir el bizcocho.

—Porras, me he dejado las cucharillas... —La buena mujer nunca decía tacos.

—No te preocupes, yo las cojo. —Eva se levantó arrastrando las patas de la silla y fue a por los cubiertos que faltaban—. Pero dime de una vez qué está pasando.

—Primero prueba esto, a ver qué tal me ha salido... Hace mucho que no lo hago. Demasiado.

Su madre le acercó un plato con un pedazo de bizcocho casi tan grande como la cabeza de Eva.

Clavó la cuchara en la esponjosa masa y se la llevó a la boca no sin olisquearla primero, algo que llevaba haciendo desde que era una niña y que ya era casi una costumbre para ella.

—Riquísimo... —aprobó Eva después de masticar, saborear y tragar el bocado—. ¿Me vas a decir ya qué pasa?

—Mira, cariño —comenzó su madre—, antes que nada, quiero pedirte perdón...

—¿A mí? ¿Por qué?

—No he sido lo bastante fuerte... No he estado a la altura... Siento que hayas tenido que cuidar de mí todo este tiempo...

—Mamá, no —se rebeló Eva—. No digas eso...

—Sí, sí, lo digo. Tú no tienes que hacerte cargo de una vieja. Eres joven y va siendo hora de que retomes tu vida.

—Pero tú me necesitas...

—Ya no —la interrumpió Candela—. A partir de aquí creo que puedo yo sola. Tú tienes que volver a Madrid y ocuparte de ti... Mírate, si pareces un esqueleto... Lo siento mucho, mi niña. Ha sido culpa mía, pero ya estoy bien, de verdad. ¿Dónde se ha visto que sea una hija la que cuida a la madre? Soy yo la que tendría que estar cuidándote y alimentándote y de ahora en adelante pienso hacerlo. Para empezar, hoy he limpiado toda la casa...

—Pero mamá...

—Ni pero ni pera —zanjó Candela—. Llevo ya un tiempo queriendo decirte esto. Además, he hablado con mi jefe y me ha dicho que puedo volver al súper cuando quiera. No llegó a cubrir mi puesto porque sabía que tarde o temprano querría volver... Es buen hombre el Paco... Eso sí, espero que no estés tan ocupada en Madrid como para no venir a verme...

Eva rompió a llorar.

No sabía si eran lágrimas de alivio, de miedo ante un nuevo cambio o de pena por la ausencia de su padre.

No había podido llorarle cuando falleció ya que estaba demasiado preocupada por su madre, tenía que ser fuerte por ella. Ahora notaba que algo se había aflojado en su interior, algo que había actuado como muro de contención, que había sometido todo el pesar y la desesperación por la pérdida hasta que llegase el momento adecuado y que, por fin, abría paso a la tristeza que había tenido que reprimir, la que no había tenido tiempo de sentir. Por él, por ella, por su madre, por tantos meses de suplicio.

Candela se levantó de la silla y se aproximó a Eva para abrazarla.

La joven se aferró a ella con fuerza, temía que si soltaba a esta nueva Candela, volvería el fantasma en el que se había convertido tras el fallecimiento de su marido. Entrelazó los brazos alrededor de la cintura de la mujer y dejó que sus emociones la inundasen mientras su madre la mecía con suavidad.

Cuando Eva volvió a Madrid, se dio cuenta de dos cosas: la primera era que el tiempo que había pasado haciendo vida de ermitaña en casa de su madre le había permitido ahorrar más de lo que creía; al fin y al cabo, la casa de sus padres estaba pagada y prácticamente habían vivido de la pensión de viudedad de su madre que su hermano se había encargado de solicitar en cuanto había podido. Ese año en el que había habitado en el limbo de la tristeza resultó fundamental cuando más adelante se decidió a comprar un piso.

La segunda, que lo que había pasado con Hugo sumado al dolor que había visto experimentar a su madre por la pérdida del amor de su vida la habían terminado de convencer de que se encontraba mejor sola.

Candela nunca había vuelto a ser la mujer alegre y decidida que había sido antes de perder a su marido y eso, el cerebro de Eva, tan predispuesto a negar todo lo relacionado con el amor, lo había registrado a la perfección reafirmando a la joven en sus ideas.

Eva se preguntaba de qué servía enamorarse si, por lo que se veía, sólo había ciertos resultados posibles a la situación y estos eran:

A) Que te engañasen y la pareja se rompiese.

B) Que te dejasen sin más explicaciones y la pareja se rompiese.

C) Que uno de los dos falleciese y la pareja se rompiese.

D) Otros/varios —y la pareja se rompiese—.

Y daba igual el género y el tipo de relación romántica, esos resultados eran siempre los mismos.

En resumen, en todos los escenarios que Eva era capaz de imaginar, la pareja acababa rompiéndose y, por lo menos uno de los dos miembros, sufría un dolor y una desolación indescriptibles por la pérdida.

También se dio cuenta de una tercera cosa, pero eso le llevo algo más de tiempo. La muerte de su padre y el estado de su madre consiguieron que no pensase demasiado en lo que había ocurrido con Hugo. Había superado su marcha sin intentarlo siquiera. Estaba tan ocupada sintiéndose miserable que casi ni se había dado cuenta de cuándo había dejado de pensar en él.

Estaba claro, y su experiencia así lo había confirmado, que el dolor de pisar un clavo se superaba con una amputación por hachazo del otro pie.

Aun así, en un intento por ayudar a su madre mientras estuvo viviendo con ella, Eva había leído mucho sobre el duelo y había encontrado un estudio que venía a decir que la pena que se siente cuando una pareja te deja es similar a la de la pérdida por fallecimiento de un ser querido. Algo más leve, eso sí; no obstante, el proceso de superación era más o menos el mismo. Es el precio que se paga por el amor que le damos a la persona que hemos perdido. A su madre eso no le servía de mucho, pero gracias a aquel estudio Eva entendió mejor sus emociones, pudo ponerlas en orden.

También había leído una descripción del duelo en no recordaba dónde que decía algo así como «amor que no sabe a dónde ir» y le parecía que era aplicable a cuando alguien te abandonaba, si bien ella no había tenido mucho tiempo para sentir todo lo que se supone que debes sentir cuando alguien te abandona.

La cuestión era que todo eso la había llevado a ir añadiendo más y más piezas a esa coraza que había comenzado a ponerse antes de comenzar la treintena y a la que le faltaban apenas una rodillera y un escarpe para estar completa.

A los casi treinta y un años, Eva había avanzado por la vida como un armadillo emocional.

Ahora, a los casi cuarenta y uno, nada podía tocarla porque vivía en el interior de su propio acorazado. Diez años daban para mucho a la hora de endurecerse.

No se permitía sentir nada parecido al amor romántico por nadie. No se permitía enamorarse. De hecho, hasta se había obligado a olvidar que alguna vez lo había hecho.

Había llegado a pensar que enamorarse era de idiotas y de débiles que necesitaban a alguien a su lado que les dijese lo maravillosos que eran. Personas que, para sentirse satisfechas con ellas mismas, precisaban verse reflejadas en los ojos de otro, sin saber que ese reflejo oscilaría hasta desvanecerse ante la menor dificultad.

Ella no.

Se bastaba solita.

O eso creía ella.

Hasta que todo se había ido un poco a la mierda al conocer a Alejandro y había empezado a sentir cosas que no sentía desde hacía una década. Toda su concepción del enamoramiento había comenzado a derrumbarse y, con ella, su armadura protectora. Casi era capaz de ver tiradas a sus pies algunas de las partes del revestimiento que con tanto esfuerzo había construido y colocado a su alrededor, como escombros de un estilo de vida insostenible. Cascotes de ideas preconcebidas. Ruinas de oportunidades perdidas.

Sacudió la cabeza para salir del trance al que le había llevado el mensaje que Alejandro le había dejado en el buzón de voz. No le sucedía muy a menudo lo de viajar al pasado, pero, cuando lo hacía, la dejaba hecha polvo. Todos los recuerdos de aquella época regresaban empujándose unos a otros, pisoteándose, intentando destacar sobre el resto... Y siempre eran los más desgarradores los que conseguían ganar esa carrera.

Suspiró quitándose de encima los últimos jirones de indecisión.

—Ya no soy aquella Eva —se dijo—, la niña perdida, la mujer abandonada, la joven indecisa, la huérfana, la solitaria... Bueno —se corrigió—, lo último puede que sí, pero porque quiero. Y huérfana también sigo siendo, pero sólo de padre.

Era un ejercicio al que recurría cuando sentía que los palos que sostenían su autoestima y su identidad se tambaleaban.

—Ahora soy una mujer segura, independiente, fuerte, profesional —continuó—. ¿Qué más...? Ah, sí, dueña de mi sexualidad... Exitosa, guapa, inteligente, divertida, una faraona, una diosa del Olimpo —hizo una pausa para pensar—. Y seguro que algo me estoy dejando.

Miró el móvil, callado sobre la mesa, junto a él se encontraba el libro que había estado leyendo. El marcapáginas sobresalía como un dedo acusador recordándole que podía olvidarse de todo y continuar con su plácido domingo de lectura.

—Y una mierda —soltó Eva tras meditarlo unos instantes—. Voy a llamarle.

16

Tima

—Jorge, cielo, ¿puedes venir? La cena ya está hecha —pido desde la puerta de su dormitorio.

Mi hijo se gira desde su posición frente al escritorio y asiente con la cabeza.

Mañana, sábado, hablaremos por fin con él. No hemos querido hacerlo antes para que no le afectase en el colegio, esta semana ha tenido un par de exámenes, pero no podemos retrasarlo más. El niño no es tonto y sabe que algo ocurre entre sus padres.

—¿Vais a divorciaros? —La pregunta me golpea tan fuerte que temo acabar con mi culo en el suelo. Al ver la sorpresa en mi rostro, Jorge siente la necesidad de añadir algo más—. Papá y tú, me refiero, ¿vais a divorciaros?

Como si no estuviese claro a qué se refería.

—¿Por qué dices eso? —replico entrando en su habitación y cerrando la puerta a mi espalda.

Es una acción absurda, ya que su padre no está en casa, estamos solos; aun así, siento que esta es una conversación que debemos mantener a puerta cerrada. Algo que precisa cierta privacidad.

Me siento en su cama; él se levanta de la silla y se acerca. Doy unas palmadas en la colcha invitándole a sentarse a mi lado.

—Mamá, no soy tonto —dice mirándome a los ojos. Lo que yo decía: el niño no es tonto—. Papá está llegando todos los días muy tarde, no os habláis, os miráis raro... Y la otra noche os oí gritaros.

A ver, razón no le falta a la criatura; desde que le dije a David que quería separarme de él, las cosas han estado muy tensas por casa. Yo he intentado mantener una cierta normalidad por el bien de Jorge, pero David puede que no lo haya considerado necesario. Puede que para mi adorado maridito haya sido más importante el bienestar de su orgullo herido.

Y no se ha cortado un pelo a la hora de hacérmelo saber.

Tres días después de la conversación en mi estudio no sé si en un intento de reafirmar su masculinidad o tratando de hacerme ver —de una manera algo peculiar, eso sí— el error que estaba cometiendo al dejarle, llegó a casa borracho como un piojo y con marcas de carmín en el cuello de la camisa.

Por lo visto, ya se la suda todo.

Jorge y yo estábamos viendo una película en el salón, *El jovencito Frankenstein*, a ambos nos encanta, cuando David entró por la puerta tropezando con sus propios pies.

Por supuesto, el niño pudo ver el deplorable estado de su padre ya que la planta de abajo de la casa tiene un concepto abierto: primero, la cocina, moderna y cómoda, en tonos grises y blancos, presidida por una isla con barra de desayuno con banquetas altas; a continuación, el comedor, con una mesa de casi tres metros de largo y sillas de piel a su alrededor; y, al fondo, la zona de televisión, con un sofá de piel con *chaise longue*, una mesa baja de madera, un mueble también bajo para el televisor y, tras el sofá, una estantería de obra que ocupa toda la pared, casi saturada de libros, casi todos míos, casi todos de arte; desde la entrada parte, a la izquierda, un pasillo que lleva a un cuarto de baño, al despacho de David y al dormitorio de Jorge; y a la derecha, las escaleras que ascienden a los pisos superiores. Por supuesto, desde el sofá, que es donde nos encontrábamos Jorge y yo, se puede ver la puerta de entrada sin problemas.

Me levanté de mi asiento con la velocidad de una mamba negra al atacar y corrí hasta el imbécil de David.

—¿Qué te crees que estás haciendo? —mascullé en su oído—. Sube echando hostias a tu habitación. Tu hijo te está viendo.

—¿Qué pasa, cariño? —Hablaba arrastrando las palabras y era incapaz de mantenerse erguido—. ¿Me has echado de menos?

—Que subas de una puta vez. —Lo dije en un susurro, no obstante, el tono imperioso consiguió que se pusiese en marcha. Lo agradecí porque no quería levantar la voz delante del niño—. Jorge, vete a tu habitación, mañana terminamos de ver la película.

Jorge obedeció sin protestar, se acercó a mí, lanzó una mirada escueta, crítica, a la parte alta de la escalera —por suerte, su padre ya no estaba— y me dio un beso antes de desaparecer por el pasillo.

Cuando estuve segura de que había cerrado la puerta de su dormitorio, subí en dirección al desván permitiendo que el cabreo me dominase. Si ese gilipollas pensaba que iba a admitir un comportamiento así en mi casa, estaba muy equivocado.

Una vez en el desván, estalló la guerra… Y supongo que Jorge lo escuchó. Desconozco si porque el volumen de nuestras voces era demasiado alto, cosa que no me sorprendería, o porque él había sabido leer la situación y había querido comprobar qué sucedía a continuación.

Daba igual.

Sólo importaba que nos había oído, y aquella noche se habían dicho —o más que dicho, gritado— muchas palabras y ninguna de ellas amable.

¿Soy una mala madre? ¿Me estoy cargando la inocencia de mi hijo por no saber manejar todo esto?

No lo sé.

Quiero pensar que no.

Y, a continuación, creo lo contrario.

Estoy hecha un lío.

No puedo engañarme y decir que me separo por el bien de Jorge, no soy tan hipócrita ni puedo mentirme a mí misma de esa manera. David es un buen padre. Cierto es que en los últimos meses ha pasado más tiempo de lo habitual en el trabajo, pero, como ya he visto, había una explicación perfectamente razonable para ello: se quería tirar a una compañera; no obstante, si obviamos esto último, siempre ha sido un padre atento y cariñoso. Se ha preocupado de saber en qué curso está su hijo, ha ido a las reuniones del colegio a hablar con sus profesores, le ha ayudado con las tareas, le ha llevado al médico cuando ha sido necesario y cuando era un bebé, nunca se le cayeron los anillos por hacer su parte. Nunca me he quejado de David como progenitor, al contrario.

Tampoco puedo culparle mucho por cómo se ha estado comportando estos días; que tu mujer te diga que ya no te ama no es algo agradable y cada uno afronta las cosas como puede.

En resumen, todo esto lo estoy haciendo por mí.

¿Significa que soy una egoísta? Con toda probabilidad.

¿Y supone eso que tengo que tragarme todo lo que siento y continuar casada con un tipo del que ya no estoy enamorada y que, además, desde que se lo dije se está comportando como un auténtico cretino?

En este caso no tengo la probabilidad tan clara.

Siempre había pensado que cuando un matrimonio se rompía, había una parte ganadora y una perdedora, siendo el ganador el que daba el primer paso y decidía acabar con la relación y el perdedor el que se quedaba con la cara a cuadros preguntándose qué había sucedido, qué había hecho mal. A esa parte la llamaremos «el abandonado», para que nos entendamos.

Ahora que me está sucediendo a mí, veo que, en un divorcio, seas la parte que seas, siempre te sientes como un perdedor. Al fin y al cabo, en un matrimonio, somos dos para repartir el fracaso.

Todos creen que han de sentir lástima por el miembro pasivo del binomio, el que recibe la noticia de que su cónyuge ya no quiere seguir con la relación, pero la realidad es que es doloroso para ambos.

Me he dado cuenta de que hace falta un valor especial, uno del que nadie habla, para mandarlo todo a la mierda, para reconocer que ya no sientes nada de lo que tienes que sentir por la persona con la que duermes a diario, para destruir el tiempo compartido y desmenuzarlo hasta que se convierta en polvo, para hacer saltar por los aires todo lo que hemos construido a lo largo de estos años, para afrontar la incertidumbre de lo que va a suceder de ahora en adelante.

Y, aun así, no me siento valiente, me siento como una mancha de guano de murciélago en el suelo de una cueva húmeda y tenebrosa.

Y en ese estado de ánimo he de dirigirme a mi hijo para explicarle que sí, que su padre y yo nos vamos a separar.

—Ya, ya sé que no eres tonto, cielo —comienzo con un suspiro. No puedo dejar de contestar a su pregunta, da igual que no esté aquí David, Jorge no se merece continuar en este estado de inquietud. Ya le aclararé a su padre los motivos y sólo espero que los entienda—. Ante todo, quiero que sepas que nada de esto es culpa tuya.

—Lo sé —acepta él con mirada triste.

—Vale, me alegra que lo sepas. No quiero que te sientas responsable de nada de esto. No tiene que ver contigo. Sólo tiene que ver con nosotros, con tu padre y conmigo... Y no, de momento no nos vamos a divorciar, pero sí vamos a separarnos un tiempo.

—¿Qué os ha pasado? —Joder con el crío. No se anda por las ramas. Voy a tener que hacer uso de todos los eufemismos que conozco para explicarle la situación—. Y no me digas que ya no os queréis igual que antes, pero que os seguís queriendo de otra manera, porque no cuela.

Vale, pues un eufemismo que tengo que tachar de la lista.

Me aclaro la voz intentando ganar tiempo. Él clava su mirada en mí. Sus labios fruncidos en un leve gesto de escepticismo.

—Bien, pues no te diré eso —empiezo—, la verdad es que soy yo la que quiere separarse... Lo siento, Jorge. Ya no le quiero, es así de simple. No sé qué me ha pasado, pero ya no le quiero. Ya no estoy enamorada de tu padre.

No le cuento que me aburro con él, que he llegado a aborrecer su manera de masticar, su seriedad, su —escaso— sentido del humor. Tampoco le digo que su padre se ha acostado con otra y que, por lo que parece, lo ha hecho más de una vez;

que ya no soporto su prepotencia, su arrogancia, su frialdad. Hay cosas que un niño de once años no debe escuchar.

—¿Por qué?

Me pregunto cómo una cuestión tan corriente puede hacer tanto daño. Afronto la respuesta armada de franqueza. No quiero mentirle. No me parece bien hacerlo, tiene edad suficiente para encarar la verdad sobre sus padres. Tiene que saber que no somos perfectos. Eso sí, vuelvo a tirar de los maravillosos eufemismos, que para algo se han inventado.

—Supongo que porque he cambiado. No sé si para bien o para mal, pero ya no soy la misma persona que se casó con tu padre... Y creo que él tampoco lo es. Me he convertido en otra persona, tengo otros objetivos que ya no coinciden con los de él... Teníamos un proyecto común, pero ahora buscamos cosas diferentes, cosas que ya no podemos encontrar en el otro.

—¿Y qué va a pasar ahora? —pregunta procurando no desvelar el miedo que siente, pero soy su madre, sé que está acojonado.

—No va a pasar nada. Papá está buscando un piso donde vivir, me ha dicho que quiere quedarse en esta zona... Y tendremos que hablar sobre ti, claro. Tienes edad para decidir con quién quieres quedarte, pero creo que lo justo sería que pasases tiempo con ambos. De cualquier manera, te escucharemos y respetaremos tus deseos.

—¿Me vais a cambiar de colegio? —Tiene los ojos brillantes por las lágrimas que está intentando reprimir—. No quiero que me cambiéis de colegio... Mis amigos... No quiero perderlos.

—¡No! ¿Por qué piensas eso? Vamos a intentar que... Que... —¿Qué vamos a intentar? ¿Que no le afecte? Por supuesto que le va a afectar. Esto va a ser el equivalente a una explosión en los cimientos de un edificio. Le abrazo y busco a toda prisa en mi cabeza las palabras adecuadas para tranquilizarle. Joder, qué difícil es esto. Al final tomo de nuevo la vía de la honestidad—. Mira, Jorge, sé que no va a ser fácil y que esto va a afectarte. Es normal. Pero también quiero que sepas que los dos, tu padre y yo, vamos a hacer todo lo posible por que tú estés bien. Sabes que los dos te adoramos, ¿verdad? Y también sabes que no vamos a permitir que nada malo te suceda. Los dos vamos a estar ahí siempre, lo único que va a cambiar es que papá y yo vamos a vivir en casas diferentes. Eso es todo. No va a cambiar nada de lo que sentimos por ti. Vas a seguir siendo nuestra prioridad. Vas a seguir teniendo un padre y una madre y vas a seguir viéndonos a los dos.

—¿Por qué no puedes seguir enamorada de él? —dice rompiendo a llorar. Hay una acusación en su pregunta que no sé si soy capaz de encarar, pero tengo que hacerlo.

Siento un nudo atravesado en la garganta que me impide respirar con normalidad y un calor en las mejillas que trepa hasta mis ojos haciendo que me escuezan. Siento la humedad de las lágrimas que no quiero verter. Siento la derrota en mi postura. Siento demasiado y estoy a punto de quebrarme.

Suspiro y consigo devolver el llanto a su lugar, encerrado en mi interior. Tendrá que esperar todavía un rato porque no quiero derramar ni una sola lágrima delante de mi hijo. Tiene que verme fuerte o se asustará más de lo que ya está.

—No tengo una respuesta para esa pregunta —confieso enjugando sus lágrimas con la mano—. Al menos una que te vaya a gustar... Voy a intentar explicártelo con un ejemplo, ¿vale? —Jorge asiente—. A ver... Imagina que ahora mismo te cuento un chiste, uno muy bueno, el mejor chiste que hayas oído nunca. ¿Qué crees que pasaría?

—Es tan difícil que eso suceda... —suspira. Ha dejado de llorar y atiende con interés a mis palabras—. Aunque imagino que me reiría mucho, ¿no?

—Eso es —confirmo—. Ahora imagina que te cuento ese chiste en un funeral donde todo el mundo está muy triste y no está bien que te rías a carcajadas ¿Crees que podrías hacer algo para no reírte o para reírte más tarde?

Jorge piensa durante unos instantes imaginando la situación. Una sonrisa comienza a elevar la comisura de sus labios.

—Mamá, eres tonta... Claro que no podría... Y creo que ya entiendo lo que quieres decirme.

—¿En serio lo entiendes? A ver, explícamelo.

—¿Enamorarte es como la risa? Si algo es muy divertido no puedes evitar reírte... Y si te enamoras... Bueno, si te enamoras, te enamoras, tampoco puedes evitarlo. ¿Es eso?

—Más o menos. Imagina ahora que te cuento el peor chiste del mundo, es malísimo, casi te hace daño de lo malo que es, pero como me quieres mucho, te ríes para que yo me sienta bien. ¿Lo tienes?

—Creo que sí —vuelve a sonreír pensando en lo que acabo de decirle.

—¿Esa risa sería auténtica?

—¡Nooo! —Esta vez se le escapa una carcajada, suave, cantarina, un campanilleo alegre que en mis oídos suena como bálsamo sobre una quemadura de tercer grado. Si consigo hacerle reír incluso en una situación como esta, todo estará bien.

—Cariño, el amor, como la risa, si los sientes, no puedes evitar sentirlos. Si no los sientes, puedes fingirlos, pero sería eso, una mentira, no serán auténticos... Podría quedarme el resto de mi vida con tu padre y fingir que le sigo queriendo. Si me pides que lo haga, no te puedo prometer que lo hiciese; sin embargo, sí que te prometo que lo pensaría, aunque no creo que eso me hiciese feliz.

Jorge mira al suelo y medita sobre lo que acabo de decirle. Por fin, alza la cabeza buscando mis ojos y cuando nuestras miradas se enganchan, asiente.

—Vale, creo que lo entiendo, mamá. No me gusta, pero lo entiendo.

Le doy un abrazo. Uno muy fuerte.

—Te quiero, enano —susurro contra su cabeza.

—Y yo a ti —consigue decir encerrado entre mis brazos—. Ahora, suéltame, me estoy ahogando.

—¿Quieres que bajemos a cenar?

—Sí... Pero ¿podemos pedir pizza?

Esta vez soy yo la que suelta una carcajada.

—¡Qué morro tienes! —exclamo revolviéndole el cabello.

—¡Eh! Que voy a ser hijo de padres divorciados, me merezco eso por lo menos.

—Vale —accedo todavía maravillada por el descaro de Jorge—, pero sólo por esta vez.

Había escuchado hablar de esa capacidad de adaptación que poseen los niños, pero verla en funcionamiento me asombra. Cómo en un momento su mundo se está derrumbando y, al siguiente, han aceptado algo que ni siquiera tú eres todavía muy capaz de asimilar. Por supuesto que Jorge continúa teniendo miedo, no obstante, le ha quedado claro que lo que nos pasa a sus padres no tiene nada que ver con él. Supongo que necesitará tiempo para integrar el divorcio en el montón de nuevas experiencias que en breve va a empezar a vivir. Yo tampoco soy tonta, tiene once años y está a un par más —siendo muy optimista— de empezar a salir, de sufrir por el primer amor, de seguir dando forma al adulto en el que se convertirá. Sólo espero que todo eso, sumado a nuestra separación, no le haga olvidar el niño que es.

Salimos de su dormitorio y nos dirigimos a la cocina pensando en qué pizzas vamos a pedir.

Gran parte de la angustia que he sentido estos días atrás se ha volatilizado. El miedo que atenazaba mis entrañas al anticipar la conversación con mi hijo apenas me dejaba respirar. Apenas me dejaba dormir, apenas me dejaba vivir.

Ahora me siento más ligera y esperanzada frente al futuro. Por supuesto, sigo asustada. Mucho. Estoy aterrorizada; no obstante, quiero seguir adelante con la decisión tomada.

A mis pies se extiende un camino de baldosas amarillas preñadas de dificultades, pero pienso recorrerlas una a una, pienso pisotearlas, pienso superarlas y pienso llegar triunfante al final de este sendero de mierda que es la ruptura de un matrimonio.

17

Tima

Subo las escaleras hacia su dormitorio despacio. Siento la madera fresca en las plantas de los pies, su tacto, algo rugoso con un fondo de suavidad, me reconforta. Escucho los crujidos ya familiares de los peldaños bajo mi peso. Siempre me ha gustado andar descalza, desde que era una niña.

Llamo a su puerta con nudillos ligeros y, aun así, en mis oídos suena como si la noche se desgarrase. Ha llegado a casa hace un rato, cuando Jorge y yo ya nos habíamos acostado, y ha ido directo al desván. Llevo más de una hora dando vueltas en la cama, quiero hablar con él sobre Jorge, sobre lo que le he dicho esta tarde. No quiero que mañana le pille de sorpresa.

—Pasa. —Escucho su voz grave, más ronca de lo habitual.

—Hola —saludo asomando la cabeza—, ¿puedo hablar contigo un momento?

Intento que mi tono sea amigable, lo último que deseo es convertir esto en una batalla más, en otro asalto del que es obligatorio que salga un vencedor y un vencido. No. No en esta ocasión. No cuando de lo que estamos hablando es de nuestro hijo. En esto tenemos que ser un muro, sólido, unido y fuerte.

—Sí, claro —accede—. Pasa.

Cierro la puerta detrás de mí. Lo encuentro sentado en la cama, con la corbata desabrochada e inclinado sobre sí mismo para quitarse los zapatos. La chaqueta descansa en el sofá que tenemos en lo que era la habitación de invitados y ahora su dormitorio. La estancia, de techos abuhardillados, resulta muy acogedora, aun en estos momentos en los que sólo la luz de la mesilla la ilumina. La habitación se completa con un cuarto de baño no muy grande y cuya luz ahora mismo está encendida.

Jorge utiliza mucho el desván cuando vienen sus amigos a casa ya que, además de la cama, cuenta con una zona de estar con televisión en la que ha puesto la consola que le regalamos por su último cumpleaños. Yo me negaba, no me gustan los videojuegos, pero David me convenció y tengo que admitir que no se equivocaba, sobre todo cuando vi la cara de felicidad de Jorge al abrir la caja que la contenía. Por supuesto, hubo que poner normas sobre su uso, pero el niño las ha cumplido sin quejarse.

Miro la consola, ahora apagada, y sonrío con nostalgia.

—Perdona, ya sé que estarás cansado, pero tengo que contarte algo —digo dando un par de pasos en su dirección.

—Claro, dime, ¿qué sucede? —veo cómo sus labios se curvan en una sonrisa leve que no se extiende hasta sus ojos. En su mirada nada la tristeza del abandono.

No sé qué ha cambiado, pero su actitud es más cariñosa que beligerante. Esto sí que no me lo esperaba.

—Esta tarde Jorge me ha preguntado si nos íbamos a divorciar. Ha sido de repente, cuando he ido a avisarle para cenar... Lo siento.

David cierra los ojos y se aprieta el puente de la nariz con el pulgar y el índice. Conozco muy bien ese gesto, lo hace inconscientemente cuando necesita pensar o cuando algo le supera. Me siento junto a él en la cama y apoyo una mano sutil en su hombro.

—¿Qué le has dicho? —suspira. Sigue sin haber ni una mota de enfado en él.

—Le he dicho la verdad, que de momento vamos a separarnos. Le he dejado claro que es por mi culpa —añado haciendo un movimiento con la mano para evaporar cualquier otra opción—, si es lo que te preocupa. Le he dicho que soy yo la que ya no siente lo mismo que antes por ti.

—No, no me preocupa eso. Lo que me preocupa es que hayas tenido que hablar tú sola con él. Esto es algo que tendríamos que haber hecho juntos y yo no estaba aquí. —Me mira y veo sus ojos húmedos por las lágrimas—. Lo siento, Tima, no lo estoy llevando bien. No es culpa tuya.

Escucho la derrota en su voz y eso me parte el corazón.

A ver, no, esto no. Creo que no estoy preparada para que mi marido se comporte como el hombre del que me enamoré, necesito que se comporte como un gilipollas. De lo contrario, esto va a ser mucho más agónico.

—Yo también lo siento. —¿Pero qué cojones estoy diciendo? Tima, recapacita, que ya sabes cómo empieza esto y cómo acaba. Tienes que ser fuerte, fuerte de narices. ¡No te lo folles!

—¿Te importaría darme un abrazo? —tuerzo la boca en un gesto que él también conoce muy bien—. No, te prometo que sólo quiero eso, un abrazo.

Se pone en pie y me tiende ambas manos. Le sostengo la mirada unos instantes y, a continuación, accedo a cogérselas. Tira de mi con suavidad, ayudándome a ponerme en pie. Cuando estoy frente a él, me mira a los ojos y veo una lágrima que escapa y resbala solitaria por su mejilla.

—Lo siento —repite—. Lo siento muchísimo. Me he portado como un gilipollas y lo siento.

Me abraza escondiendo el rostro en el hueco que hay entre mi hombro y mi cuello y permite que se derrame todo el dolor que siente. Comienza a sollozar y yo me siento muy incómoda.

Y muy triste.

Y muy culpable. Eso también.

Le dejo llorar, que se desahogue sin romper el abrazo, pero intento no aspirar su olor.

David huele al cedro con toques cítricos de su perfume, pero también a jabón, a sol, a hogar. Es un aroma delicioso y familiar que consigue que me olvide de todo. De lo bueno y de lo peor, de lo que pasó y de lo que está por suceder. Consigue que me olvide hasta de mí misma.

Continúa temblando contra mi cuerpo unos instantes más y poco a poco el llanto va dejando paso a la calma, a un dolor mudo y sereno. Se separa de mi despacio y al hacerlo veo una sonrisa añorante y apagada en su rostro.

—Ven —dice.

Tira de mí hasta el sofá y se acomoda en él. Con un gesto me pide que le imite. Lo hago con el cuerpo mirando en su dirección, una pierna flexionada debajo de mí. Con la mano derecha limpio los restos de tristeza de su mejilla. La siento algo áspera bajo mis dedos, debe haberse saltado el afeitado esta mañana.

Apoya su mano sobre la mía impidiendo que la retire y cierra los ojos antes de hablar.

—¿Qué nos ha pasado? —pregunta.

La habitación está en penumbra y me cuesta vislumbrar sus rasgos, pero le conozco tan bien que sé que continúa con los párpados cerrados. Sin atreverse a mirarme.

—No lo sé —digo en apenas un susurro. No tengo fuerza para mucho más.

—Es por lo de... —deja la frase en el aire. Sabe que sé a qué se refiere. Un casi imperceptible cambio de su postura me indica que me está mirando.

—No, ya te dije que no es por eso. Eso es lo que consiguió que aceptase lo que sucedía, pero nada más.

Asiente en silencio y por fin retira su mano de la mía. Le hago una última caricia en la mandíbula antes de posarla en mi regazo.

—¿Cómo se lo ha tomado Jorge?

—Supongo que bien —digo con un resoplido—. Me ha preguntado si le íbamos a cambiar de colegio... Le he dicho que no.

—¿Sabe que estoy buscando un piso por aquí?

—Sí, sí, no te preocupes. Lo sabe y eso le ha tranquilizado mucho. —Hago una pausa antes de continuar—. Escúchame, lo único que te voy a pedir es que no le metamos en esto. Vamos a intentar llevarnos bien por él. A mí puedes odiarme todo lo que quieras, pero prefiero que Jorge no se entere.

—Esta semana he sido un imbécil —afirma más que pregunta.

—Ajá —concedo sin ir más allá. Me gusta cómo se está desarrollando esta charla y prefiero que continúe así.

—Quiero pedirte perdón... Y te prometería que no va a ocurrir más, pero no puedo. No sé qué me está pasando, Tima... Estoy muy cabreado contigo, pero al mismo tiempo...

No sabe cómo continuar la frase, así que le ayudo.

—¿Al mismo tiempo te sientes muy triste y como vacío? —Vale, las palabras nunca han sido lo mío, yo soy más de expresar emociones con mis pinceles. Aun así, creo que me he explicado lo bastante bien para que me entienda, porque asiente.

—Algo así... Sí. Y también te echo de menos... Nos echo de menos a nosotros.

—Ya, dime algo que no sepa.

—¿Hay alguien más? —pregunta a bocajarro.

—¿Qué? ¡No! No hay nadie más... No por mi parte —añado con intención de hacerle daño. Aunque enseguida me corrijo—. No, lo siento, eso no ha sido justo. Olvida que lo he dicho.

Una risa seca escapa de entre sus labios.

—No, si me lo merezco... —Guardo silencio, siento curiosidad por ver qué dice a continuación—. Esto no tiene arreglo, ¿verdad?

Y esa es la pregunta del millón, porque, en estos instantes, creo que es posible que sí lo tenga, que nuestra relación puede estar agonizante sobre una cama de hospital, en cuidados paliativos, puesta hasta las trancas de propofol y fentanilo para que no siga sufriendo. Desahuciada, aunque todavía viva, pendiendo de un hilo frágil, tenso y quebradizo que podría partirse en cualquier momento. Pero aún no ha muerto.

Aún no ha muerto.

—No lo sé —admito tras meditar sobre ello—. No lo sé.

—Ya. Yo tampoco. Supongo que tienes razón, tenemos problemas... No creas que no he pensado en los motivos por los que hice... lo que hice.

Hablando de eufemismos... Aunque le agradezco que lo ponga en esas palabras en lugar de en unas más directas y gráficas. Unas capaces de crear en mi cerebro unas imágenes vívidas y precisas de la situación a la que se refiere, lo último que me apetece es imaginármelo tirándose a otra. Y, todo sea dicho, una otra más joven y lozana que yo.

—Y ¿a qué conclusión has llegado? —Evito preguntar sobre la reincidencia de «lo que hizo», pero estoy convencida de que la otra noche, cuando acabamos gritándonos y Jorge nos escuchó, David tuvo una «recaída».

—Necesitaba algo nuevo. Diferente... Lo siento, no pretendo hacerte daño, tú has preguntado... Supongo que estaba aburrido, que necesitaba un cambio...

—Ya sabes dónde nos deja eso —digo con pesar—. Nos deja en un punto en el que, ahora mismo, no hay arreglo.

—No quiero eso y lo sabes. Creo que podemos intentar solucionarlo...

—¿Cómo solucionamos esto? ¿Eh? ¿Qué hago? ¿Niego lo que siento? —Lanzo preguntas sin hacer pausas para darle tiempo a contestar, como un metrónomo marcando el ritmo—. ¿Y tú? ¿Prefieres continuar a mi lado, aburrido, buscando algo diferente fuera de casa hasta que nos muramos de viejos en lugar de intentar ser felices de otra manera?

Reflexiona durante varios minutos sobre todas las cuestiones que acabo de poner sobre la mesa. Yo espero con paciencia, no quiero que se apresure en la respuesta, quiero que llegue por sí sólo a una conclusión.

—Eso nos convertiría en algo muy parecido a mis padres —reconoce por fin—. Y si bien no quiero separarme de ti, tampoco quiero que seamos como ellos... Tiene que existir una solución intermedia...

—No la hay, David —zanjo enfatizando mucho cada sílaba—. No la hay. Lo mejor que podemos hacer es separarnos, darnos un tiempo... Veamos qué ocurre.

Vuelve a apretarse el puente de la nariz con dos dedos.

—No es lo que quiero —repite.

—Lo sé.

—No sé qué quiero, pero no es esto.

—Lo sé.

—¿Y Jorge? ¿Qué va a pasar con él?

—Lo que él quiera. Tendremos que respetar lo que él decida, ya casi tiene edad para elegir... Creo que necesitamos sentarnos en un par de días a hablar de él y también a hablar con él, ahora no es el momento.

—Ya has tomado una decisión, ¿no?

—Sí. Lo siento.

No sé por qué me disculpo, supongo que porque durante todo este tiempo llevo sintiéndome muy culpable. Estoy rompiendo un matrimonio. El mío, para ser exactos.

—No sé cómo se lo voy a decir a mi madre... No creo que le guste mucho todo esto.

Su madre.

A Begoña le va a joder mucho que David pase a engrosar la lista de separados. También sé que esa va a ser sólo una primera reacción, visceral e iracunda, como es ella, y que en un par de meses va a estar presentándole y cerrándole citas con las preciosas hijas solteras de sus amigas. Mujeres de buena cuna, mejor educación y aspecto pulido y elegante. Mujeres que, a sus ojos, merecen más que yo el amor y admiración de su perfecto hijo, su tesoro más preciado.

Yo seré la villana, eso sin duda. Y si bien estoy más o menos segura de que David no va a intentar utilizar a Jorge como moneda de cambio, no puedo afirmar lo mismo sobre lo que puede llegar a hacer Begoña. Nada le gustaría más que conseguir que yo desapareciese del mapa, no literalmente —creo, tampoco pondría la mano en el fuego por ello—, pero sí que me fuese desvaneciendo como un fantasma aburrido de los asuntos mundanos hasta esfumarme por completo de la vida de su hijo y de su nieto.

—Sólo te pido que le dejes muy claro que tiene que mantener a Jorge al margen de nuestras decisiones. No quiero que le llene la cabeza de mierda contra mí.

A David se le escapa una risa sarcástica que puntúa dándose una palmada en los muslos. Conoce a su madre tan bien como yo y sabe que lo que le estoy pidiendo no es ninguna locura. Ni tampoco una misión sencilla.

—Lo intentaré, se lo diré, pero ya sabes que ella toma sus propias decisiones. Sí te prometo que, si llegase a suceder, hablaría con ella muy seriamente. Yo tampoco quiero que eso ocurra.

Ahora soy yo la que necesita un abrazo. Se lo pido algo reticente, temerosa de su respuesta. Sospecho que voy a chocarme contra un no.

Él accede.

Cuando me abraza, siento que es la última vez, que nunca volveremos a abrazarnos, que no volveré a tener esos brazos tan conocidos rodeando mi cuerpo. Siento que es una despedida, un punto y final.

Y pienso que ojalá en el futuro podamos hablar como lo hemos hecho esta noche, con la tranquilidad y la madurez con las que acabamos de hacerlo, sin embargo, sé que esto ha sido una singularidad, una rareza de improbable ocurrencia, una extravagancia del azar muy alejada de las dinámicas habituales de David.

Y me resigno a que así sea.

18

Eva

Por fin Eva se había decidido a devolver la llamada a Alejandro y, tras la conversación con él —breve, pero tampoco tanto—, se había dado cuenta de que había actuado como una imbécil.

Una imbécil inmadura, celosa e insegura. Y eso no le gustaba. No le hacía especial gracia descubrir que podía ser una mujer celosa, nunca lo había sido, pero, sobre todo, no le gustaba sentirse insegura. Era algo que odiaba, conseguía hacerla viajar a una época en la que sí lo había sido y ella pensaba que ya había superado.

Alejandro había estado toda la semana en Japón por cuestiones de trabajo, o eso había dicho. Eva no le preguntó más al respecto, no quería que él supiese cómo se había sentido esos días atrás.

El viaje había surgido sin aviso previo y no le había dado tiempo a llamarla... Y, con el cambio horario, no se había atrevido a escribirle por WhatsApp en el único momento que había podido hacerlo, que era por las mañanas, las de Tokio, ya que no quería despertarla, así que había preferido esperar a regresar a Madrid, y eso había ocurrido el sábado por la noche. Había llamado nada más poner un pie en tierra.

—Vaya, pues ya siento no haberte cogido el teléfono —se excusó Eva—. Había salido y me dejé el móvil en casa.

—¿Y hoy cómo lo tienes? —preguntó él con algo parecido a la esperanza asomándose por el borde de su voz.

—¿Hoy? Tienes que estar reventado, ¿no sería mejor que hoy descansases? Mañana es lunes…

—Sí, no sé, me apetecía verte. Lo pasé muy bien contigo la semana pasada.

—Ya, bueno, yo también lo pasé genial, pero creo que es mejor que descanses… —Estaba deseando verle, pero todavía le costaba reconocerlo; además, no quería parecer ansiosa y le apetecía una tarde tranquila en casa.

—¿Y esta semana?

—Estoy hasta arriba de curro… Tendría que ser ya el fin de semana, pero también lo tengo ocupado.

—¿Entero?

—Sí, entero.

Se hizo el silencio en la línea. Poco después, de nuevo llegó hasta ella su voz, en esta ocasión, menos alegre.

—Eva, si no quieres verme no pasa nada… Lo entiendo.

«Me cago en mi vida», pensó Eva. Pues claro que quería verle, ya había decidido que iba a permitir que pasase lo que tuviese que pasar y que ya pensaría más adelante.

Para una vez que decidía dejarse llevar…

—No, no es eso, de verdad, yo también tengo muchas ganas de verte —intentó explicar Eva—. Es sólo que ya tengo planes para el finde y esta semana tengo muchísimo trabajo. ¿Quedamos la semana siguiente?

—Bueno, llámame cuando tengas un rato… Y siento no haber dado señales de vida estos días.

Se despidieron y cortaron la llamada.

La despedida le sonó fría y apática a Eva y comenzó a comerse la cabeza, quería arreglar la situación. Y, además, tampoco le apetecía esperar dos semanas para verle. Podían pasar muchísimas cosas en dos semanas, como, por ejemplo, una hecatombe zombie, otra pandemia global que les dejase encerrados en sus respectivas casas durante varios meses, el fin del mundo, que él conociese a otra persona o cualquier otro imprevisto catastrófico.

—Vader, ¿qué hago? —El gato estaba demasiado ocupado lamiéndose sus inexistentes pelotas como para darse por aludido.

Eva se dijo que su horquilla de opciones tampoco era demasiado amplia. Por un lado, no quería cancelar la cena con sus amigos. Deseaba verlos, no tenían tantas oportunidades de quedar. Además, quería celebrar con ellos su compromiso. Por otro, no pensaba dejar de ir al pueblo el domingo siguiente para ver a su madre.

Las dos mujeres hablaban mucho por teléfono, pero Eva sabía que Candela esperaba con ansia las visitas de su hija, que sucedían dos domingos al mes y algunos puentes y festivos. Cuando iba, su madre se arreglaba con especial cuidado. Se pintaba los labios, se daba un poco de rubor en las mejillas y se peinaba las largas pestañas —que, afortunadamente, Eva había heredado—, con máscara negra. Se vestía con sus mejores prendas, se calzaba unos zapatos de tacón sensato y esperaba en la salita la llegada de Eva, quien, según ponía un pie en el pueblo, la metía en el coche y se la llevaba a la plaza a tomar el aperitivo.

Cuando hacía buen tiempo, se sentaban en una terraza desde la que podían sentir los rayos de sol calentando sus rostros. A Eva le encantaba la plaza de su pueblo. Todos allí podían recitar de memoria sus virtudes, ya que era de lo que más presumían los habitantes del lugar. A Eva le daba igual que fuese del siglo XVI, su trazado rectangular, los soportales de madera y piedra, algunos combados por el paso del tiempo, y su suelo adoquinado e irregular empeñado en asesinar zapatos de tacón. A Eva lo que más le gustaba era que continuaba siendo el punto de reunión de la gente de la localidad.

Sentadas en la terraza, saboreando un buen vino de la tierra y unas tapas, las dos mujeres podían ver la vida fluir en torno a ellas, podían ver a sus vecinos entrar y salir de las tiendas familiares y restaurantes que se encontraban a su alrededor, podían respirar la alegría de las personas disfrutando de su tiempo libre un domingo cualquiera. Solían elegir uno de los bares más alejados del edificio del ayuntamiento para tener las mejores vistas: las de la fachada de la iglesia que se alzaba a espaldas del consistorio, construida en un batiburrillo de estilos que mezclaban piedra y ladrillos y que, a pesar de la mezcolanza, no desentonaban en absoluto.

Durante esos aperitivos, se ponían al día de las cosas que les habían sucedido en el tiempo que llevaban sin verse; daba igual que se lo hubiesen contado por teléfono, les gustaba hacerlo cara a cara, sonreían mucho cuando estaban juntas; también saludaban y charlaban con los vecinos que se acercaban. En invierno, el patrón se repetía, pero en el interior de alguno de los bares, casi siempre abarrotados, aunque siempre había alguien que le cedía un asiento a su madre. A continuación, iban a comer a algún restaurante de la zona.

Eva creía que, de no ser por ella y por esas visitas dominicales, Candela apenas saldría de casa más que para ir al supermercado a trabajar... Y en menos de un año se jubilaría, así que motivo de más para no dejarla sola y aburrida.

Algunos fines de semana se les unía Sergio, en ocasiones solo, otras veces con su mujer, Cristina, y su hija, Clara, una niña deliciosa y vivaz a la que no veían tanto como a Eva y a

Candela les gustaría. Esos días eran los mejores y Eva solía irse al pueblo el sábado o el viernes por la tarde para pasar el mayor tiempo posible con su familia.

No, no quería quitarle a su madre la ilusión de salir a comer juntas. El domingo estaba descartado quedar con él.

Podría quedar a comer con Alejandro el sábado y después ir a cenar con sus amigos, pero esa alternativa tampoco le convencía mucho, más que nada, porque no quería tener que marcharse si las cosas se ponían interesantes.

—Vale, sólo me queda una cosa por hacer —le dijo a la casa vacía.

Eva cogió el teléfono y marcó un número. Marta contestó tras cuatro tonos.

—Espera, cari, que estamos en el coche. —Eva apenas escuchaba a su amiga, su oído se llenó con el solo de guitarra del *Master of Puppets* de Metallica—. Al, voy a bajar la música, es Eva. Ya está. Dime, perla. Te oye Alberto.

—Chatis, ¿qué os parecería si a la cena de la semana que viene traigo al fulano este que decís que me gusta?

—Sí. Decimos que sí —dijo Alberto casi antes de que hubiese terminado la frase.

—Pues claro —confirmó Marta.

—Vale, pues voy a decírselo. A ver si le apetece.

—Ah, ¿pero que todavía no se lo has dicho? —preguntó su amiga.

—Esta chica es tonta —añadió Alberto.

—No, no quería decírselo hasta saber si os importaba, joder, que sois muy listitos vosotros —rio Eva—. Pues decidido, voy a ver si se apunta. Besis.

Un coro a dos voces se despidió de ella deseándole suerte.

Cortó la llamada todavía con una sonrisa en los labios y volvió a marcar el número de Alejandro.

—Hola —saludo él con cautela—. ¿Se te ha olvidado algo?

—No, es sólo que quería invitarte a cenar con unos amigos el sábado que viene... Si te apetece, claro. Es que sonabas raro cuando hemos colgado y les he llamado para ver si les importaba que te invitase.

Alejandro rio antes de hablar.

—Claro que estaba decepcionado, me apetecía mucho verte, pero no hace falta que me invites. No quiero que cambies de planes por mí y no quiero imponeros mi presencia.

—Vale, a ver cómo te lo explico para que lo entiendas: me gustaría mucho que vinieses. Sólo es una cena con amigos. Además, me toca invitarles y a ti te debo una, que no se me olvida que pagaste tú el otro día, así que matamos dos pájaros de un tiro.

—Bueno, si me lo vendes así de bien, me apunto —replicó él añadiendo un puntito de ironía a su tono.

—Eres muy facilón, así nunca va a tomarte en serio ninguna mujer. Nos gustan los desafíos.

—Y lo dice la que va invitando a tíos random a cenar —contraatacó él—. Pero sí, me apunto. ¿A dónde vamos a ir?

—Os invito al Omeraki, que me encanta y se come muy bien allí; además, así después puedo bajar rodando hasta casa. Vivo muy cerca. Ahora te paso la ubicación. Hemos quedado a las nueve en la puerta.

—¿Te apetece que quedemos nosotros un poco antes para tomar algo por allí?

—Lo dicho, eres un facilón.

—Lo soy y lo acepto. Pero no me has contestado... Si quieres te llevo unos sudokus por aquello del desafío.

—Por mí vale —dijo Eva con una carcajada—. Lo de quedar antes, me refiero, lo de los sudokus, como veas. ¿A las ocho en la puerta del restaurante?

—¿Puede ser a las siete? —preguntó él.

—Sea. Tenemos un plan.

19

Eva

A esa cita no pensaba llegar tarde. Eva se había arreglado con tiempo y a las seis y veinte en punto, salía por la puerta de su piso. El paseo hasta el restaurante no era muy largo, pero ya se había retrasado en una ocasión y no quería repetir la pauta y que Alejandro pensase que era una de esas personas, entusiastas de la física cuántica, para las que el tiempo siempre es relativo, sobre todo el de los demás.

De nuevo le había llevado demasiado tiempo elegir lo que se iba a poner y, de nuevo, por los mismos motivos: no quería pasarse, pero tampoco quería quedarse corta.

Al final había elegido, más o menos, lo de siempre: pantalón vaquero negro, chaqueta de cuero y un top bastante sencillo, blanco, sin mangas. Hacía frío, pero Eva no soportaba las mangas largas, la agobiaban, así que había completado el atuendo con un abrigo negro largo. Las variaciones de su vestuario, si es que las había, eran, con mucha asiduidad, mínimas, diminutas, casi imperceptibles. Como mucho, algún estampado friki en un top, el corte de un vaquero, más ancho o más estrecho, o la marca de las zapatillas, Adidas o Nike. Lo único especial en aquella ocasión era que se había puesto unos botines negros de piel de tacón alto, algo nada habitual en ella... Y ya se estaba arrepintiendo.

Había decidido subir dando un paseo por el parque del Retiro aunque tardase algo más, ya que tenía que desviarse un poco de la ruta; prefería los árboles del parque y su suelo de tierra al asfalto y las prisas de las calles de Madrid. Era extraño, pero cuando paseaba por el parque, su ritmo se ralentizaba, no caminaba como si la persiguiese una horda de zombies hambrientos, algo que sí hacía cuando andaba entre los edificios de la ciudad.

Saldría por la puerta de la Montaña Artificial —a la que ella siempre había llamado la Montaña Mágica porque le parecía un nombre mucho más bonito y poético— y enfilaría por la calle O´Donnell hasta Narváez; desde allí, en nada al Omeraki.

Las botas de tacón estaban convirtiendo lo que en su cabeza era un agradable paseo un sábado por la tarde en algo muy parecido a escalar el Himalaya sin oxígeno.

A los cinco minutos de salir de casa, se estaba preguntando por qué se las había puesto si no sabía caminar con tacones.

A los seis, recordó el reflejo que le había devuelto el espejo antes de salir por la puerta, una Eva de piernas largas y estilizadas, y, de repente, se sintió mucho más capaz de caminar con ellas; eso sí, se obligó a hacerlo más despacio, afirmando cada uno de los pasos como si fuese un punto y final y no unos puntos suspensivos.

Llegó a la puerta del restaurante unos minutos antes de lo previsto, pero Alejandro ya se encontraba allí.

—Hoy no llego tarde —dijo Eva como saludo a la vez que se acercaba a él para darle dos besos.

—Yo he venido pronto, por supuesto —coincidió él.

—¿Dirías lo mismo aunque hubiese aparecido con media hora de retraso?

—Ni lo dudes.

—Cada vez me caes mejor, aun así, no suelo llegar tarde nunca.

—Conmigo lo has hecho en un cincuenta por ciento de las ocasiones, tendremos que quedar más para mejorar esos porcentajes.

Eva levantó una ceja y sonrió.

—¿Dónde vamos? —preguntó ella cambiando de tema.

—A la vuelta hay un pub, lo he mirado en Google mientras te esperaba. O aquí mismo —dijo Alejandro señalando las sillas y mesas de la terraza del bar junto al restaurante.

—Nah, vamos al pub. Te voy a coger del brazo, eso sí, que estoy hasta el coño de los tacones.

Alejandro fue riéndose de su comentario los tres minutos que les separaban del pub, pero no permitió que lo soltase cuando ella fingió enfadarse e intentó caminar sin el apoyo de su brazo.

—Vale, perdona, es que no entiendo muy bien por qué os ponéis tacones si no los aguantáis —comentó él entrando en el pub.

El local estaba bastante lleno, pero encontraron dos taburetes libres al final de la barra, donde se acomodaron.

—No generalices, hay personas que los aguantan de maravilla. Es sólo que yo no soy una de ellas. Y respondiendo a tu pregunta, pues muy fácil, no sé el resto, pero yo me los pongo porque me veo las piernas más largas y más finas y eso me gusta…

—¡Pero te hacen daño!

—¡Que no! ¡Que no me hacen daño! Soy yo, que como nunca los uso tan altos, no sé andar con ellos; supongo que lo que me falta es práctica. Además, me apetecía verme guapa, joder. Con tacones me veo mucho más alta y eso hace que me sienta más guapa... Esto se arregla llevándolos a diario.

—Pues hazlo.

—¿Para qué? Si las zapatillas son mucho más cómodas. Salgo de casa sólo para ir al trabajo y a hacer la compra, y a la oficina no voy a llevar esto en los pies —señaló las botas—. Y al super, menos. Me dan escalofríos sólo de pensarlo.

En ese momento el camarero se acercó a ellos para preguntarles qué querían tomar. Mientras Alejandro pedía las bebidas —dos gin-tonics—, Eva le observó. Tenía el don de convertir los temas más idiotas en algo interesante y divertido. Se sentía cómoda con él hablando de tonterías y, sobre todo, sentía que con él no tenía que fingir ser alguien que no era. De no ser así, no habría dicho una frase que incluía la construcción «estar hasta el coño». Eso la había pillado por sorpresa hasta a ella, pero estaba dejándose llevar y, de momento, pensaba seguir haciéndolo.

—O sea, que es una cuestión de seguridad —continuó él tras pedir—. Los tacones te dan seguridad en ti misma.

—Algo así —aceptó ella encogiéndose de hombros—. Pero también influyen otros factores, yo qué sé. Me apetecía arreglarme, ya te he dicho que salgo poco, y para un día que lo hago...

—¿Y eso por qué es?... Lo de salir poco.

—No me gusta mucho la gente en general —confesó Eva—. Buf, eso suena fatal... A ver cómo te lo explico... Me gustan las personas, los individuos, de uno en uno o en parejas, como mis amigos, que tampoco tengo muchos, pero más de eso... —Negó con la cabeza—. Me saturo mucho. Los lugares con mucha gente o el tener que ser simpática y agradable con personas que no son de mi círculo son cosas que me dejan agotada.

—¿Te pasa desde siempre?

—Más o menos. De joven tampoco salía mucho porque estaba todo el día estudiando o currando. Mis padres no eran precisamente ricos y empecé a trabajar de camarera bastante joven para pagarme mis cosas. Y luego, con el confinamiento... Pues no sé, lo mismo me he vuelto más gilipollas de lo que ya era, pero cada vez soporto menos a la gente, entendida así, como masa.

—No, no creo que te hayas vuelto más gilipollas, supongo que comprendo lo que dices. Yo también he notado que aguanto menos desde entonces. En general, creo que estamos todos bastante... ¿suspicaces? No sé si es esa la palabra.

—Susceptibles es la palabra que buscas —corrigió de manera automática Eva—. Y me alegra saber que no soy la única rara.

—No. No lo eres en absoluto, pero ahora me veo en la obligación de sacarte de casa más a menudo, tómatelo como una terapia. —Alejandro hizo una pausa y sus labios dibujaron una sonrisa traviesa—. ¿Ha colado?

—¿Quieres que cuele? —«¿Por qué es tan mono?», se preguntó Eva.

—No me importaría, la verdad.

—De momento estamos aquí, ¿no? Veamos qué pasa.

—Me parece bien. —Alejandro levantó su copa e hizo un gesto con la cabeza para que Eva le imitase—. Brindemos por ello.

Bebieron charlando y riendo. A Eva le sorprendía lo sencillo que parecía todo con él, lo mucho que disfrutaba de su compañía y lo cómoda que se sentía ante la perspectiva de continuar viéndole; no le apetecía mucho que aquel rato terminase, pero el momento de volver al restaurante les pisaba los talones.

—¿Cómo son? —preguntó él cuando apenas quedaban quince minutos para las nueve de la noche.

—¿Quiénes? ¿Mis amigos? Te van a mirar con lupa. No es habitual que yo traiga a alguien cuando quedamos.

—Joder, qué presión —dijo dejando escapar una risa nerviosa.

—No, no te preocupes, son muy majos. Eso sí, te aviso de que va a haber cachondeo.

—Bueno, supongo que sobreviviré...

—Lo harás. Si se pasan, les daré el alto. Hay confianza con ellos.

—No me has dicho ni cómo se llaman...

—Ella es Marta y él Alberto. Son pareja. Les invito porque se han prometido y fui tan imbécil de no darme cuenta del anillazo que llevaba ella en el dedo la última vez que nos vimos, así que, para arreglarlo, les dije que les pagaba una cena. —Alejandro se removió inquieto en el asiento—. ¿Qué? ¿Qué pasa?

—Lo mismo es una cena algo especial para que vaya yo...

—Pero ¿qué dices? —rio ella—. En realidad, es sólo una excusa para vernos. Ya te dije que les pregunté si les importaba que vinieses y ni dudaron; al contrario, esta mañana me ha llamado Marta para saber si al final venías, tienen muchas ganas de conocer a la persona que ha conseguido que a mí no me importe presentarle a mis amigos.

—Tendríamos que ir yendo —comentó él mirando el reloj—, pero esto me lo tienes que contar en otro momento, más despacio.

—¿El qué?

—Lo de que nunca les presentas a nadie.

Eva se encogió de hombros y pidió la cuenta al camarero.

No le apetecía mucho dar explicaciones sobre ese tema. Tal vez más adelante, si continuaban viéndose, pero no estaban todavía en ese punto.

Caminaron de nuevo cogidos del brazo hasta la puerta del Omeraki. Eva se soltó de manera abrupta al doblar la esquina y ver a Marta y Alberto frente al restaurante. Su amiga fumaba un cigarrillo mientras su novio vapeaba, había dejado el tabaco hacía ya un par de años. Él fue el primero en verlos y les saludó agitando la mano. Una sonrisa enorme se dibujó en su rostro mientras reducía la distancia que le separaba de su amiga.

—¿Cómo estás, guapísima? —dijo Alberto inclinándose para darle un abrazo a Eva—. Y tú debes ser Alejandro... Encantado —concluyó tendiéndole una mano que el otro estrechó.

Marta se acercó a ellos con gesto pícaro. Antes de alcanzarles, apagó el cigarro en una papelera.

—No quiero yo tener las manos ocupadas para darle dos besos a este hombre —comentó cuando llegó frente a Alejandro—. Aunque si eres de los que todavía choca el codo, por mí vale.

—No, no, dos besos me van bien —aceptó Alejandro—, así vamos rompiendo el hielo.

—Sed buenos con él —pidió Eva—. Está bastante nervioso...

—Y haces bien en estarlo —aseguró Alberto—. Te vamos a hacer el tercer grado. Vamos a ver, ¿qué intenciones tienes con Eva? Porque si lo único que quieres es follártela...

—¡Alberto! ¡Para! —le interrumpió Eva con una carcajada—. Pero ¿por qué no me muero ya de una vez?

—No, no, que conteste —presionó Marta.

—A ver, aquí no vamos a descartar nada... —confesó Alejandro entre risas haciéndole un guiño a Eva.

—Entonces tienes mis bendiciones —concluyó Alberto guardando el vapeador—. Vamos para dentro, que llevo todo el día sin comer. No quiero dejarme nada en el plato. Te va a salir más caro invitarnos que comprarnos un traje, muchacha.

—Marta, estás preciosa —comentó Eva admirando a la otra mujer que, bajo un abrigo de un rosa fucsia, lucía un vestido midi con escote en «V» estampado en tonos rosas y grises. La tela tenía una caída impresionante que se ceñía a sus curvas—. Ese escote te resalta las lolas y éstas te hacen juego con los ojos.

Eva envidiaba la seguridad de Marta, su elegancia y su atrevimiento a la hora de vestirse. Ahí donde ella iba siempre de negro o con tonos neutros y aburridos, su amiga se atrevía con colores, formas y estampados que a Eva le hubiese encantado ponerse, pero siempre le faltaba el valor para hacerlo. Era una envidia abierta y sincera más basada en la admiración que en algo sibilino, verde y mezquino. Eva sabía que nunca tendría ni el gusto ni el estilo necesarios para vestirse como ella y que si lo intentaba acabaría saliendo a la calle hecha una mamarracha. Eva era a la moda lo que los macarrones con tomate a la gastronomía

—Hija de puta —replicó su amiga con una sonrisa ladeada—. Qué bien sabes piropearme.

—Que lo digo en serio, que estás guapísima... Deja que te toque una teta, anda.

Entraron en el local entre carcajadas, dispuestos a pasar una noche divertida, salpicada de buena conversación.

20

Eva

No era la primera vez que iban a aquel restaurante, a los tres les encantaba no sólo la comida, sino también la decoración.

Les recibió una estantería de madera clara que les acompañó con sus ondulaciones a lo largo del pasillo de entrada. Había sido hecha a medida y en ella habitaban numerosos libros de cocina y otros ornamentos, todos de gusto exquisito. A Eva le gustaba avanzar por aquel pasillo ojeando los lomos, leyendo los títulos y autores e imaginando las sabrosas recetas que había guardadas entre aquellas cubiertas. No tenía ni el tiempo ni la paciencia que eran necesarios para cocinar, a lo máximo que aspiraba cuando estaba en la cocina era a no prenderle fuego a la estancia y a conseguir algo con lo que no perecer de inanición; aun así, le encantaban los libros de recetas y en aquel restaurante, tenían la mejor colección.

—¿Siempre son así? —preguntó Alejandro en un susurro.

—Y peores —dijo Eva en el mismo tono de voz. Marta y Alberto estaban unos pasos por detrás, admirando la estantería. A ellos sí les gustaba cocinar y se les daba muy bien, así que, cada vez que iban, apuntaban algunos títulos para después pedirlos en su librería—. Te he avisado, todavía estás a tiempo de fingir una llamada y decir que te tienes que marchar a pasear a tu pez o algo así.

—Ni se me pasa por la cabeza.

Dieron el nombre de la reserva en el mostrador de recepción y Eva esperó a que se hiciese la magia.

La *mâitre* retiró la cortina metálica con el logo del restaurante que les separaba de la sala principal y los invitó a pasar.

Alejandro se detuvo cuando atravesó el umbral sin saber muy bien a dónde mirar. Se quedó abrumado. No esperaba algo así.

El espacio, enorme, de techos altos, era impresionante. Una decoración a base de cubos de madera de distintos tamaños avanzaba por la pared de la derecha para rodear todo el salón y acabar bailoteando como estrellas sobre sus cabezas. En el centro se situaban dos islas techadas en las que numerosos empleados se aplicaban en la preparación de distintos platos y, en torno a ellas, las mesas, también de madera, y las sillas tapizadas en verde. En la zona de la izquierda se encontraba la cocina, abierta a la sala, para que los comensales pudiesen ver cómo el chef y sus ayudantes cocinaban los hechizantes platos que iban a paladear en breves instantes.

—Te has quedado de piedra —comentó Alberto dándole un codazo a Alejandro para que continuase caminando en dirección a su mesa.

—No me esperaba esto, la verdad, este sitio es la hostia.

Se acomodaron en la mesa, Alejandro todavía mirando a su alrededor con asombro, y eligieron algo de beber antes de comenzar con el menú.

—Yo tomaré un negroni —dijo Marta.

—Ah, pues yo también— se unió Eva.

Los dos hombres también se decantaron por el mismo cóctel, uno porque nunca se le ocurría pedirlo, el otro porque nunca lo había probado.

La cena transcurrió entre risas y preguntas indiscretas que volaban siempre en dirección a Alejandro, que las encajaba respondiendo a todas con elegancia y sentido del humor. Parecía en su salsa.

Eva se sentía extraña, se le hacía raro, por inaudito, estar en la misma habitación con un hombre que le gustaba y con sus dos amigos más íntimos. Los que sabían casi todo de ella. Los que sabían que desde hacía una década que no se había involucrado en una relación que durase más de diez minutos o un cuarto de hora. Los que sabían que el amor ocupaba el primer lugar en la lista de cosas que a Eva le importaban una mierda. Los que la conocían como nadie la conocía... Y estaba deseando que Alejandro les cayese bien... Eso era lo más peculiar de todo.

Deseaba que se cayesen bien.

—Voy al baño —anunció Marta cuando estaban esperando los postres—. Y tú —añadió señalando a Eva— te vienes conmigo.

—A sus órdenes.

Caminaron entre las mesas hasta los lavabos y, según entraron, Marta se giró para mirar a su amiga de frente.

—Este fulano me gusta, me cae bien —dijo su amiga—. No la cagues, que nos conocemos, Eva, que nos conocemos.

—Pero si no he hecho nada. Nos estamos conociendo.

—No has hecho nada aún —señaló Marta recalcando el «aún»—. Me parece de puta madre que no quieras nada serio con nadie, pero creo que, esta vez, tienes que darle una oportunidad. Tía, que nos ha aguantado el chorreo como Dios, que si no le interesases, nos habría mandado a la mierda a los cero coma tres segundos.

—Mira, ahí tengo que darte la razón.

—¿Qué vas a hacer? ¿Follártelo y a la cueva del olvido?

—Esa es nueva, ¿no?

—Que me contestes, hostias —replicó Marta reprimiendo una risa y dándole una palmada en el brazo.

Eva dudó antes de hacerlo. No le gustaba mucho hablar de emociones, de las suyas, en concreto, pero hizo un esfuerzo.

—Creo que no, creo que el tío me gusta. Teníais razón. Me gusta de verdad, hacía siglos que eso no me pasaba... Creo que me lo voy a tirar y después esperaré a ver si llama.

—Como estratega no tienes precio, ¿eh? Que digo yo que a lo mejor puedes llamarle tú también, que ya no tenemos quince putos años, perla.

—Yo qué sé, Marta, que estoy desentrenada en lo de las parejas y el cortejo y sus muertos. ¡Y que esta es la segunda vez que quedamos! No me cases ya con él... Prefiero tomármelo con tranquilidad, que también tengo mucho que perder si la cosa va mal.

—Eva, nos tienes a nosotros aquí, si la cosa sale mal puedes contar con nosotros, pero ya está bien de enfrentarte tú sola al mundo, que esto no va de ganar o perder, que va de intentarlo por lo menos. Hazlo o no lo hagas, pero no lo intentes... —añadió parafraseando al maestro Yoda—. Y una mierda, inténtalo. Inténtalo de una puta vez. Date la oportunidad de conocerle y después decides si quieres más con él o no. Total, la cueva del olvido va a estar ahí siempre que la necesites.

—Vale, ¿y si es él el que no quiere más? Es que a mí todo esto me saca mucho de mi zona de confort...

—Tu zona de confort es un mojón, flor. Muy bien decorada, eso sí, pero solitaria, en ella sólo hay un gato para hacerte compañía. Ya va siendo hora de que salgas de ahí y vivas algo, que arriesgues algo, que te vas a morir y lo único que habrás hecho en la vida es currar. Delante mío no vas a cagarla esta vez.

—Delante de mí —corrigió Eva.

—¿Qué?

—Que se dice delante de mí, no delante mío. Y me estoy meando.

—Pues vete a mear, que yo también me meo. Pero esto no se queda aquí, ya seguiremos la conversación en otro momento.

Regresaron a la mesa poco después. Eva pensativa, Marta con el gesto satisfecho que te deja en el rostro el deber cumplido.

Cuando salieron del restaurante, el fresco de la noche madrileña contrastó con el calor de sus cuerpos alegres y algo achispados debido a los negronis y al vino de la cena; aun así, no querían dar la noche por terminada, ahora tocaba el proverbial «y lo que surja».

Caminaron los cuatro con pasos perezosos y barrigas llenas en busca de algún lugar en el que continuar la velada; sin embargo, todos los pubs que encontraron en su paseo estaban hasta arriba de gente dispuesta a darlo todo.

—Vale, si queréis vamos a casa y nos tomamos algo allí —sugirió Eva al tercer bar rebosante—. ¿Vamos andando? Así bajamos la comida un poco...

Sus amigos accedieron sin dudar ni un segundo y echaron a andar en dirección al piso de Eva.

Alejandro la miró y permitió que los otros dos se alejasen unos metros antes de hablar.

—¿Quieres que vaya yo también? —preguntó—. Que si eso, me voy a casa y listo.

—No, tú te vienes, a mí no me dejas sola con estos dos. No, no, no, ni de coña, que me van a poner la cabeza como una zambomba.

Alejandro rio ante la vehemencia de ella.

—Vale, vale, no he dicho nada. —Comenzaron a seguir los pasos de Marta y Alberto, que charlaban y reían haciéndose arrumacos a poca distancia delante de ellos—. ¿Te puedo preguntar qué ha pasado en el baño? Has vuelto muy seria.

Eva miró a sus amigos y sonrió.

—Nada, que quiere que tenga algo como lo que tiene ella con Alberto —dijo señalando a la pareja, que continuaba caminando con las cabezas muy juntas, ajena a todo lo que sucedía a su alrededor—. No entiende que es complicado. Ellos se conocen desde hace mil años y antes de ser pareja fueron amigos. Los mejores amigos. Lo sé porque yo ya iba con ellos... De hecho, Alberto me contó antes que a nadie que sentía algo por ella y esas cosas.

—Ya... Entiendo... No todas las parejas empiezan igual...

—Eso he oído, pero yo qué sé. Hace siglos que no salgo con nadie en serio. La última vez fue cuando los dinosaurios dominaban la tierra. —Eva se dio cuenta de lo que acababa de decir. El cabronazo tenía una facilidad impresionante para hacerla decir cosas que prefería mantener dentro; hizo un esfuerzo por corregir sus palabras—. No es que contigo quiera algo serio... —Volvió a recular, se estaba metiendo ella solita, sin ayuda de nadie, en un jardín, más o menos, del tamaño del de Versalles—. O que no lo quiera... No tiene nada que ver con eso... No estoy hablando de ti... A ver, que hemos quedado dos veces, tampoco hay que exagerar...

Alejandro sonrió y se detuvo. Paró el avance de Eva cogiéndola por el brazo con suavidad y se situó frente a ella, lo que iba a decir tenía que decirse cara a cara.

—Mira, yo no sé lo que quiero contigo —explicó buscando su mirada—. Sólo sé que me gustas.

—Ya, bueno, tú a mí también, pero...

—No hay peros, Eva —la interrumpió—. No hay ni uno. Somos dos adultos que no están con nadie y ya está. Tú misma lo has dicho antes: veamos qué pasa.

Ella clavó sus ojos en los de él, todavía sin decir nada.

—Veamos qué pasa —accedió tras unos segundos—. Oye... ¿Te puedo besar? Me apetece muchísimo besarte ahora mismo.

—Pensaba que no ibas a pedirlo nunca —dijo él con una risa que apenas lo era.

Rodeó su cintura con un brazo y la atrajo hacia él. Las manos de Eva subieron por aquellos brazos hasta posarse con suavidad en el cuello. Alejandro se inclinó sobre ella y la besó.

Fue un beso dulce, lento, sin ansia, sin prisa, casi una declaración de intenciones. Un «vayamos despacio, pero vayamos».

Después del primero, llegó un segundo, todavía delicado, pero más temperamental, con algo en su interior que Eva no supo si era una promesa o simple anhelo.

Ella apoyó las manos en su pecho y empujó con manos ligeras para separarse de él.

—Tenemos que seguir andando. —Señaló por encima de su hombro.

Él lanzó la mirada en la dirección que apuntaba y vio a los amigos de ella parados a varios metros, mirándolos. Ambos lucían una sonrisa amplia en sus rostros y levantaban los puños en un gesto victorioso.

—¿Cómo sabías que estaban ahí? —susurró él en su oído—. Si estás de espaldas a ellos...

—Es una especie de sentido arácnido que tengo para los gilipollas.

Alejandro echó la cabeza hacia atrás para dejar salir una carcajada que resonó alegre en las calles silenciosas, ya dormidas, de la ciudad y Eva admiró la curva de su cuello. Deseó besarla, pero se contuvo.

Él pasó el brazo sobre los hombros de ella y caminaron hasta donde les esperaba la otra pareja.

21

Tima

David ya ha encontrado piso, me lo acaba de decir. A lo largo de esta semana hará la mudanza y para el lunes de la semana que viene ya estará instalado en su nuevo hogar. Se encuentra a menos de diez minutos andando de casa. Es un piso bonito, luminoso, bien situado, está totalmente amueblado y, además, hace poco que sus propietarios lo reformaron por completo. El alquiler no es barato, pero el dinero nunca ha sido un problema para David. No con su sueldo.

Tiene dos habitaciones, una para él y otra para Jorge. Me ha enseñado fotos y, aun siendo el del niño un dormitorio bonito y amplio, con un armario empotrado de buen tamaño y un ventanal enorme, se nota vacío, impersonal, como todo el piso, en realidad. Las paredes blancas no le aportan carácter ni calor, como una casa de esas de revista de decoración en las que parece que no viva nadie. Sin alma. Demasiado recogidas y limpias, como si fuesen el planeta Saturno de los dormitorios, sin huellas humanas en él.

Le he comentado que me gustaría comprar algo para que Jorge no se sienta extraño. Decorarle esa habitación un poco. Dotarla de una personalidad acorde a la de nuestro hijo. Me ha dado la razón, pero también me ha pedido que le deje hacerlo a él. Quiere llevarse al niño a comprar sábanas, colchas y edredones. También le dejará elegir cuadros, pósters y otros cachivaches que consigan que Jorge sienta esa estancia como propia. Y ropa, prefiere que no tenga que estar haciendo y deshaciendo maletas continuamente, así que va a comprarle un montón de ropa para que la tenga allí y evitarle esa sensación tan incómoda de tener un pie en cada una de las casas de sus padres.

Antes de este instante todavía quedaba un halo de irrealidad en torno a nuestra situación que la hacía menos tangible, menos sólida. Ahora ya no queda duda alguna: nuestro matrimonio está tan acabado como un barco que naufraga y se hunde en la fosa de las Marianas.

Aquella conversación en la habitación del desván fue un espejismo. Ya no hay vuelta atrás. Ya no podemos recorrer de regreso el camino que hemos hecho para llegar hasta donde estamos ahora.

Es triste, estoy triste, pero el alivio también tiene un hueco dentro del alboroto de mis emociones. Llega a su fin una etapa de mi vida que no iba a ninguna parte y, a pesar de ser doloroso, también es un nuevo comienzo para mí.

Para él.

Para los dos.

Tenemos la oportunidad de volver a ser felices. De recomponernos. De dejar de ahogarnos el uno al otro. De respirar un aire que no esté enrarecido con todo lo que ha ido aplastando y desgarrando nuestra vitalidad y alegría a lo largo de estos años.

También tengo miedo, mis ingresos no son fijos. En estos momentos no me va mal como artista, vendo bastante, más de lo que me esperaba cuando empecé. Puedo vivir de mi trabajo.

Hoy.

Mañana no sé qué puede pasar; no obstante, es algo en lo que prefiero no pensar. Si en el futuro tuviese que pedirle trabajo a mi madre en su galería, me tocaría tragarme el orgullo. Y lo haría. Tengo que proporcionarle a Jorge un entorno seguro.

El nuevo piso de David pone de relieve el elefante en la habitación, el punk en la ópera, el solomillo en el plato de un vegano: ha llegado el momento de decírselo a nuestras respectivas familias.

Aún nadie sabe que nos separamos. David y yo decidimos que era mejor esperar para contarlo, presentarlo como algo hecho, ya inmutable y definitivo. En sus propias palabras, y cito textualmente: «Por no aguantar a mi madre». Y lo entiendo. No me gustaría estar en su posición.

Mis padres no son problema, aceptarán lo que les queramos contar. Hemos quedado con ellos, con los dos, para comer hoy. David va a venir conmigo, quiere estar presente. Siempre le han caído bien y quiere que vean que somos un frente unido, aun en la separación.

Por supuesto, a cambio le gustaría que yo hiciese lo mismo con sus padres. Que vaya con él cuando se lo diga a Begoña, porque es a ella a quien se lo vamos a decir; a su padre le dará pena, como mucho, es bastante indolente, pero no meterá las narices en lo que nos haya sucedido. Ella, por otro lado... Prefiero ni pensar en lo que se vaya a decir en esa reunión. Begoña va a ser implacable, pero creo que el temor de David es infundado, ella será implacable conmigo, no con él. Él, a sus ojos, es míster Perfección.

Ojalá pudiese negarme, pero no me parece justo.

—Mamá, papá —saludo acercándome a la mesa del restaurante que he reservado—. No os levantéis.

Interrumpo su conversación con un sentimiento de culpabilidad que no termino de entender del todo. Al fin y al cabo, suelen verse a menudo para ponerse al día, pero no puedo evitar pensar que estoy cortando algo que podría ir a más...

O lo mismo es tan sólo la ilusión que me sigue haciendo cada vez que los veo juntos, a pesar de estar divorciados.

Me inclino y les doy un beso en la mejilla a cada uno. David hace lo mismo detrás de mí. Sólo un beso. Dos son para la gente con la que no tienes confianza, uno es para las personas a las que amas.

—Ay, cariño, cada día estás más bonita —dice mi padre permitiendo que su rostro se empape de su jovialidad. Mi padre ha sido siempre un hombre alegre, bromista, con hambre por todo lo que la vida pueda ofrecerle. Es posible que, en ocasiones, sus bocados sean más grandes de lo que puede tragar, pero nunca se ha rendido y continúa disfrutando de todo como si fuese la primera vez. Es algo que admiro mucho de él, su entusiasmo, su capacidad de convertir cualquier hostia en una oportunidad, su amor por lo que hace y por los que le rodean. Mi padre es una fuerza positiva de la naturaleza—. ¿Y tú como estás, David? Me traes mala carilla, hombre, ¿no estarás trabajando demasiado?

—Supongo que como siempre, Luis, supongo que como siempre —suspira David con una sonrisa desvaída sentándose a su lado. —Mi madre, mucho más perspicaz, me lanza una mirada en la que puedo ver hasta el punto del signo de interrogación, actúa como el protagonista de una película a punto de cortar el cable rojo. Enseguida se da cuenta de que algo sucede. Es una mujer inteligente. Mucho. Siempre lo ha sido—. ¿Cómo estás, Carlota? —continúa David insuflando algo de ánimo a sus palabras—. Tú, como tu hija, cada día más guapa.

Y es verdad, la edad no ha hecho mella en la belleza de mi madre. Alta, espigada, atractiva, elegante e inteligente. Lo tiene todo. Por suerte he heredado sus rasgos físicos y al mirarla puedo ver mi futuro o lo que yo espero que sea mi futuro. Menos en lo de la elegancia, ya que también he heredado la naturalidad y la falta de gusto de mi padre a la hora de vestir. Papá y yo preferimos estar cómodos a estar elegantes y, por mucho que mi madre insista en que ambas cosas no son incompatibles, ni él ni yo hemos logrado conjugar a la vez los dos elementos. Nunca.

—No estamos mal —confirma mi madre con esa voz suya algo ronca, algo seca, de modulación impecable, como toda ella—. Ya sabes, con mucho trabajo. Nos ha sorprendido que nos citaseis hoy para comer... A los dos a la vez, de eso estábamos hablando cuando habéis llegado. ¿Ocurre algo?

Lo que yo decía, mi madre las pilla al vuelo. Y como mujer de negocios que es —y muy buena, añado yo—, no le gusta perder el tiempo con palabras vacías. Prefiere ir al grano.

—¿Por qué no comemos primero y después hablamos? —propongo.

A mi padre se le nubla un poco la vivacidad de la mirada. Acaba de darse cuenta de que sí que ocurre algo.

—¿Estáis bien? —pregunta bajando el tono y removiéndose inquieto en la silla—. ¿Está bien Jorge? No le pasa nada a mi nieto, ¿no? No está enfermo ni nada de eso... ¿Estáis todos bien?

—Sí, papá, estamos todos bien, no te preocupes. No es nada de eso.

Papá está un poco histérico con la salud, hace poco murió uno de sus mejores amigos por culpa de la gran C. Nos ha obligado a todos a hacernos chequeos médicos, incluida mamá, para poder quedarse algo más tranquilo.

Fue un golpe duro para él. Muy duro.

En apenas medio año vio cómo su amigo de la infancia, un hombre fuerte y alto, con la vitalidad de un amanecer en las montañas, se iba apagando hasta quedar convertido en el muñeco de trapo que había sido las semanas finales. Sin fuerzas para moverse o hablar. Sedado para evitarle sufrimiento.

Su amigo sólo tenía un hijo, su mujer falleció cuando el niño era pequeño, y papá había estado junto a él durante todo el viaje hacia la muerte. Le había acompañado todo el trayecto, hasta la puerta de salida.

La pérdida había sacudido los cimientos de sus creencias, esa forma tan suya de ver el mundo, ese pensar que, al final, todo iba a salir siempre bien. Se había dado cuenta de que, en realidad, al final, sólo nos espera una puerta negra, ominosa y terrorífica que nadie sabe a dónde va a parar, y que esa puerta puede estar detrás de cualquier curva del camino; da igual todo, tarde o temprano, acabas encontrándola. Y, si bien se había empeñado en seguir siendo el optimista nato que siempre había sido, el espanto que sentía al pensar que en cualquier momento podía perder a uno de sus seres queridos se había instalado en él y se estaba calzando las zapatillas de andar por casa para sentarse en el mejor sillón orejero con la intención de leer el periódico con comodidad.

Siendo egoísta, si el hombre ha viajado en una sola frase hasta lo peor, hasta la nada de la que no se regresa, decirle que nuestro matrimonio se ha subido a un árbol va a mitigar mucho la angustia que acaba de experimentar.

Los ojos verdes, como los míos, agudos y punzantes de mi madre se clavan en mí, luego en David, cuya incomodidad se deja traslucir en su mueca tensa y su postura cabizbaja. A continuación, mira alrededor, al restaurante que hemos elegido para hoy y permite que una sonrisa curve sus labios simétricos, generosos, perfectos.

—Este sitio es precioso —comenta cambiando de tema. Sabe que, sea lo que sea lo que tengamos que decirles, lo que tenga que decirles, yo necesito mis tiempos y lo respeta. Se está asegurando de que las cosas fluyan como yo quiero que lo hagan. Me está cediendo el mando de la situación—. ¿Cómo lo has encontrado?

—Ya sabes, en Instagram. De vez en cuando me cruzo con recomendaciones de restaurantes y voy apuntándolos.

Por supuesto, como artista, tengo perfiles en todas las redes sociales que puedo en los que voy creando contenido sobre arte: en ocasiones hablo de técnicas que utilizo; otras veces, comento cuadros y esculturas; y, de vez en cuando, grabo algún vídeo con el proceso de la obra en la que sea que esté trabajando en ese momento. Tengo una comunidad bastante amplia y me proporciona bastantes ventas.

El local en el que he reservado es precioso, muy luminoso, con una decoración moderna y sencilla en la que predominan los muebles de estilo nórdico y las texturas naturales, pero no lo he elegido por eso; en realidad, me decidí por este lugar porque fue el que saltó más alto cuando me puse a buscar sitio. No había tenido muchas ganas de pensar. Creo que estoy agotada de pensar. Durante los últimos meses es lo único que he hecho.

Pedimos los platos y permito que sea mi padre el que seleccione el vino, porque vamos a tomar vino. Yo no me veo capaz de decirles a mis padres que me separo sin bañarme antes de pies a cabeza en el néctar de Baco.

En nuestra mesa la conversación gira en torno al día a día: sus trabajos, nuestros trabajos, Jorge, su colegio… Esas cosas. Mamá está preparando una exposición de un joven artista en su galería y me ha pedido que le escriba una introducción para el catálogo que, por supuesto, haré. Al fin y al cabo, las ventas de su galería siguen suponiéndome más del veinte por ciento de mis ingresos anuales.

Papá sigue en la agencia, si bien siente que está ya casi con un pie fuera ya que, en teoría, debería haberse jubilado hace un par de años, no obstante, ha preferido seguir trabajando, y aquí le cito textualmente, «hasta que el cuerpo aguante».

El camarero se acerca solícito cuando los cubiertos terminan de bailotear sobre los platos para preguntarnos si tomaremos postre. Veo cómo el deseo y la voluntad mantienen una breve lucha en el rostro de mi padre, muy breve, que, desde lo de su amigo, ha intentado comer de manera saludable. Pero como goloso irredento que es no puede renunciar a ese inocuo capricho.

—He comido muy sano, sin apenas grasas —dice más en un ejercicio de autoconvencimiento que para informarnos—, yo creo que un volcán de chocolate, uno pequeñito, me puedo permitir.

—Pues claro que sí, Luis —le anima David—, tienes mejor aspecto que nunca. —Lo cual no es mentira; la cintura, antes similar a la de un oso panda, se ha ido reduciendo a lo largo de los últimos meses hasta casi recuperar una línea recta.

—Ay, muchas gracias por darte cuenta, mi esfuerzo me cuesta, estoy yendo al gimnasio y cuidando mucho la dieta, pero un día es un día… Vamos, digo yo —lanza una mirada en dirección a mi madre que suelta una carcajada.

—Luis, cariño, a mí ya no me tienes que pedir permiso para nada. Hace casi treinta años que nos divorciamos.

—Papá, pide lo que quieras. Estás estupendo y tampoco te vas a quitar todos los placeres de la vida.

A mí me gusta ver a mi padre feliz y a él el dulce le hace feliz. Se nota el esfuerzo que está haciendo por cuidarse, pero no es sano que exagere y elimine de su vida todo lo que le gusta en un intento por estirar el tiempo que le corresponde en el mundo. Eso sería renunciar para vivir y, no sé, tampoco creo que merezca tanto la pena.

—Tienes razón —accede satisfecho—. Ahora cuando vuelva el camarero, lo pido... ¿Vais a querer café? Ya se lo decimos todo, ¿no?

Pedimos el postre de papá y los cafés —un descafeinado para él, que con el chocolate del volcán ya cree que es bastante por un día— y cuando nos los traen, me dispongo a confesar el motivo real por el que los hemos invitado hoy a comer.

—Creo que ahora sí que tenéis que decirnos ya lo que os pasa —dice mi madre adelantándome por la derecha.

—Sí, a eso iba, mamá. —Veo a David, sentado frente a mí, tensar todo su cuerpo. Sus ojos vuelven a mirar al mantel. Es como asistir al derrumbamiento de un edificio—. Veréis, lo que queremos deciros es... que nos vamos a separar.

No hay forma buena de decirlo, así que lo suelto sin demasiada ceremonia. Siempre he creído que suavizar las malas noticias no es algo que surta un efecto muy favorable en quien las recibe. Los hechos son los hechos y un colchón de plumas no va a parar una caída desde trescientos metros de altura. El resultado es el mismo: un cadáver ensangrentado.

—Ajá... —musita mi madre. Está pensando qué decir a continuación y cierro la boca porque no quiero romper el hilo de sus pensamientos—. Es vuestra decisión. ¿Se lo habéis dicho a Jorge ya?

—Sí, Jorge lo sabe. —David se recompone para participar en la conversación y se lo agradezco, era una mochila muy pesada para llevarla yo sola—. No se lo ha tomado demasiado mal.

—Papá, di algo —pido.

—Y qué quieres que diga, cariño. Me dais un disgusto, pero, como dice tu madre, es vuestra decisión. Lo importante es que Jorge esté bien... Y que vosotros estéis bien, por supuesto.

—No os voy a preguntar qué ha sucedido —interviene mi madre—. Eso es cosa vuestra, sólo os voy a pedir que mantengáis al niño al margen...

—Eso está fuera de toda duda, Carlota, no te preocupes. —David agita las manos frente a él enfatizando sus palabras—. Lo que más nos preocupa es el bienestar de Jorge, vamos a intentar que esto sea lo más civilizado posible por su bien.

—Si necesitáis que se venga conmigo unos días... —añade mi padre.

—No, papá, no hace falta, muchas gracias... En realidad, David ya ha encontrado piso y el fin de semana se mudará.

—Entonces ¿ya es definitivo?

Mamá mira a papá abatida. Supongo que todo lo que le estamos diciendo la está haciendo viajar al pasado, al momento de su propia separación y posterior divorcio.

—Sí —confirmo. Siento un nudo en la garganta y me lo trago con esfuerzo. No quiero llorar delante de ellos. No hoy—. Es definitivo.

—Lo siento mucho, hijos, es una noticia nefasta —dice mi padre—. Nefasta —repite meneando la cabeza en una negación que no sé si es para él o para nosotros—. Estamos aquí para lo que necesitéis... Tú también, David, sólo quiero que lo sepas.

—Muchas gracias, Luis. —David también está luchando contra el llanto. Encierra la mano de mi padre en la suya y le da un apretón cariñoso.

—No nos pongamos tan tristes —pide mamá limpiándose una lágrima rebelde de la mejilla—. No son buenas noticias, pero al menos no ha muerto nadie... Y veo que estáis intentando hacerlo bien. —Mamá acaricia mi hombro y siento su mano caliente, tierna, preocupada, a través de la fina tela de mi blusa—. No es el fin del mundo, esto pasa a diario, de verdad os lo digo; aunque ahora os lo parezca, no es el fin del mundo... Sólo espero que seáis tan afortunados como lo fui yo al divorciarme de Luis. Perdí un marido, pero gané al mejor amigo que he tenido nunca.

Sabía que mamá iba a decir eso. Y, al hacerlo, su mirada se ha enlazado con la de papá, cuyo gesto apenado ha desaparecido para convertirse en otra cosa, algo cálido y mullido, algo que destila amor y reconocimiento... Y a mí me parece que, de un modo extraño, siguen enamorados el uno del otro.

Ahora mismo me siento muy orgullosa de ellos.

Creo que mis padres son maravillosos.

Creo que soy una mujer muy afortunada por tenerlos.

Y creo que David va a echar de menos a mis padres más que yo a los suyos.

22

Tima

—Te lo dije, hijo mío, esta mujer no está a tu nivel, no lo ha estado nunca —escupe Begoña con un lado de su labio superior alzado en una mueca de disgusto, como el que huele carne podrida y agusanada. Un gesto muy suyo—. No deberías haberte casado nunca con alguien así... ¡Seguro que después querrá divorciarse! ¡Qué van a decir nuestros amigos!

—Mamá, no te pases —me defiende David sin mucho entusiasmo.

—Begoña, ya basta. —Alfonso es más tajante. Su tono es capaz de cortar madera de roble.

—Alguien tiene que decirle de una vez por todas la verdad —insiste ella sin levantar la voz—. No sé quién se ha creído que es.

Me muerdo la lengua, prefiero guardar silencio. No me apetece entrar en esta batalla, el resultado de la guerra no va a cambiar por mucho que ella patalee. Que tenga su berrinche, qué más me da a mí a estas alturas.

Aun así, miro en dirección a David sintiendo cómo se me dilatan las ventanas de la nariz en un resoplido contenido, la ceja de mi ojo izquierdo adquiere vida propia y se curva en una interrogación; ese gesto, tan mío, equivale a un «¿Por qué dices que tengo que aguantar esto?».

Y David lo sabe. Lo sabe de sobra. Siempre ha dicho que tengo un rostro muy expresivo, uno de esos a los que les sobran mil palabras, uno de esos que puedes leer con más facilidad que un libro, que está escrito mejor que muchos libros.

Antes de salir de casa me pidió que no me enzarzase en una pelea dialéctica con su madre, aunque él lo llamó «pelea» sin más, que intentase evitarlo, que sabía que era difícil, pero que lo intentase. Bien sabía él que la situación podía darse.

David teme a su madre. Ese ímpetu del que no ha hecho nada en su vida y se cree con derecho a todo. Esa amargura que empaña con bilis cualquier palabra que sale de su boca. Ese desprecio por todo lo que escape a su entendimiento, a su forma de comprender el entorno. Y esas ganas de moldear al resto a su imagen y semejanza, como si se tratase de un Dios egoísta y sin más perspectiva que el propio ombligo.

David la teme. No sé si la respeta, pero la teme. Y pretende que yo también lo haga, y nada más lejos de la realidad, puesto que yo estoy a un soplido de mosquito de quemar todas las naves de la enclenque relación que hemos mantenido a lo largo de más de una década.

La mujer me tiene hasta los mismísimos ovarios.

Mi todavía marido se encoge de hombros y me da una palmada tranquilizadora en la pierna por debajo del mantel, no sea que su madre lo vea.

—Tú no seas tan bobo de defenderla ahora —le dice Begoña a su hijo—, que siempre has sido demasiado bueno… Y mira cómo te la ha jugado. Ahora a divorciarse y a vivir de tu dinero sin hacer nada. Si es que estaba claro lo que iba a suceder, te he dicho cientos de veces que todas las de su clase son iguales…

Alfonso da un golpe en la mesa que resuena en todo el establecimiento. El resto de los comensales vuelven sus cabezas hacia nosotros.

—He dicho que ya basta, Begoña. Te estás poniendo en ridículo.

—No, en ridículo nos está poniendo ella, que nos ha tomado por tontos. Ni un duro te vamos a dar, zorra.

Ah, ahí está, esa es mi entrada.

—El día que te calles, Begoña, será un buen día —comento hastiada de su discurso—. No le he pedido nada a David, te recuerdo que la casa es mía y que gano bastante para mantenerme a mí y a mi hijo. Con comodidad —recalco—. Con mucha comodidad. Así que empieza a controlarte porque ya me estás cabreando.

Siento de nuevo la mano de David sobre mi pierna, en esta ocasión las palmadas son más ansiosas, como una sinfonía al piano sobre la tela de mi pantalón.

—Ah, que tú, la gran artista, te estás cabreando... Vaya, perdóneme usted, gran dama, por decirle las cosas como las pienso.

—Y ahí está el problema —replico sin soltar el tono aburrido—, que dices las cosas según las piensas, sin darle una segunda vuelta a nada. A veces creo que tienes el cerebro de adorno.

—¡Alfonso! ¿No vas a decirle nada? —empieza a alzar la voz.

En apenas dos frases he conseguido ponerla nerviosa, no está acostumbrada a que nadie le replique, y yo mucho menos, yo, que durante toda una década he estado anulando mis ganas de mandarla a la mierda. No puedo evitar que se me dibuje una sonrisa con trazas de malevolencia en los labios.

—Le voy a decir que tiene razón, es lo que le voy a decir a

la muchacha —dice el hombre lanzándome una mirada cómplice—. Los chicos han venido a contarnos algo que para ellos tampoco es plato de buen gusto y lo único que has hecho hasta ahora ha sido insultar a Tima. No te has preocupado más que del qué dirán y de ti misma. ¿Te has parado a preguntarles cómo se encuentran?

—Si te vas a poner de su parte, me marcho —amenaza Begoña.

—No te vayas, mamá —pide David—. Tima se va a disculpar.

Sus ojos suplicantes viajan en mi dirección.

—No, no me voy a disculpar porque tu madre sea una maleducada —zanjo—. Si quiere marcharse, por mí vale. He tenido bastante bilis por un día.

Ahí va la gasolina sobre las naves.

—No veo el momento de que salgas de esta familia de una vez por todas —sisea la mujer, rabiosa—. David va a encontrar a alguien mucho mejor que tú...

—Ajá... No digo yo que no, pero, cuando eso pase ¿vas a ser menos bruja? Porque no todas van a tener la misma paciencia contigo que he tenido yo.

Y ahí va la cerilla sobre la gasolina.

En ese instante se desata el caos.

A Alfonso se le escapa una carcajada, los ojos de David luchan por quedarse dentro de sus órbitas, los labios de Begoña se contraen como los de un perro a punto de atacar, casi puedo escuchar el gruñido bajo y gutural que se escapa de su garganta. Y yo... yo me apoyo en el respaldo de la silla y cruzo los brazos sobre el pecho, satisfecha con la escena de fuego y destrucción que acabo de crear.

Mi corazón de artista disfruta con estos dramas.

La mujer lanza un último exabrupto que, con la conmoción del momento no logro entender, coge su chaqueta y su bolso y se aleja en dirección a la puerta del restaurante envuelta en un torbellino de indignación y furia.

—Joder, Tima —balbucea David—. Te pedí que no la liases.

—No regañes a Tima, que tu madre se lo merecía —interviene Alfonso—. Se lo lleva mereciendo años.

—Os pido perdón —digo—. No ha sido justo para vosotros...

—Pero qué a gusto te has quedado —ríe de nuevo Alfonso—. No te preocupes, hija, somos muy conscientes de las veces que te has callado por mantener la paz en la familia. ¿Verdad, David?

En ese momento quiero mucho a Alfonso por intentar que su hijo admita los errores de su madre, algo que nunca ha hecho. La postura de David con respecto al perpetuo desdén de Begoña hacia mí ha sido siempre minimizarla, quitarle importancia, pedirme que soporte sus ataques sin defenderme en aras de un bien mayor, convirtiendo mi orgullo y el respeto que merezco en víctimas colaterales de la cordialidad.

David asiente con debilidad ante las palabras de su padre, supongo que anticipando el momento en el que tenga que volver a hablar con la mujer que le trajo al mundo, pero me da igual. Hoy ha ido más lejos de lo que nunca había llegado llamándome zorra delante de todos, insinuando que me casé con su hijo por dinero y olvidando que tiene un nieto. No ha preguntado por Jorge, por cómo se encuentra, le han importado una mierda su hijo y el mío.

—¿Cómo estáis? —pregunta Alfonso poco después—. En cierto modo me dais envidia, si algo no funciona es mejor separarse, pero no tiene que ser fácil tampoco...

—¡Papá! —le interrumpe David escandalizado.

—No, hijo, va siendo hora de que lo sepas —insiste el hombre—. Quise divorciarme de tu madre hace muchos años y ella siempre se negó. Le daba vergüenza, decía que era pecado. Ya sabes que es muy creyente... Y accedí a seguir con ella. No eres tonto, David, sabes que las cosas entre nosotros no van bien desde hace demasiado tiempo. Has tenido que darte cuenta.

—Ya, lo sé —accede él—. Pero pensaba que ninguno de los dos quería divorciarse.

—Tu madre es una mujer difícil, sabes que las cosas se hacen a su manera o no se hacen. Y esto... Bueno, pues no se hizo. Por eso digo que me dais envidia, ojalá yo hubiese tenido la presencia de ánimo necesaria para insistir en un divorcio. Tal vez hoy no sería tan... tan... —Tiene problemas para encontrar la palabra.

—¿Infeliz? —intento ayudarle.

El hombre me regala una sonrisa triste y asiente con la cabeza.

—Eso es, infeliz.

—Lo siento. —No sé qué otra cosa puedo decirle ante una confesión tan devastadora.

—Pero lo importante es cómo estáis vosotros, cómo está mi nieto. —El hombre sacude la cabeza para sacar de ella todo lo que pudo ser y no fue.

—Estamos bien, Alfonso. Tú lo has dicho, no es fácil, pero queremos hacerlo bien por Jorge. Vamos a compartir su custodia. Tu hijo ha alquilado un piso cerca de casa para que el niño no note tanto el cambio, y yo se lo agradezco. —Apoyo la mano en el brazo de David al decir esto y le doy un leve apretón.

David me mira. Hasta ahora no le había dado las gracias por el esfuerzo que estaba haciendo. En lugar de buscar algo más cercano a su trabajo, ha preferido quedarse en nuestro barrio. Lo ha hecho por su hijo. Y yo no le había dado las gracias hasta ahora.

—¿Alquiler? —pregunta su padre.

—De momento, sí —confirma David—. Más adelante ya decidiré.

—¿Estáis los dos de acuerdo en esto? ¿En lo de la separación?

—Sí, papá, estamos los dos de acuerdo —miente David.

—¿Hay forma de arreglar lo que ha pasado? —insiste Alfonso. Me sorprende lo afligido que suena, no pensé que esto fuese a afectarle tanto. Siempre lo he tenido por un hombre apático y hoy, justo hoy, me doy cuenta de que estaba equivocada. Fingía ser apático para evitarse problemas en casa. Su hijo y yo nos encogemos de hombros a la vez—. ¿Habéis pensado en hacer terapia de pareja? Tu madre me arrastró hace unos años a una... Una tremenda pérdida de tiempo, desde mi punto de vista, pero nosotros estamos chapados a la antigua, lo mismo a vosotros os va bien.

Una luz se enciende en los ojos de David, una muy parecida a como ha de verse la esperanza si ésta tuviese una forma aprehensible por los sentidos. Por qué querría continuar casado conmigo es uno de esos misterios de la naturaleza que nunca llegaré a comprender, y a la prueba de haberse calzado a otra me remito, si bien, a estas alturas, la idea de que tan sólo necesitaba una escapada de la rutina empieza a revolotear por mi cabeza.

—Podemos intentarlo —suspiro. No me lo creo ni yo, pero ahora mismo estoy muy por la labor de escuchar a Alfonso. Después de haberse puesto de mi parte, es lo mínimo que puedo hacer.

—Si no hay arreglo, no lo hay —añade el hombre—, pero me deja muy triste todo esto que me contáis. Yo te quiero mucho, Tima. Siento si no te lo he dicho más a menudo... Eres como un soplo de aire fresco en esta familia, que es como un panteón. No te ofendas, hijo, sabes que es verdad.

—No me ofendo, papá —ríe David con pena aceptando lo dicho por su padre—. Sé lo mucho que la quieres, me lo has dicho mil veces. Y sé perfectamente cómo es nuestra familia.

Me enternecen las palabras de Alfonso y le sonrío con algo que espero se parezca a la dulzura. El rechazo por parte de la familia de David ha venido siempre por el lado de su madre, pero desconocía el afecto casi paternal que Alfonso siente por mí. Pensaba que se alegraba de verme sólo porque estaba Jorge, pero, por lo que me está diciendo, su cariño no era fingido, era real; no obstante, no creo que ningún terapeuta pueda arreglar esto. Se arreglan las cosas rotas, pero lo nuestro no está roto, está muerto, que es muy diferente.

Las cosas muertas no vuelven a la vida, o eso tengo entendido, aunque si terapia es lo que necesita David para darse cuenta, no voy a ser yo la que ponga ninguna traba. Quiero que tenga todas las oportunidades del mundo para ver que, por mucha RCP que nos hagan, ya no somos dos, somos uno y uno.

23

Eva

Eva se despertó en su cama. Sintió un peso extraño en la zona de la cintura y enseguida se dio cuenta de que no era Vader, al que podía ver en la butaca que tenía junto a la ventana. Dormitaba bajo los rayos del sol, todavía pálidos y somnolientos, que acariciaban el asiento.

Echó un vistazo bajo las sábanas y vio una mano masculina apoyada, casi desmayada, sobre su piel desnuda.

Y entre las volutas de sueño que insistían en adherirse a ella, recordó.

Recordó la noche anterior con él.

Con Alejandro.

Estiró un brazo y se hizo con el móvil que esperaba en la base de carga a dar comienzo a su jornada. La vida de un móvil en el siglo XXI siempre es muy ajetreada.

Eva miró la hora: las seis y treinta y tres. Demasiado pronto para ni siquiera plantearse salir de la cama. Allí se estaba bien. A gusto. El calor de él a su espalda la reconfortaba y la convencía de que era mejor continuar durmiendo, que todo podía esperar un poco más. Total, era domingo, el día del Señor y esas cosas.

Cuando sus ojos volvieron a abrirse se sintió desorientada. ¿Cuánto más había dormido?

Ya no sentía ese calor todavía tan poco familiar, pero tan gratificante tras ella. Se giró sobre su espalda para mirar al techo y palpó el lado derecho de la cama.

Estaba vacío.

Se incorporó cubriéndose con la sábana para hacer una segunda comprobación, esta vez visual, que siempre ayudaba más que la táctil. Efectivamente, se encontraba sola en la cama.

¿Se había marchado sin decir adiós?

El aroma del café recién hecho que entraba por la puerta abierta del dormitorio recorrió sus fosas nasales hasta el cerebro. Ese olor tan maravilloso y hogareño. Eva sonrió y se desperezó dejando que la sábana que la cubría cayese sobre sus piernas. Miró a su alrededor buscando algo que ponerse; estaba bien lo de dormir desnudos, pero para decir buenos días y tomar el primer café de la mañana, que era sagrado, prefería llevar algo de ropa encima, más que nada para poder bebérselo sin interrupciones.

Manías que tenía.

Recogió la ropa tirada por el suelo y la llevó a la cesta de la ropa sucia que había en el baño de la habitación y aprovechó el viaje para cepillarse los dientes. A continuación, abrió el armario y eligió unas bragas limpias y una camiseta vieja tres tallas más grande que no sabía de donde había salido, si bien, por el estampado de Ron Brugal que lucía en la pechera, se hacía una idea. Se miró en el espejo del tocador y decidió hacerse una coleta. Tampoco quería exagerar, pero prefería acicalarse un poco ya que su aspecto por las mañanas era bastante semejante al de una gárgola tras una noche de fiesta desenfrenada.

Cuando salió del dormitorio dejó que su olfato la guiase hasta la cocina. No sabía si él se habría marchado después de hacer el café, por lo que cuando se lo encontró de espaldas a ella, vigilando con ojo atento el tostador, una nueva sonrisa invadió su rostro. Observó el cuerpo del hombre, delgado y fibroso, tan sólo cubierto por unos bóxers azules. No desentonaba para nada en su cocina, tan ordenada y pulcra. Parecía que llevase allí toda la vida y apenas hacía una semana que habían decidido ver a dónde les llevaba aquello y los primeros pasos se habían dado la noche anterior. Una cena y lo que surja.

Aquella era la primera mañana que amanecían en la misma habitación. También era la primera vez en muchos años que Eva se alegraba de despertar en la misma habitación que el tipo con el que se había acostado la noche anterior.

—Salta solo —dijo Eva señalando el tostador—. No hay que vigilarlo. Le han enseñado muy bien a hacer las tostadas.

—¡Joder! —exclamó él llevándose la mano al pecho y girándose hacia ella—. Qué susto me has dado. No te he oído...

A Eva se le escapó una carcajada.

—Buenos días también para ti —dijo todavía riéndose—. Lo siento, de verdad, no pretendía asustarte.

—No lo sientes en absoluto —replicó Alejandro con una sonrisa torcida.

Comenzó a acercarse a ella con una taza humeante en la mano que le tendió cuando estuvo a su altura.

—No, tienes razón, no lo siento. ¿Me estás haciendo el desayuno? ¡Qué detalle!

—¿Quién dice que es para ti? —Él la abrazo y se inclinó para darle un beso en la frente.

—Hombre, no sé, el que me hayas dado un café me ha dado alguna pista. Soy súper intuitiva con estas cosas —dio un trago a la bebida y se quemó la lengua—. Ostras, está para echar el Anillo Único en él.

—¿Qué quieres hacer hoy? —preguntó él yendo a por el brick de leche para enfriarle el café a Eva—. He pensado que podríamos pasar el día juntos... Si no tienes nada mejor que hacer, claro.

No tenía nada mejor que hacer que pasar el día con él; de hecho, no se le ocurría nada mejor que hacer que pasar el día con él. A poder ser, en la cama.

—No sé, ¿qué tienes en mente? —dijo en cambio.

—Se me ocurren varias cosas, pero prefiero que elijas tú —comentó terminando de preparar las tostadas—. ¿Las prefieres con aceite o con mermelada?

Cuando el desayuno estuvo listo lo llevaron a la mesita baja frente al sofá, donde se sentaron. No encendieron el televisor, querían disfrutar de la compañía del otro, charlar, comenzar a hacer las cosas que hacen dos personas cuando empiezan algo. Eva no sabía si estarían juntos dos días, dos años o dos décadas, pero ahora que se había permitido aceptar lo que sentía por él, se proponía disfrutarlo al máximo.

—¿Entonces qué? ¿Qué te apetece hacer hoy?

—No sé, lo mismo podríamos ir a tomar el aperitivo y luego decidimos sobre la marcha —propuso Eva tras pensarlo unos instantes—. Lo que prefiero es que hagamos lo que nos apetezca en cada momento. En general, me refiero, no sólo hoy... No quiero que nos veamos si nos apetece hacer otra cosa. No quiero que esto sea una obligación.

—Me parece bien, lo del aperitivo y lo otro. No será nunca una obligación.

—Tampoco quiero tener que elegir yo siempre lo que hagamos, quiero que lo hablemos y decidamos entre los dos.

—También me parece bien, hoy sólo quería darte ventaja.

—¿Ventaja?

—Sí, claro, acaban de estrenar la última de *Fast and Furious* y recuerdo que me dijiste que no las soportabas...

—Ah, y quieres que hoy elija yo qué hacemos para que cuando propongas que vayamos a verla... —Eva asintió pensativa. No era necesario terminar el razonamiento en voz alta—. Qué inteligente y ladino por tu parte. Me gusta tu estilo.

—Ya, pero ¿vendrás a verla conmigo? —insistió él poniendo ojos de cachorro.

—¿Quieres ir esta tarde? Puedo tolerar dos horas de una peli mierder, no es problema.

—Dura casi dos horas y media...

—Joder, ¿por qué las hacen tan largas? —exclamó ella entre molesta y divertida.

—¿Es una obligación?

—No, no es una obligación, es una putada, que es diferente —replicó con una sonrisa—, pero sobreviviré... —Borró la sonrisa de su rostro antes de continuar, necesitaba decirle algo que era importante para ella—. Cuando he dicho que no quería que esto fuese una obligación, no me refería a hacer cosas que le apetecen más a uno que al otro, no, eso se supone que va en el pack. A lo que me refiero es... No sé muy bien cómo explicarlo... ¿Sabes cuando llega ese momento en una relación...? —Eva se dio cuenta de lo que acababa de decir; de nuevo, estaba metiéndose en un jardín—. O bueno, cuando dos personas están juntas durante un tiempo, que no es nuestro caso, ni lo de la relación tampoco, claro..., pero vamos, eso, que llega un momento en el que verse se siente como una obligación. A eso me refiero. Si llegas a sentirte así, preferiría que me lo dijeses.

—Sé a lo que te referías. —replicó Alejandro—. Te prometo que te lo diré y espero que tú hagas lo mismo. Ya sé cómo acaba eso —añadió en tono lúgubre. Eva asintió sin decir nada. Sospechaba que él no había hecho más que empezar—. ¿Sabes que estuve a punto de casarme? —soltó Alejandro tras una pausa.

Eva sintió la pregunta como un gancho de derecha a la altura de los riñones; aun así, mantuvo una cara de póquer que habría enorgullecido al mejor tahúr de Las Vegas.

—No tenía ni idea —consiguió decir sin inmutar el gesto.

—Sí, fue hace mucho, tenía treinta años... Ya sabes, era joven e inexperto, necesitaba el dinero —los labios de Eva dibujaron una sonrisa ante la broma—. La situación fue más o menos como dices. Creo que decidimos casarnos por ver si aquello cambiaba, llevábamos cinco años juntos y nos movíamos ya por inercia. E imagino que habríamos tenido hijos también por inercia... No sé. La cuestión es que ella me dejó un par de días antes de la boda. Dijo que no podía seguir adelante porque ya no estaba enamorada de mí. Ya no sentía nada por mí. Fue más valiente que yo, eso está claro.

—¿Y qué hiciste? Si puedo preguntar, claro...

—¿Qué voy a hacer? Pues cancelar la boda. El marrón de tener que hacerlo consiguió que no pensase mucho sobre el tema los primeros días —continuó—. Estaba ido. Hacía las cosas en modo automático. Después... Después fue un puto infierno. Se me vino el mundo encima, sentía una mezcla de rabia, tristeza, indignación. Yo qué sé, sentía muchas cosas y ninguna buena.

—Ya, puedo imaginarlo. —Eva no mentía, era más o menos lo que le había sucedido a ella cuando ocurrió lo de Hugo, con las sutiles diferencias de que ella no había tenido que cancelar una boda y que había tenido que bregar con la pérdida de su padre y la ida de olla de su madre nada más ser abandonada y eso, mal que bien, la había distraído una barbaridad del drama sentimental.

—Y, aun así, tenía que poner buena cara en el curro, donde todo el mundo me miraba con lástima. Fue una época de mierda. Hasta bastantes meses más tarde no pude pensar sobre lo ocurrido con la cabeza algo más fría... Y, aunque me jodiese reconocerlo, me di cuenta de que ella había hecho lo que tenía que hacer. Casarte por inercia nunca es una buena idea.

—Bueno, podría habértelo dicho antes de empezar a organizar la boda...

—Supongo que me lo dijo cuando pudo. No fue fácil tampoco para ella. Aquella boda era una huida hacia adelante por parte de los dos. Y... bueno...

—Se cansó de huir —concluyó Eva.

—Algo así.

—¿Hablaste con ella después?

—Sí, claro. Sin embargo, no había mucho más que decir... No quedaba lo único necesario para seguir con alguien: amor, sólo nos habíamos acostumbrado a estar juntos... —Se encogió de hombros—. ¿Sabes? Me la encontré hace un par de años. Con sus hijos y su marido. Al final encontró a alguien con quien sí quería casarse. Aunque todo eso ya no es importante. —Se acercó a Eva y bajó la voz a pesar de que no había nadie más en la casa—. Te lo he contado porque quiero que sepas que sí, que estoy de acuerdo contigo. Cuando esto se acabe, se habrá acabado. Ya no tenemos veinte años, ni treinta, yo ya no estoy para gilipolleces e imagino que tú tampoco.

—Es que es eso, llevo demasiado tiempo sola como para empezar ahora a aguantar tonterías de nadie.

—Te prometo que no tendrás que aguantar las mías... Y ahora, vamos a ducharnos y a vestirnos, que hay una horquilla de tiempo muy concreta para tomar el aperitivo. Más tarde de las dos, es comer.

—Ducharnos ¿juntos o por separado?

—Lo que tú prefieras.

Eva tuvo la premonición de que, aquel domingo, se iban a saltar el aperitivo.

24

Tima

La sala de espera hasta la que la recepcionista nos acompaña es anodina, aséptica, funcional. El beis de las salas de espera.

Una mesa baja anodina, común, casi vulgar, sostiene sobre ella un montón de revistas de decoración de cubiertas curvadas, mil veces leídas por los clientes; a un lado de la misma se encuentra un sofá Chesterfield muy largo, en un blanco roto, parece caro, tal vez la pieza más destacable de la estancia. Al otro lado, dos butacas a juego con el sofá que, en comparación, se ven demasiado robustas y abigarradas, tal vez por la diferencia de tamaño.

El ajetreo de las calles de la capital que entra por la ventana abierta rompe el silencio casi conventual de la habitación. La recepcionista se apresura a cerrarla, no sea que quiebre la sensación solemne del momento.

La única nota de color la pone un cuadro colgado en la pared de detrás del sofá en el que aparecen lo que creo que son dos ciervos cuyas cornamentas entrelazadas escalan hasta la parte alta del lienzo convirtiéndose, poco a poco, en una explosión de flores y tallos dibujados en mil tonalidades diferentes.

El cuadro es de Ikea.

Lo he visto en su catálogo.

En la pared frente al lienzo hay una puerta, tan blanca como todo lo demás, que me parece la entrada a un santuario mágico de sanación y cordura.

—Esperen aquí. Enseguida les llamarán —dice la recepcionista. A continuación, se aleja en dirección a su puesto de vigía frente a la puerta de entrada.

La tarima de madera del suelo cruje bajo los pasos de David, que se aproxima al sofá y se deja caer en él. Yo elijo uno de los sillones.

No sé muy bien por qué motivo estoy haciendo esto... Bueno, sí lo sé, lo hago porque es la única manera que tengo de agradecerle a Alfonso el apoyo que me mostró el otro día, cuando quedamos a comer con él y con Begoña para decirles que nos separábamos. Él nos sugirió la terapia de pareja y David ha insistido hasta que he accedido a venir con él.

No sé cómo ha conseguido cita con una de las profesionales más reputadas de Madrid en tan poco tiempo, pero lo ha hecho, si bien, no creo que esto me haga cambiar de opinión. Al menos, que nadie pueda decir que no he hecho todo lo que ha estado en mi mano por salvar mi matrimonio.

Esperamos cada uno con la cabeza metida en nuestros móviles, David me dice que está contestando e-mails del trabajo. Hoy ha salido antes para venir a la psicóloga. Asiento como si me importase, pero lo cierto es que me da igual. Últimamente siente la necesidad de informarme de quien le escribe o llama cada vez que su teléfono emite el más leve pitido, como si quisiera hacerme saber que lo de aquella mujer ya se conjuga en pretérito. También dejó de llegar borracho o tarde a casa, eso sucedió tras aquella conversación en el desván. Ha intentado enmendar todo lo que hizo mal después de decirle que quería que nos separásemos.

Todavía no quiere entender que nada de esto es por aquella mujer o por lo que hicieron juntos.

Sus cosas están en la puerta de casa, mañana hará la mudanza, pero no ha perdido la esperanza de que yo me eche atrás, de que le pida que se quede, de que le diga que vamos a intentarlo de nuevo.

No va a pasar.

Me lo planteé aquella noche, pero después de meditarlo un poco me di cuenta de que sería tan sólo alargar la agonía de un matrimonio moribundo, es mejor dejarlo aquí, cuando todavía no nos odiamos.

Y, aun así, aquí estoy, esperando a entrar a mi primera, y muy probablemente última, sesión de terapia de pareja, algo que a estas alturas a mí me parece tirar el dinero, porque o esta tía tiene un chisme mágico que me borre la memoria de los últimos años o esto no va a funcionar.

—David, Timarete, pasad.

Levanto la vista y veo a una mujer de unos cincuenta años con el cabello rubio cortado a la altura de los hombros, elegante, con un pantalón gris ancho de pinzas y una blusa en un suave lavanda. No la he oído abrir la puerta, pero ahí está, sonriéndonos con calidez. Toda ella emana proximidad y empatía.

Me cae bien al instante.

Pasamos a su consulta en la que, de nuevo, predomina el color blanco. Un escritorio bastante grande en madera y cristal con un moderno ordenador sobre ella preside la estancia. Frente a él, dos sillas réplica de las Eiffel de Eames que no han dejado de ser populares desde que se crearon en los años cincuenta del siglo pasado. A la derecha hay una mesa baja con una butaca y un sofá, ambos en blanco, en este caso, réplicas de los creados por Florence Knoll, también a mediados del siglo xx.

Una estantería repleta de libros completa el mobiliario.

Con un solo vistazo a este despacho se puede saber que la mujer tiene buen gusto. Todo en la habitación grita comodidad, no en vano son diseños sencillos, funcionales y atractivos que no han pasado de moda en más de medio siglo. No sé si será buena psicóloga o no, pero, desde luego, ha sabido construir una atmósfera perfecta para que los clientes se sientan confortables.

Miro a mi alrededor pensando en lo que habrán tenido que escuchar esas cuatro paredes, en las discusiones, las lágrimas y los finales que han tenido que presenciar; pero también en los nuevos comienzos, las segundas oportunidades y las sonrisas de aquellos que han tenido éxito en la terapia.

Sé, sin lugar a dudas, que nosotros no estaremos entre los segundos.

—Sentaos ahí, por favor.

Corrijo la dirección, puesto que yo ya caminaba hacia las sillas frente a la mesa, pero la mujer señala el sofá. Nos acomodamos en el Knoll. Ella se sienta en la butaca, que forma un ángulo de unos sesenta grados con respecto al sofá, de modo que puede vernos a ambos sin necesidad de girar la cabeza.

Lo tiene todo pensado.

La psicóloga se presenta y nos pone al corriente de los años que lleva trabajando en este campo, nos dice lo que podemos esperar de ella y lo que espera ella de nosotros, que a mí me parece más de lo que estoy dispuesta a hacer, no obstante, eso no se lo digo.

Por lo visto, no sirve de nada acudir a consulta si después no realizas las tareas que te piden que hagas, y yo la única que quiero hacer es la de acostumbrarme cuanto antes a la ausencia y el vacío que va a dejar David en casa, porque eso sí lo conjugo en presente y en futuro.

—Contadme por qué habéis venido, cuáles son los motivos por los que estáis aquí hoy.

Miro a David y con un gesto de la cabeza le invito a empezar.

Él, en un ejercicio de sinceridad nunca antes visto, al menos no por mí, comienza a narrar lo que ocurrió con su compañera de trabajo. Mis cejas se alzan por la sorpresa, pero no le interrumpo, quiero que cuente su versión de los hechos, la razón de nuestra separación. Cree que no le he perdonado aquello y así lo dice y yo creo que se está aferrando a eso para no reconocer la realidad de nuestra ruina como pareja. Aun así, guardo silencio durante toda su exposición.

Los ojos de la terapeuta saltan de uno a otro cada poco tiempo, imagino que para observar las reacciones que producen en mí sus palabras. Yo me mantengo calmada, si bien no puedo evitar sentir cierta tristeza, cierta desesperanza ante lo que escucho. Lo ha asumido, dice que sabe que se equivocó, y yo no puedo dejar de pensar que sigue sin entender por qué quiso hacer lo que hizo. Sigue negando la base, los motivos para haberme dicho que se quería acostar con otra mujer: el aburrimiento. La necesidad de cambio.

Siempre he pensado que las relaciones tienen un principio y un final. Como todo en la naturaleza, son un ciclo, uno más de los tantos que nos rodean, y se convierten en dolorosas y tóxicas cuando insistimos en negar ese final. Es normal que queramos prolongarlas cuando, además de dos adultos, hay niños; de hecho, podemos prolongarlas y convertirlas en algo parecido a una convivencia apacible por el bien de ellos, sin embargo, eso me parece una renuncia. Una rendición ante la vida.

Y yo no quiero rendirme.

—Sé que después de esto que le he contado le parecerá que tiene razón ella, pero quería ser sincero y contárselo yo —termina mi marido.

A mí me queda la sensación de que ha utilizado una estrategia que es más vieja que las pirámides: la mejor defensa es un buen ataque.

—Para empezar, David, llámame María, entre estas cuatro paredes el usted no es necesario —empieza la psicóloga—. Y para continuar, quiero que entiendas algo: aquí no vienes a ser juzgado, yo no estoy aquí para juzgar tus actos o darle la razón a uno o a otro. Mi trabajo es intentar ayudaros como pareja y quiero darte las gracias por la sinceridad que has demostrado al contarme esto. —Me mira—. Tima, dime por qué estás tú aquí, ¿estás de acuerdo con lo que ha dicho David?

—Sí, es tal y como lo ha contado —confirmo—. Es sólo que yo no creo que eso que pasó sea la causa del problema, creo que es sólo un síntoma —añado encogiéndome de hombros.

—Continúa, por favor —me pide María.

—Creo que si hizo eso es porque necesitaba algo más que lo que obtenía de nuestra relación. Así de simple. Por eso digo que es un síntoma; el problema real es otro, es distinto.

La sesión continúa, pero yo ya estoy en otro sitio. María me pregunta, yo respondo deseando que esto llegue a su fin. David se remueve inquieto en su asiento porque nota mi indiferencia, mi pasividad ante todo lo que se está hablando hoy en esta habitación.

No me atrevo a mirar el reloj por si la terapeuta se da cuenta. No estoy cómoda, nada de esto va a cambiar lo que siento o la decisión que ya he tomado.

Antes de terminar, María nos pregunta qué es lo que nos hizo enamorarnos el uno del otro y cuáles creemos que son nuestros puntos fuertes como pareja. Respondo con honestidad, no me cuesta hablar de lo que me enamoró de David, de lo que vi en él, pero eso no significa que siga viéndolo; al contrario, al hablar de ello me doy cuenta de lo lejos que estoy de volver a sentir lo mismo. Él ya no es aquella persona.

Ni lo soy yo.

Salimos a la calle en silencio y caminamos unos metros antes de que David se detenga.

—No ha servido de nada, ¿no? —pregunta abatido.

—No, David. ¿No te das cuenta? Nos ha preguntado si discutimos y cuando le hemos dicho que casi nunca, se ha sorprendido; lo ha intentado disimular, pero se ha sorprendido. Nosotros ya no discutimos porque no tenemos nada más que decirnos.

—No opino lo mismo —insiste.

—Pero yo sí. Lo siento.

—Te vas a arrepentir y lo sabes. No vengas a buscarme cuando te des cuenta.

David está empezando a enfadarse. O a frustrarse, que para el caso viene a ser lo mismo. A él le gusta salirse con la suya, creo que pensaba que esta visita a la psicóloga era el primer paso para conseguirlo y ahora se da cuenta de que nada ha cambiado. De cualquier manera, en estos instantes lo único que me preocupa es que no me monte una escenita en medio de la calle, por lo que echo a andar sin responder a su último ataque. Él se pone en marcha para situarse junto a mí.

—Contéstame cuando te hablo —sisea a mi lado en tono imperioso.

Ahora soy yo la que se detiene con un resoplido para enfrentarse a él.

—No te consiento que me des ni una sola orden, ¿te queda claro? Si quieres hablar de algo, lo hacemos en casa, no aquí en medio.

—No me dejes con la palabra en la boca.

Me alejo en dirección a la calzada y él me sigue.

—¿Qué haces? —pregunta apresando mi brazo con fuerza. Con más fuerza de la necesaria. Me hace daño.

—Coger un taxi, no quiero seguir aquí contigo —replico.

Bajo los ojos hasta la garra que aprieta mi brazo y vuelvo a alzarlos, como aguijones envenenados, para clavarlos en los suyos. Espero que entienda el mensaje sin necesidad de utilizar palabras.

Me suelta casi con desprecio, como si el tacto de mi piel le quemase en la mano. Una mueca que aúna algo que me parece repugnancia y odio se extiende por su rostro. Nunca me ha mirado así. Nunca ha mirado así a nadie.

La luz verde de un taxi libre se acerca a nuestra posición y me apresuro a levantar la mano para que me saque de allí cuanto antes. Intenta impedir que me marche, pero no le escucho. Sé que grita algo, mi nombre y algo más, pero no le escucho. No quiero escucharle.

Al entrar en el vehículo me doy cuenta de que estoy temblando, no sé si a causa del miedo o de la ira. Puede que sea una mezcla de ambas. David nunca me había puesto una mano encima. Miro mi brazo, en el que se marcan las huellas de sus dedos, las froto para apaciguar el dolor que siento y me doy cuenta de que no es tan sólo físico.

—¿A dónde, señora? —pregunta el taxista.

—Arranque, ahora le digo. —Necesito unos instantes

para pensar qué hago, a dónde voy. No quiero ir a casa porque sé que, tarde o temprano, David llegará y querrá continuar con lo que ha empezado y yo no creo que sea sensato. No cuando está tan frustrado y rabioso.

El taxista obedece con un encogimiento de hombros.

Jorge está con mi madre, se lo ha llevado a merendar mientras nosotros estábamos en la terapia. Le doy al taxista la dirección de mi padre sacando a la vez el móvil del bolso. Marco con dedos trémulos el número de mamá, ni siquiera me molesto en buscarlo en la agenda; el suyo, el de papá y el de Jorge son los únicos que me sé de memoria, junto con el mío, claro.

Mi madre no me coge el teléfono, pero antes de insistir me entra una llamada suya.

—Cariño, no me ha dado tiempo a cogerlo, dime —saluda.

—Mamá, ¿se puede quedar Jorge en tu casa esta noche?

—Claro, ¿ha pasado algo?

—Luego te cuento, estoy en un taxi. Yo voy a casa de papá, pasaré allí la noche.

Mi madre no pregunta nada más, sabe que en cuanto pueda la llamaré. Nos despedimos y cuelgo. A continuación, abro WhatsApp y le mando un mensaje a David:

«No voy a ir a casa esta noche. Jorge tampoco. Volveremos mañana cuando te hayas marchado con tus cosas. Hablamos en un par de días».

25

Tima

Mi teléfono chilla cada pocos segundos, impaciente por que le haga caso. David está quemando la rellamada, pero no voy a contestar, ahora mismo no puedo hablar con él. Puede que esté exagerando. Puede.

No lo sé.

Lo que sí sé es que me ha hecho daño. Y esa mirada final... Esa mirada me ha asustado.

Papá observa de reojo el móvil, que continúa gritando su alegre cancioncilla sobre la mesa de la cocina, donde nos hemos sentado los dos.

Cuando me ha visto llegar tan nerviosa, lo primero que ha hecho ha sido poner la tetera en el fuego —sí, mi padre tiene una tetera, reminiscencia de sus años en el reino de los Windsor— y prepararme una infusión de ashwagandha, que dice que es tranquilizante. Papá todavía confía en el poder de una buena bebida caliente para vencer cualquier estado mental negativo. ¿Que se te rompe una uña? Una infusión de lavanda para el disgusto. ¿Que te duele la tripa? Una buena manzanilla con unas gotitas de anís y arreglado. ¿Que tienes frío? Ahí da igual, cualquiera es buena siempre y cuando esté calentita. Y, eso sí, nunca debe hervir, que, si no, los hierbajos pierden propiedades. O eso dice él.

—¿Y no le puedes quitar el sonido al chisme? —pregunta. Cojo el móvil y aprieto el botón lateral. Eso consigue que el dichoso aparato enmudezca, como si le hubiesen cortado las cuerdas vocales con un único tajo certero—. Cariño mío, si lo sé te lo digo antes.

—Ya, lo siento, no me he dado cuenta.

—Normal, con esos nervios que traes... ¿Estás mejor? ¿Te está sentando bien? —Señala la taza entre mis manos con un gesto de la cabeza.

Consigue que sonría. Mi padre, con la edad, se ha convertido en una abuela preocupada.

—Mucho mejor, papá. —Dejo la taza sobre la mesa y alargo la mano para acariciarle la mejilla—. No te preocupes, estoy bien.

—¿Me vas a decir ya qué os ha pasado a David y a ti para que quieras dormir hoy aquí?

Tiene razón. Sólo sabe que me he presentado en su casa sin avisar y, nada más abrirme la puerta, le he preguntado si podía quedarme a pasar la noche. Podría haberle llamado desde el taxi, pero no lo he hecho, no quería tener que dar explicaciones delante del conductor. A mamá le he dicho lo imprescindible para que se quedase con Jorge, lo que me recuerda que le debo una llamada.

—¿Cómo sabes que nos ha pasado algo? Lo mismo me ha pasado algo sólo a mí.

—Si fuese así, te habrías ido a tu casa. Te ha pasado algo con David.

Le cuento lo sucedido al salir de la terapia y le enseño el brazo, donde todavía pueden verse unas marcas enrojecidas.

—¿Y Jorge?

—Está con mamá. La he llamado desde el taxi para pedirle que se quedase con él esta noche. Debería llamarla de nuevo, no le he dicho más que eso, que se quedase con el niño.

—Has hecho bien en venir aquí —confirma mi padre con un suspiro—. Estas cosas no se pueden pasar por alto.

—Ya lo sé, pero me da miedo estar exagerando. Nunca se había puesto así.

—Más vale exagerar... —No termina la frase. No hace falta. Se levanta de la silla y enfila hacia el pasillo. Cuando llega a la puerta de la cocina, se da media vuelta—. ¿Vienes o qué? Ya eres mayorcita para hacerte tu propia cama. Después llamaremos a tu madre, que tiene que estar intranquila.

Hacemos entre los dos la cama en la que voy a dormir y después llamamos a mamá para ponerla al corriente de todo. Su reacción es parecida a la de papá: cauta, pero sin desestimar los posibles riesgos de que a David se le haya ido la cabeza por lo de la separación. Ambos creen que lo que le ha pasado es muy raro, algo puntual debido a la tensión, tal vez porque había puesto demasiadas esperanzas en la terapia de pareja. No obstante, prefieren que pase el fin de semana con mi padre, en un entorno seguro, y el lunes, cuando vuelva a mi casa, que cambie las cerraduras de todas las puertas. Y me parece bien.

Mamá le ha dicho a Jorge que este fin de semana lo iba a pasar con su abuela, o sea, con ella, que su padre y yo teníamos que solucionar algunas cosas antes de la mudanza y él ha preferido no preguntar más. Además, adora pasar tiempo con mi madre. Su abuela le va a llevar a ver una exposición de Lego en no sé dónde y está encantado, le vuelven loco los Legos. Luego lo llamaré para darle las buenas noches.

Mañana me va a acompañar papá a coger ropa y las cosas que necesitará Jorge el lunes para ir al colegio. Aun con todo esto, me han dicho que debería llamar a David para comprobar que esté bien, ya que no saber dónde estamos y qué estamos haciendo tiene que estar volviéndole loco.

Tienen razón. No quiero juzgar nuestro matrimonio por las últimas horas. Estoy segura de que su arranque ha sido sólo eso, un arranque de furia. No es normal en él.

Cuando le llamo, responde al primer tono.

—¿Tima? Tima, lo siento. No sé qué me ha pasado ¿Estás bien? —Suena ansioso y preocupado.

—Sí, David, estoy bien. Estoy en casa de mi padre. Jorge está con mi madre... No sabe nada, no te preocupes.

—No sé qué me ha pasado —casi susurra—. No volverá a suceder, te lo prometo.

—Hablaremos sobre ello cuando nos veamos. Sólo te llamo para saber cómo estás.

—Estoy bien... Preocupado por ti. Siento mucho haberte gritado... Haberte... hecho daño. No me di cuenta de la fuerza con la que te sujetaba... Luego, antes de que entrases en el taxi, vi las marcas en tu brazo... Intenté disculparme, pero no me escuchabas.

—Ya. Bueno. No pasa nada, estoy bien y Jorge está bien. Volveremos el lunes a casa, pero necesito que me avises mañana cuando te marches para que pueda pasar a recoger ropa para el fin de semana. Luego llamaré a Jorge, le diré que en ese momento no te puedes poner, te avisaré cuando hable con él para que lo hagas tú después.

—Tima, no voy a haceros daño —insiste—. A ninguno de los dos.

—Lo sé, David, pero necesito hacerlo así. Ahora no puedo verte. Hablaremos el lunes o el martes con tranquilidad, ¿de acuerdo? Luego te mando un wasap con lo de Jorge.

—Sí, claro... De nuevo, lo siento. —Adivina que no hay mucho más que decir y que voy a colgar.

—Bien, hasta la semana que viene.

Termino la llamada y me trago las lágrimas. A pesar de no querer que este hecho aislado marque los recuerdos que me van a quedar de nuestro matrimonio, en estos momentos es lo único en lo que puedo pensar.

Unos golpecitos dubitativos suenan en la puerta.

—Sí —contesto.

—¿Puedo pasar? —la cabeza de mi padre asoma por el umbral. Habla en voz muy baja.

—Claro.

El cuerpo que acompaña a la cabeza entra en la habitación. En las manos lleva dos copas de martini y, dentro de ellas, un líquido rosa oscuro.

—He pensado que te apetecería algo más fuerte que un té, así que aquí te traigo un cosmo. El zumo de arándanos es sin azúcar —añade satisfecho.

Que mi padre consiga hacerme reír hasta en los momentos más oscuros es algo que no tiene precio. Al menos, yo no puedo ponérselo.

—Claro, porque el vodka y el triple seco son sanísimos —digo con una carcajada mientras cojo la copa que me tiende.

—Ay, hija mía, te pierdes en los detalles... ¿Por qué brindamos?

Medito sobre los motivos por los que me apetece brindar y, tras unos segundos, asiento con una sonrisa.

—Ya lo sé... Lo tengo —empiezo—. Brindemos por ti, que eres el mejor padre del mundo. —Levanto mi copa y él entrechoca la suya ruborizándose.

—He hecho una jarra entera mientras hablabas con David. Vamos al salón y nos ponemos una película mientras nos emborrachamos.

—¿Ves? Lo que yo decía, el mejor padre del mundo.

—También he pedido chino... Un día es un día —dice con una sonrisa tímida y algo que me parece culpabilidad asomando en su voz.

—¿He dicho del mundo? Eres el mejor padre del universo, de este y de todos los universos habidos y por haber.

—No digas eso, mi deber es cuidarte. Y me encanta cuidarte —se apresura a decir—. No quiero que pienses que lo hago por obligación.

—Papá, sé que no lo haces por obligación, lo has hecho siempre. Igual que mamá. Sois unos padres perfectos. Ojalá yo pueda hacerlo sólo la mitad de bien de lo que lo habéis hecho vosotros conmigo.

—Yo creo que no se te da mal, Jorge es un niño sano y feliz. Y eso es a lo único a lo que podemos aspirar los padres... Tú hiciste lo que te dio la gana siempre, te daba igual lo que te prohibiésemos.

Le doy un trago al cóctel antes de contestar.

—Bueno, nunca me prohibisteis nada... O yo no me acuerdo.

—No te acuerdas por eso, porque no obedecías —dice mi padre enfilando por el pasillo. Le sigo haciendo equilibrios con la copa para no derramar el líquido que contiene, que, dicho sea de paso, está delicioso—, y tu madre y yo enseguida nos rendimos con lo de las prohibiciones. Decidimos educarte lo mejor posible para que, hicieses lo que hicieses, lo hicieses con cabeza.

—Ah, de eso sí me acuerdo. Las charlas sobre las drogas y sus efectos, sobre el sexo seguro, sobre lo de coger taxis... Recuerdo que cuando salía siempre me dabais la paga y pasta para el taxi.

—¿Alguna vez cogiste alguno? ¿O te la bebías junto con la paga?

—¡Siempre! —Se me escapa una carcajada ante la mirada escéptica que me lanza por encima del hombro—. En serio, papá, siempre volvía en taxi. Me daba pánico caminar sola de noche por la calle. Aún hoy en día me da miedo.

—Aún hoy en día me da miedo a mí que me llamen y me digan que te ha pasado algo —replica mi padre.

—Ya, ahora os entiendo a mamá y a ti. Me pasa lo mismo con Jorge. Hasta que no le tuve, no supe por lo que habíais pasado conmigo. Pero creo que lo hicisteis genial. No he salido tan mal, ¿no?

Mi padre se deja caer en su butaca. Sobre la mesita baja se encuentra la jarra llena de cosmopolitan que ha hecho para intentar animarme.

—La verdad, hija, es que tanto tu madre como yo estamos muy orgullosos de ti. ¿Qué quieres ver? —dice cogiendo el mando de la televisión.

—Me da igual, pero espera, pongo la mesa para que cuando llegue la cena ya no tengamos que movernos. —Hace ademán de levantarse de su sillón y se lo impido con un gesto de las manos—. Tú sigue eligiendo peli, ahora mismo vuelvo.

Corro por el pasillo hasta la cocina y me hago con platos, palillos y servilletas. Tendré que hacer un segundo viaje para ir a por agua porque, como nos limitemos al cosmopolitan, vamos a tener que dormir en el salón, no vamos a poder ni arrastrarnos hasta nuestras habitaciones. Pongo la mesa y me dejo caer en el sofá, un poco viejo ya, que está junto a su butaca.

Le miro mientras busca con el mando a distancia qué ver entre las distintas plataformas que tiene.

Las tiene todas.

Mientras descarta opciones, me fijo en las arrugas que reptan por su rostro, tan familiar, tan querido. Las nudosidades y manchas en la piel de sus manos, en las que la artrosis empieza a hacer de las suyas. Su cabello, antes moreno y tupido, ahora está níveo y ralea por la coronilla. Y entonces me doy cuenta de que mi padre es ya un anciano. A pesar de sus esfuerzos por perder peso, por cuidarse, por detener el tictac del reloj, se ha convertido en un anciano. ¿Cuándo ha sucedido? ¿Por qué no me había dado cuenta antes?

¿Por qué nos acostumbramos tanto a ver a alguien, a que esté ahí, que se nos olvida que nuestro tiempo con esa persona no es eterno?

En ese momento siento que se me escapan entre los dedos los años que me quedan con él.

Tal vez ahora, que voy a ser dueña de mis horas, podamos vernos más a menudo.

Tal vez ahora, que no tengo que hacer planes por dos, pueda disfrutar más de mis padres.

Tal vez ahora, antes de que se me vayan para siempre.

VERANO

We said we'd walk together baby come what may
That come the twilight should we lose our way
If as we're walking a hand should slip free
I'll wait for you
And should I fall behind
wait for me

If I should fall behind,
BRUCE SPRINGSTEEN

I'm all out of faith, this is how I feel
I'm cold and I am shamed
Lying naked on the floor
Illusion never changed
Into something real
I'm wide awake and I can see the perfect sky is torn
You're a little late
I'm already torn

Torn,
NATALIE IMBRUGLIA

26

Eva

Hacía unos días que habían lanzado por fin la campaña y por más que se decía que todo iba a ir bien, Eva estaba nerviosa. Se jugaba mucho. Y si bien quería separar su trabajo de la relación que mantenía con Alejandro, no podía dejar de pensar que, si algo no salía tal y como lo habían planeado, eso que habían empezado se vería dañado. Manchado. Como arrojar una copa de vino tinto sobre un vestido de seda blanca.

Y no quería que eso sucediese. Estaban bien juntos y pretendía que continuase siendo así.

No. Eva cruzaba los dedos para que todo saliese mejor que bien. Prefería no tener que enfrentarse al hombre con el que salía desde hacía apenas unos meses —todavía le costaba juntar esos dos conceptos, «hombre» y «salir», en su cabeza— para decirle que todo lo que habían programado para promocionar la empresa en la que él trabajaba había sido un estrepitoso fracaso, el Titanic de las campañas de publicidad.

A pesar de que las acciones realizadas hasta el momento estaban obteniendo los resultados esperados, un sudor frío le perlaba la piel de la frente cada vez que pensaba en ello.

Sintió una punzada aguda en el costado.

—Joder, si todavía me va a dar un infarto —murmuró Eva para sí frenando la carrera en seco.

El pinchazo no cedía, por lo que se dobló por la cintura intentando mitigar el dolor del abdomen. El sudor resbalaba por su frente y se le introducía en los ojos haciendo que estos le escociesen. Utilizó la mano que no estaba apretando la zona en la que había explotado esa sensación tan incómoda para limpiarse el sudor.

Aquella tarde, al llegar a casa y tras darse cuenta de que no iba a poder hacer nada de lo que tenía pensado, ya que le era imposible concentrarse en otra cosa que no fuese lo que se traían entre manos en el trabajo, había decidido calzarse sus viejas zapatillas de deporte y salir a correr un rato por el parque. Ventajas de vivir cerca del Retiro.

No había sido la mejor de sus ideas.

De hecho, había sido una idea que podría calificarse de deplorable.

Una idea de mierda.

De vez en cuando le pasaba, muy de cuando en cuando: algún día tonto que se miraba en el espejo y se veía gorda y vieja; a principios de año, todos los años, cuando, como resolución de año nuevo, decidía que tenía que empezar a cuidarse; o cuando se cruzaba con algún *reel* en Instagram en el que alguna gurú de cuerpo envidiable y piel más envidiable todavía insistía en las maravillas y virtudes de unos hábitos saludables.

Enseguida se le pasaba. En cuanto se daba cuenta de que la vida sana necesitaba mucho más esfuerzo que el otro tipo de vida.

Una vez que el aguijonazo del vientre comenzó a quedar atrás, resolvió que era el momento de volver a casa. Andando, a poder ser. Nada de seguir corriendo.

Cuando llegó a su piso el gato la recibió con uno de sus exigentes maullidos y no paró hasta que lo siguió a la cocina. Una vez allí, Vader se sentó delante de su plato, vacío, y clavó sus ojos amarillos en los de Eva. Ella entendió el mensaje a la primera: «Mira, imbécil, no tengo agua, ¡voy a morir de sed, humana!». Rellenó la escudilla con agua fresca y la dejó en el suelo. El animal se arrojó sobre ella como si acabase de cruzar el desierto del Sahara bebiendo tan sólo su propio sudor.

—Eres un exagerado, me he ido hace media hora y tenías agua, no has estado tanto tiempo seco.

Dejó al gato saciando su sed y se encaminó a la ducha, donde estuvo un buen rato bajo el chorro de agua. Había sequía en el país, sí, y Eva era una persona con conciencia social y ecológica. Pero también estaba ya un poco harta de que la responsabilidad de parar el cambio climático recayese, de manera exclusiva, en los ciudadanos, en los curritos que se levantaban a las siete de la mañana para dejarse la vida en la oficina o en las calles. Que hiciesen también algo las empresas que contaminaban. A ella le apetecía una ducha larga e iba a dársela.

Como no tenía nada mejor que hacer, también se lavó el pelo. Cuando estuvo satisfecha con su limpieza, se envolvió en la toalla para secarse y se puso el pijama. Pensaba matar el tiempo hasta que llegase la hora de cenar y de acostarse viendo una serie de esas coreanas tan tontas que intentaban ser románticas y lo único que hacían eran mostrar el machismo todavía existente en aquella sociedad. El caso es que, en pleno uso de sus facultades, prefería ver cualquier otra cosa; no obstante, aquella tarde no estaba en pleno uso de sus facultades y, si algo había que reconocerle a esos dramas orientales, era que resultaban ideales para apagar el cerebro durante el rato que durasen.

Se dirigió al sofá y se derrumbó en él. Subió las piernas,

las cruzó bajo su cuerpo y se hizo con un cojín al que se abrazó con fuerza. Eso siempre la relajaba. Vader hizo su parte para conseguir que ella se sintiese más tranquila: de un salto se situó a su lado y se enroscó sobre sí mismo para continuar con su última siesta del día, la de antes de irse a dormir.

Eva encendió el televisor y buscó una de aquellas series con el mando. Mientras lo hacía, sonó su teléfono.

Marta.

Hacía casi un mes que no se veían, desde aquella cena en el Omeraki, o lo que es lo mismo, desde que había empezado a salir con Alejandro. Hizo una nota mental para acordarse de que eso no podía pasar. Por muy bien que se sintiese con aquel hombre, no debía descuidar a sus amigos.

—¡Hola, flor! —saludó alegre a su amiga.

—Las almenaras de Minas Tirith arden —dijo Marta abatida.

Eva supo enseguida que sucedía algo, aquellas almenaras sólo ardían cuando Gondor necesitaba auxilio. A veces resultaba más sencillo pedir ayuda con alguna referencia friki que decirlo de manera abierta, Eva lo sabía bien, esto era así sobre todo para las personas que no estaban acostumbradas a pedirla.

—Y Rohan responderá —replicó ella siguiendo el guion a la perfección—. ¿Qué pasa?

—¿Puedo quedarme hoy en tu casa?

—Claro, puedes quedarte hoy y todo el tiempo que necesites, ven. Pero ¿qué ha pasado?

—Cuando llegue te cuento… Gracias.

—Nada. Voy pidiendo algo de cena.

Eva tenía una ensalada de pollo para cenar, pero no le parecía bastante para agasajar a su amiga, así que mejor encargaba algo.

Cortaron la llamada.

Sí, algo muy malo tenía que haber pasado si Marta quería quedarse a dormir en su casa, y tampoco había que ser súper intuitiva para saber que ese algo muy malo que le había pasado había sido con Alberto.

Se levantó y fue a la habitación de invitados.

Tenía una cama que hacer.

Es imprevisible lo que puede llegar a interponerse en el camino del amor.

En este caso se había interpuesto un autobús de la línea 147.

O eso le contó Marta a Eva.

Alberto tenía una tía. Una tía viuda. Sin hijos. Y rica.

Muchísimo.

Él era su único heredero.

Y su tía, que había estado casada con el hermano de su padre, había muerto atropellada por un autobús hacía dos semanas.

Según los testigos, era un día lluvioso, triste, plomizo, de esos que, si existe la posibilidad, es mejor quedarse en casa, pero la tía de Alberto no lo hizo. La mujer salió del señorial portal de su edificio y se dispuso a cruzar a la acera de enfrente para coger un taxi. Eso supuso Alberto, ya que su tía siempre iba en taxi a todas partes. Nadie sabía a dónde se dirigía. Nunca llegó.

El 147 se la llevó por delante.

El conductor intentó frenar, pero la lluvia, abundante a aquellas horas, no ayudó en la tarea. Riachuelos grisáceos bajaban por la calzada junto a las aceras, y la tía de Alberto, que no era ninguna atleta puesto que la mujer tenía ya casi ochenta años, terminó comiéndose el parachoques del autobús.

Marta había llamado a Eva para contárselo el mismo día que había sucedido y ella le había dado el pésame a Alberto. Y ya. No sabía mucho más del tema.

Tras el impacto de saber que su tía había muerto, por un impacto igual de fuerte contra un autobús, Alberto tuvo que organizar la cremación, el funeral y todas esas cosas que hay que organizar cuando alguien sin más familia que un sobrino fallece. Entre esas cosas que hay que organizar estaba lo de ir a su domicilio y poner en orden los asuntos de la finada y fue entonces cuando Alberto supo que, en unos meses, cuando se leyese el testamento, iba a heredar, él solito, el céntrico y enorme piso de su tía; el otro, no tan céntrico, pero aun así bien situado y también enorme; un piso en Málaga; otro más en uno de los mejores barrios de Bilbao; y un último apartamento en Ibiza, en la isla, no en la calle madrileña. Además de un buen puñado de acciones que la mujer tenía desde tiempos inmemoriales, entre ellas bastantes de Apple, de Amazon y de Monster, y todo lo que contenían sus cuentas corrientes, que no era poco. De hecho, era una cantidad que a oídos de Eva sonó como una obscenidad.

Alberto no tenía tampoco más familia que su tía. Sus padres habían muerto y no tenía hermanos, así que, de repente, un autobús lo había convertido en un hombre, no sabía si rico, pero bastante acomodado.

Y la pena, con billetes, parece menos pena.

—¿Y cuál es el problema? —preguntó Eva confusa—. Quiero decir, lo siento mucho por la tía de Alberto y por él, aunque por él lo siento algo menos, si te soy sincera.

—El problema es que el pedazo de gilipollas, cuando hemos ido al abogado, le ha preguntado que qué pasaría con lo que va a heredar si nos casamos y después nos divorciamos.

—¿Cómo?

—Lo que oyes. Que me da igual, pero me cago en su vida peregrina, que llevo ganando más que él desde que le conozco y nunca le he puesto una pega con el dinero y ahora, AHORA —Marta subió un poco la voz y remarcó mucho las sílabas en el segundo «ahora»—, me viene con esas. Es que no me digas... Sin contar con que las herencias van por otro lado, que parece tonto.

—A ver, yo creo que está algo confuso con todo lo que ha pasado —intentó suavizar Eva.

—Pero ¿tú de parte de quién estás? —se encaró Marta—. Ay, lo siento, perdóname. Eso no ha sido justo... Es que estoy muy nerviosa.

—Estoy de tu parte —dijo Eva tras una pausa—, pero no me gusta que discutáis... Y si me preguntas, creo que él se ha equivocado al preguntar eso. Si os casáis es porque os queréis. El dinero nunca os ha importado.

—Ahora mismo no sé si me voy a casar con él o lo voy a mandar a la mierda con un billete sólo de ida —la interrumpió Marta.

—No digas eso. No lo digas... ¿Es tan importante? ¡Sólo ha sido una pregunta!

—¡Que eso me da igual! ¡Que no es eso! Que lo que me jode es que no se lo había planteado hasta ahora que va a heredar, y eso me parece muy sucio.

—Sucio es, sí —accedió Eva—, pero ¿cancelarías la boda por eso?

Marta hizo una pausa y meditó unos instantes.

—No lo sé —dijo por fin—. Estoy muy enfadada... Y decepcionada.

—Entonces, puede que lo mejor sea que no lo decidas ahora, ¿no?

—Supongo, doña listita. Y deja de hacer eso que estás haciendo de intentar que razone. No me da la gana razonar, estoy muy cabreada.

—¿Quieres que hable con él?

—Ahora no... No, no sé si quiero que hables con él.

—Sabes que me va a llamar...

—Ya, claro que lo sé, pero hoy no quiero que hables con él. Hoy eres toda mía, que se joda.

—Todo va a ir bien —dijo Eva estirando la mano para posarla en el brazo de Marta—. En serio, todo va a ir bien. Es normal que te hayas enfadado, pero sé que lo vais a solucionar y, además, me tenéis aquí para ayudaros.

Marta guardó silencio asimilando lo que Eva acababa de decirle. Toda su postura se relajó de manera visible.

—¿Son todos igual de imbéciles? —preguntó por fin.

—Yo qué sé, sabes que ese no es mi campo de *expertise*. Si yo soy de letras...

Marta dejó salir una risa. La primera desde que había entrado por la puerta. Eso consiguió que Eva se tranquilizase un poco, al fin y al cabo, que sus dos amigos lo dejasen era uno de sus mayores miedos. Pero si Marta todavía era capaz de reírse, es que las cosas no eran tan malas. Podían solucionarse.

Eva temía también que Marta pensase que, al ser ella amiga de ambos, no sintiese su casa como un espacio seguro, pero había una cosa que no debían olvidar: Marta era su mejor amiga. A Alberto lo quería mucho y le dolería si ellos dos se fuesen cada uno por su lado, le dolería un montón y se sentiría fatal, pero si tenía que apoyar a alguien, era a su amiga. Y por apoyo se refería a estar a su lado cuando tenía razón, como Eva creía que ocurría en aquella ocasión, y a decirle que se equivocaba cuando eso sucedía.

—¿Y el curro? —preguntó Marta de manera inesperada.

—Ah, bien, creo. Estamos con lo de la campaña esa que te conté de los cosméticos... Estoy que me subo por las paredes. Si esto sale mal... Bueno, a ver cómo te lo explico... Si sale mal, lo mismo mis probabilidades de ascender se ven reducidas a la inusitada cantidad de cero por ciento.

—No, ¿no? Quiero decir, tu trabajo es bueno, tu jefe está contento contigo y todo eso.

—Sí, pero también es la primera vez que lo deja todo en mis manos. Yo he sido la que ha propuesto la mayor parte de las acciones. —Eva alzó un dedo—. La que las ha coordinado —alzó otro— y también la que ha convencido al cliente para llevarlas a cabo —dejó tres dedos levantados—. Si esto sale mal, soy yo la que está en peligro. —Con la mano izquierda apretó los tres dedos alzados e hizo el gesto de arrojarlos a una papelera.

—¿Y cómo va de momento?

—De momento, bien, pero hasta que no acabe la campaña no voy a poder hacer un análisis completo para ver los resultados reales; de momento parece que todo está funcionando, pero yo qué sé. Esto puede cambiar de la noche a la mañana. Hasta que no cerremos todas las acciones, no tendré cifras definitivas. Se puede ir todo a la mierda de un momento a otro. Estoy muy nerviosa, tengo mucho miedo de cagarla y de lanzar por la borda todo por lo que he trabajado tanto... O lo mismo es que me estoy comiendo la cabeza demasiado.

—Joder, yo dándote la chapa con lo de Alberto y resulta que tú estás casi peor por el curro. Lo siento.

—No, no lo sientas, que para eso son las amigas. Me alegra que hayas venido.

Y era cierto. Saber que sus dos mejores amigos habían discutido, que su boda caminaba por un precipicio de paredes embarradas, la crispaba y angustiaba; sin embargo, tener allí a Marta, a pesar del motivo por el que había ido a su casa, también le proporcionaba algo parecido a la serenidad. Era muy egoísta por su parte, lo sabía. No podía cambiarlo.

Para sentirse mejor, se dijo que al día siguiente hablaría con Alberto e intentaría hacerle comprender cómo había hecho sentir a Marta con su pregunta. Era lo mínimo que podía hacer y lo máximo a lo que podía aspirar, a hacerle comprender.

27

Eva

—Te quiere fuera —dijo su jefe.

Eva no entendía nada. Cuando había llegado a la oficina, Luis la había llamado a su despacho con gesto adusto, casi crítico. Eva se había asustado. Y, por lo que veía, había tenido motivos para hacerlo.

No sabía qué había podido suceder durante la noche para que se produjese aquel cambio radical.

—¿Qué? —Las palabras habían abandonado a Eva y eso fue todo lo que pudo decir.

—Lucía te quiere fuera —volvió a decir Luis—. ¿Qué ha pasado?

—No tengo ni idea. —Algo dentro de ella hizo que su estómago girase sobre sí mismo. Sintió ganas de vomitar—. De verdad, no lo sé, deja que mire las métricas, a ver qué ha podido fallar…

—Ya las he mirado yo. Todo está bien —replicó el hombre—. ¿Habéis discutido? Esto es personal, Eva, la campaña va bien.

—N… No… No hemos discutido —balbuceó Eva tragándose las ganas de llorar.

—Pues piensa, porque esto nos deja en una situación muy difícil.

—¿Me vas a despedir? —El hombre apoyó las palmas de las manos sobre la mesa, se levantó de la silla y caminó unos pasos hacia la ventana sin contestar—. Luis, ¿me vas a despedir? —insistió Eva.

—No sé qué otra cosa puedo hacer ahora mismo. —Luis contestó sin mirarla—. Ha ido directa a la oficina central con esto. He intentado hablar con ella, pero no he conseguido hacerla entrar en razón.

—Pero ¿qué ha pasado? ¿Qué te ha dicho?

—Ha sido bastante escueta. Cuando la he telefoneado lo único que me ha dicho es que te quería fuera, que no sabía si podía seguir trabajando contigo... Y que si no te sacaba, buscaría otra agencia con la que trabajar.

—Pero... ¿y los motivos? ¿Se los has preguntado?

—No me ha dado ninguno... Y sí, se los he preguntado —añadió Luis—. Sólo ha dicho lo que acabas de escuchar... No puedo hacer nada, estoy atado de pies y manos.

—Pero ¿te han pedido desde Nueva York que me despidas?

—No con esas palabras, ya sabes que, según ellos, no se meten en el funcionamiento de las oficinas locales. No obstante, me lo han sugerido con bastante vehemencia.

—¿Es que no cuentan para nada los años que llevo aquí, los clientes que he conseguido, mis resultados? ¿Nada de eso importa? No entiendo nada... —Ya no pudo contener más el llanto, que empezó a recorrer su rostro con total libertad. Eva se secó las lágrimas con la manga de su chaqueta, fue un gesto casi violento, rabioso, no quería llorar en aquella situación. Hizo un esfuerzo por recomponerse y no continuó hablando hasta que lo consiguió—. No he hecho nada malo, en todo momento he sido profesional con ella... No hemos discutido... No entiendo nada —repitió—. Tengo que hablar con ella.

—No, ha sido muy clara al respecto: no quiere que la llames ni que vayas a su despacho. No quiere hablar contigo ni verte. Yo tampoco lo entiendo, Eva, pero no puedo hacer nada que no sea cumplir con lo que ha pedido... No quiero que te preocupes, dentro de un par de meses, cuando las cosas se hayan relajado, podré volver a contratarte. Ya, ya sé que no es la mejor solución —Luis alzó una mano para detener la protesta de Eva, que cerró la boca y le dejó acabar—, pero no me queda otra opción. He sugerido a la gente de Estados Unidos cambiarte de proyecto y nada, creen que lo mejor ahora mismo es, y cito textualmente, «dejarte marchar».

—Nadie se ha molestado en preguntarme mi versión. Es injusto...

—Lo sé... es algo nefasto, pero no puedo hacer nada. Sólo prometerte que volverás, a los americanos les dará igual una vez haya pasado la tormenta, ahora sólo quieren mantener las apariencias de cara a un nuevo cliente.

—No lo entiendo. Tampoco es uno demasiado importante... Sus presupuestos están bien, pero no son impresionantes.

—Esa es la cuestión, Eva, Lucía ha prometido duplicar el presupuesto para la siguiente campaña.

—¿Y en dos meses ella va a aceptar que me vuelvas a contratar?

—En dos meses ni te acercarás a esa cuenta y ni ella ni nadie me va a decir a quién puedo contratar y a quién no.

—¿Y los americanos?

—De ellos me encargo yo. Diré que no he encontrado un

sustituto viable. Tú misma lo has dicho, tus números son los que son y en la central, al final, sólo quieren resultados. Cómo los consigamos es asunto nuestro. En esto se han puesto burros porque la tía ha prometido doblar su inversión; si no, les habría dado igual.

—Gracias. —No le quedaba otra cosa que hacer que agradecerle a su jefe que hubiese intentado defenderla.

—No me las des, no he podido hacer mucho por ti.

—Sé que has hecho todo lo que has podido.

—Mira, tómate esto como unas vacaciones pagadas, muy bien pagadas. Vas a recibir hasta el último céntimo de la indemnización y regresarás con la misma posición y salario.

—Ya... ¿Y qué hay de lo de ser la directora general una vez te jubiles? —dijo Eva mirando al suelo—. Por culpa de esta hija de puta todo por lo que llevo luchando todos estos años se ha ido a la mierda.

Luis caminó de nuevo hasta su silla y se dejó caer en ella con gesto abatido.

—No te voy a engañar. Está difícil... No obstante —continuó alzando el dedo índice—, escúchame bien, no es imposible. Cuando regreses veremos cómo lo hacemos. Te prometo que voy a conseguir que vuelvas a entrar en esa carrera.

Luis volvió a levantarse y rodeó la mesa de su despacho para acercarse a ella, que continuaba cabizbaja, intentando contener el llanto. Posó una mano sobre el hombro de Eva.

—Sé que eres una buena trabajadora, la mejor que tenemos. También sé lo mucho que te esfuerzas para serlo. No sé qué ha pasado, qué cable se le ha cruzado a esta mujer. Y no importa, lo único que importa ahora es que salgas de esto lo más airosa posible. Cuando vuelvas, si de verdad quieres seguir peleando por ese puesto, prepárate, porque vamos a conseguir que seas imprescindible para los americanos. Ahora vete a casa, relájate y no permitas que esto te afecte. Estoy seguro de que conseguiremos darle la vuelta a todo este asunto.

—Pero ¿cómo no va a afectarme? ¡Es que no sé en qué me he equivocado!

—Eva, da igual en lo que te hayas equivocado, te repito que esto es personal. Las cifras hablan por sí solas. No le des más vueltas. Vete a casa, descansa y recupera fuerzas porque vas a volver. Si no estuviese cien por cien seguro, no te lo diría.

—Sabes que no puedo prometerte que me vaya a quedar en casa, ¿verdad? Quiero decir, sabes que en cuanto salga por esa puerta voy a ponerme a buscar otro trabajo.

—No espero menos de ti.

—¿Y?

—Y nada, creo que, para hacer lo que quiero hacer, es una ventaja poder decirles a los de Nueva York que prefiero tenerte al lado que enfrente. Puede que hasta tenga que subirte el sueldo para conseguir que vuelvas.

Eva asintió mientras se ponía en pie. Se dirigió hacia la puerta y sujetó el pomo con la mano; antes de abrirla, se volvió.

—Aun así, esperaré tu llamada... Y gracias de nuevo.

Salió del despacho de Luis y fue hacia el suyo para recoger sus cosas. El pasillo que los separaba nunca le había parecido tan largo, tan frío. Arrastraba los pies, le costaba caminar, sentía como si intentase avanzar por un lodazal con chanclas en los pies. Los engranajes de su cabeza giraban intentando encontrar una solución a lo ocurrido, pero si no conocía las razones, poco podía hacer para corregirlo. Eso la dejaba en una situación de indefensión ante cualquier otro posible cliente que pudiese tener en esa o en otra empresa: si no sabía qué había hecho mal, ¿cómo podía evitar que sucediese otra vez?

Y, sobre todo, ¿cómo podía haberse ido todo a la mierda en tan poco tiempo? De la noche a la mañana, había pasado de ser la indiscutible sucesora de Luis a ser una mujer en paro y, si bien él había prometido volver a contratarla y meterla de nuevo en esa carrera, nadie le aseguraba que eso fuese a ser así... Y, aunque lo lograse, se trataría de una competición en la que ella estaba más cerca de torcerse un tobillo que el resto de los corredores, ya que, si de manera unilateral, un cliente decidía que no le gustaba Eva, su despido sería fulminante. Carecía del más mínimo control sobre esa situación. Nunca se sabe a quién le vas a caer bien y a quién no. No había nada que pudiese hacer al respecto y eso, más que ninguna otra cosa, es lo que estaba desgarrando y haciendo pedacitos diminutos la seguridad que, en el terreno laboral, siempre había tenido en sí misma.

Condujo hasta casa en estado de estupor, meditando sobre lo sucedido. Cuando llegó, apenas recordaba cómo lo había hecho. Había llevado el coche en modo automático. Por suerte, no había tenido un accidente, pero había sido eso, suerte.

Su piso nunca le había parecido tan inhóspito: el sofá, que siempre le había encantado, tan cómodo, tan mullido, le recordaba que, si no encontraba otro empleo pronto, durante los próximos meses podía llegar a pasar mucho tiempo tirada en él; las superficies brillantes y pulidas de la cocina le decían que tendría que cocinar más a menudo porque no iba a tener dinero para pedir comida cuando le apeteciese; incluso el gato parecía mirarla de manera diferente, como si supiese que iban a empezar a pasar mucho más tiempo juntos y eso no terminara de convencerle.

Se dejó caer en aquel sofá y comenzó a llorar. Los sollozos sacudían todo su cuerpo vaciándola de la angustia que sentía. Hacía mucho que no se entregaba a un ataque de llanto similar y por mucho que la gente dijese que eso sentaba muy bien, ella no se estaba encontrando mejor. Dejó de llorar más por aburrimiento que por falta de ganas. La desesperación, la ira, la frustración y el miedo que habían causado aquellas lágrimas continuaban allí, anclados a ella, insidiosos y taimados, alimentándose de su autoestima, de su confianza, de su motivación.

Si no era buena en su trabajo, ¿en qué lo era?

«En nada», se dijo. «No soy buena en nada, todo me va mal».

Deambuló de una habitación a otra huyendo de su propia sombra, como un animal herido rodeado de hienas hambrientas, sin escapatoria, sin esperanza de sobrevivir.

Su teléfono sonó en el bolso, olvidado y solitario. Total, quién iba a querer contactar con ella un día de diario en horario laboral; de la oficina no eran, desde luego.

Rebuscó hasta que dio con él y miró quién llamaba.

Alejandro.

«Joder —pensó—, ¿cómo me enfrento ahora con él? ¿Qué le digo?». Permitió que el móvil siguiese sonando sin contestar la llamada. Ni se había acordado de él desde que Luis le había dicho que estaba fuera de la cuenta y de la empresa. No había pensado en las implicaciones de esa salida para su relación; aun así, en aquellos instantes no tenía el valor necesario para afrontar una conversación con él, estaba segura de que iba a dejarla. Fuese lo que fuese lo que había sucedido con Lucía, él tenía que estar al tanto e iba a dejarla.

No se le ocurría otro motivo para que la llamase tanto. O lo mismo es que en aquellos momentos no era capaz de pensar con claridad, lo veía todo a través de un velo teñido de pesimismo, pero estaba convencida de que si la estaba telefoneando era para mandarla a pastar; no se iba a molestar ni en decírselo a la cara, con una conversación rápida era más que bastante, aunque, visto así, también podría haberlo hecho por mail o por WhatsApp, qué más daba. Que le dejase un mensaje en el buzón, porque ella no pensaba contestar.

Nada más cortarse la primera llamada, el móvil volvió a entonar su melodía. Tenía que cambiar el tono, empezaba a exasperarla aquella jodida banda sonora de *Vengadores* con sus fanfarrias y su grandiosidad.

De nuevo permitió que sonase sin contestar hasta que saltó el buzón de voz.

Y de nuevo él volvió a llamar.

Caminó con el teléfono en la mano hasta el salón, lo arrojó con fuerza sobre el sofá, cogió un cojín y lo apretó contra él, como si así pudiese ahogar no sólo la música, sino también todas sus emociones, todo su dolor, su miedo y su incertidumbre.

No funcionó.

Recuperó el móvil cuando entraba otra llamada de Alejandro y lo apagó.

Tanta insistencia por hablar con ella no podía ser buena, por lo que le lanzó la pelota de mantener aquella charla a su yo del futuro, que fuese ella la que lidiase con la situación, aunque nadie le aseguraba que su yo del futuro fuese a sentirse más fuerte de lo que su yo del presente se sentía.

Cuando Marta llegó por la tarde la encontró en la cama, a oscuras, envuelta en el edredón y abrazada al gato, al que se le veía muy cómodo. La temperatura de la habitación rondaba los treinta grados. En el exterior el día había sido caluroso, rozando el bochorno. El ambiente cargado, acre, de la estancia fue toda una agresión para sus fosas nasales. Por suerte, Eva le había dado un juego de llaves aquella mañana por si llegaba antes; de lo contrario, estaba convencida de que Eva no le habría abierto la puerta por mucho que la aporrease.

—Eh... ¿Estás bien? ¿Qué pasa? —preguntó su amiga encendiendo la luz del dormitorio—. Me ha dicho Alberto que te ha llamado y que llevas todo el día con el móvil apagado... ¿Te encuentras bien?

—No. —Eso fue todo lo que pudo decir Eva sin echarse a llorar.

Marta se sentó en el colchón, junto a ella, y retiró el edredón que le cubría la cabeza. Se encontró a Eva convertida en una especie de gremlin desgreñado, lloroso y demacrado.

—¿Qué ha pasado? —dijo Marta abrazándola y acunándola en sus brazos.

Eva, entre sollozo y sollozo, le contó lo ocurrido en la oficina por la mañana, le habló de su desesperación, de la falta de control que experimentaba, de cómo todo se había ido a la mierda sin que ella supiese qué había pasado. Le habló de lo cansada que estaba, del poco sentido que le encontraba a todo cuando, después de pasarse toda la vida trabajando y esforzándose, volvía a estar en la casilla de salida a los cuarenta años.

Marta la obligó a levantarse y la arrastró en dirección a la ducha con el pretexto de que estaba convencida de que después de ducharse se sentiría mejor.

Eva se dejó llevar. Lo cierto es que, tras todo un día metida en la cama, transpirando por todos sus poros por el calor que le daba el edredón, comenzaba a oler a sudor. Se llevó la nariz a la axila para comprobarlo y su llanto arreció como una tormenta que no termina de decidirse a pasar de largo.

—Doy asco —gimió desvistiéndose.

—No das asco, estás teniendo un mal día, eso es todo —replicó su amiga abriendo el grifo del agua caliente—. No es nada que no se arregle con agua y jabón. Te doy diez minutos, no cierres la puerta o la echaré abajo. Y lo digo en serio.

—Joder, tía, no pienso suicidarme —balbuceó Eva limpiándose de un restregón una mezcla de lágrimas y mocos.

—Por si acaso, viéndote así no lo tengo nada claro.

Su amiga la dejó en el cuarto de baño y salió, pero Eva estaba segura de que aguardaba detrás de la puerta, lista para intervenir si lo consideraba necesario. Se duchó y permitió que el agua arrastrase no sólo su mal olor, sino también parte del desasosiego que sentía. Una ínfima parte, eso sí.

Sus peores pesadillas se habían hecho realidad. Punto. No había que darle más vueltas. Ya había sucedido. Y que ella supiese, el pasado no podía cambiarse, aunque el pasado fuese tan reciente como aquella misma mañana.

Sólo podía trazar un plan de cara al futuro.

Le había asegurado a Luis que no iba a quedarse de brazos cruzados y no pensaba hacerlo. Al día siguiente tiraría de agenda y comenzaría a buscar un nuevo empleo.

Al día siguiente.

Hoy ya era demasiado tarde. Desde que había llegado a casa había estado en la cama, llorando, y ahora se encontraba agotada... Además, estaba convencida de que Marta tampoco iba a permitírselo, no cuando no podía juntar dos palabras sin que las lágrimas corriesen por su rostro libres como el sol en la mañana. Creía que no iba a quedar muy bien que llamase a alguno de los contactos que había hecho a lo largo de todos estos años y se echase a llorar pidiendo trabajo. No, no quería parecer desesperada, por mucho que lo estuviese.

Cuando salió de la ducha, fue a la cocina a preparar algo rápido para que pudiesen cenar. Marta se le había adelantado, ya había encargado algo a lo que llamó «comfort food», que consistía en hamburguesas y patatas fritas, y llegaría unos veinte minutos más tarde.

Su amiga la llevó al sofá, la sentó y, ahora que Eva parecía más tranquila y, sobre todo, más limpia, le hizo las preguntas necesarias para comprender el atribulado y, en ocasiones, inconexo relato que le había hecho sobre lo sucedido en la oficina. Eva, que comenzaba a recuperar el control sobre sí misma, contó la conversación con Luis, poco a poco, recordando cada detalle, cada frase, cada promesa, hasta que toda la información de la que disponía estuvo sobre la mesa.

Tras meditar sobre lo que acababa de escuchar, Marta se dispuso a hacer su labor como mejor amiga, esto es, se dispuso a consolarla. Las cosas estaban mal y ambas lo sabían.

—Antes has dicho que habías vuelto a la casilla de salida y yo no lo veo así —comenzó—. No estás en la misma posición que cuando empezaste en la empresa, ahora tienes experiencia, muchísima. En todos los departamentos. Eres una de las mejores.

—Y cuarenta años, también tengo cuarenta años... Y ya sabemos lo que sucede cuando una mujer es despedida a partir de esa edad.

—¿Que nadie nos contrata?

—Exacto, gallifante para la señorita —replicó Eva con ironía.

—En eso no te puedo quitar la razón, pero, PERO —enfatizó mucho el segundo «pero» puntuándolo con un dedo alzado—, desde hace un par de años tienes a varias agencias interesadas en ti, has recibido ofertas de otros. De hecho, recuerdo que hace no mucho estabas pensando en cambiar porque te pagaban más.

—Ya, ¿y si ahora no les intereso? Han pasado muchos meses desde aquello. Y si dije que no ya sabes por qué fue: no veía muchas opciones de crecimiento. En mi empresa estaba a un paso. A un paso... Y ahora todo se ha ido al guano.

—Vale, eso es cierto, pero es lo que hay, Eva. Ahora tenemos que apañarnos con los materiales que tenemos, que este precioso piso viene acompañado de una preciosa hipoteca que te ha concedido un precioso banco que querrá cobrarla.

—Bueno, de momento tengo la indemnización y el paro. Dos años de paro... En cuanto vaya a pedirlo y pase a firmar el finiquito, claro. La situación empezará a ser muy preocupante dentro de dos años. Y prefiero no ponerme en ella ahora, cruzaré ese puente cuando llegue a él.

—Ya sé la respuesta, pero aun así tengo que preguntártelo: ni te planteas quedarte dos meses tranquila en casa tocándote la seta, ¿no?

—Si ya lo sabes para qué preguntas... La respuesta es no. No sirvo para sentarme y esperar a que todo se solucione por sí sólo. Necesito hacer algo para no sentirme tan mal, tan... Tan... —Eva buscó la palabra, que se le resistió todavía un poco más— indefensa. Eso es, indefensa. —Eva giró el cuerpo para enfrentarse a su amiga y se echó hacia adelante en el sofá hasta quedar casi sentada en el borde. Pareció cobrar vida de repente. Marta supo que se avecinaba discurso—. Me siento indefensa porque no sé qué es lo que he hecho mal, así que no tengo ni idea de cómo corregirlo y eso me está carcomiendo. Marta, en mi trabajo he sido siempre una persona segura, era mi terreno, era lo que se me daba bien. Mi vida sentimental es una mierda desde que los dinosaurios dominaban la tierra; mi vida familiar es la que es: vivo con la sensación de que mi madre está siempre a un paso de volver a romperse; el tema amistades... mis amigos, que sois vosotros y sois maravillosos y geniales y os quiero, pero sabes que no tengo muchos más..., aparte de Marcos, que vive en Londres y no nos vemos casi nunca. No soy la persona más popular del mundo, no lo he sido nunca y nunca lo seré. Culpa mía, a lo mejor por aquello de odiar a la gente, no sé... Lo único en lo que me consideraba exitosa era el curro. —Marta hizo amago de interrumpirla, pero Eva se lo impidió alzando la mano—. Ya, ya sé lo que me vas a decir, que es muy triste, pero es lo que hay. —Se encogió de hombros—. Y ahora, ahora no tengo ni eso, porque la tarada esa me lo ha quitado todo. Por supuesto, con la connivencia de mi propia empresa, de mi novio y, lo que es peor, de alguien a quien yo consideraba uno de mis mejores amigos: Luis. Así que, en estos momentos, o me agarro a esta especie de absurda venganza de buscar otro trabajo y encontrarlo pronto o no me quedará nada... Y creo que eso es todo, gracias por asistir a mi Ted Talk.

Se arrellanó de nuevo en el asiento con algo muy parecido a un gesto satisfecho en el rostro.

—A ver, visto así... —admitió Marta—, pero creo que te estás equivocando en algunas cosas. Tu vida sentimental no es una mierda, estás con Alejandro. Y no sabes si él ha tenido algo que ver con todo esto; tu madre es un amor y está bien que te preocupes por ella y la vigiles un poco, sin embargo, no ha dado muestras de recaída. Y nosotros, tú lo has dicho, somos geniales y también te queremos, y si no tienes más amigos es porque no se te pone en el coño. Yo tampoco tengo muchos más; con la edad y la pandemia, me he dado cuenta de que prefiero pocos, pero selectos... Y Alberto lo mismo, así que no estás sola en eso... —Hizo una pausa, sabía que la pregunta que iba a hacer a continuación era delicada—. Y Alejandro, ¿no te ha llamado? ¿No te ha dicho nada?

—Sí, si por eso he apagado el móvil. No hacía más que llamar. Estoy segura de que para mandarme a pastar. Y mira, no me parecería tan mal, espérate que no le mande yo antes.

Los ojos de Marta se convirtieron en dos pelotas de ping-pong en sus órbitas.

—Espera, espera... ¿Me estás diciendo que te ha llamado y has pasado de él?

—Mil veces ha llamado y he pasado de él y de todos sus muertos en fila. No quiero hablar con él. Hoy no, así que no insistas.

Eva se había ido cabreando con él más y más a lo largo del día. Tenía que saber lo que Lucía pensaba de ella y había permitido que eso fuese a más. Había consentido que la pedazo de hiena carroñera de su jefa llamase a la oficina de Estados

Unidos para decirles que no quería seguir trabajando con Eva. En resumen, había permitido que despidiesen a Eva.

—Vale, no te veo muy receptiva, así que no voy a seguir por ahí. Llámale tú mañana porque está claro que sabe lo que ha pasado. Al fin y al cabo, te han despedido por culpa de su jefa. Lo mismo puede decirte algo más.

—Perdona, la cabrona de su jefa —puntualizó Eva.

—Sí, eso, la cabrona de su jefa —aceptó su amiga que, a continuación, se removió inquieta en su asiento.

—¿Qué? ¿Te molesta que la llame cabrona, hiena carroñera y esas cosas? ¿Estoy usando mal la sororidad? —preguntó Eva—. Lo siento, es que no puedo evitarlo...

—No, no es eso... La tía lo es, puedes llamarle lo que quieras que yo te apoyo. Me preguntaba qué harías si ahora encuentras otro trabajo y después te llama Luis para que vuelvas. ¿Aceptarías?

—Dependería de las condiciones, claro. No voy a aceptar nada que esté por debajo de lo que gano ahora. Bueno, ganaba... Y también dependería de otras cosas. Todo el día llorando en la cama da para odiar y perder la confianza en mucha gente. No sé si quiero trabajar en una empresa que me despide a la primera de cambio sin preguntarme a mí qué ha pasado. Aunque eso es muy americano, la verdad...

Antes de que Marta pudiese decir que la comprendía, sonó el telefonillo.

—Ah, eso debe ser la cena —anunció su amiga, que se levantó del sofá y corrió hacia la entrada para abrir al repartidor.

—¡Voy poniendo la mesa! —gritó Eva poniéndose en pie también ella.

Marta reapareció en el salón pocos instantes después sin llevar en las manos las esperadas bolsas repletas de deliciosos alimentos todavía más deliciosos por el sencillo hecho de haber sido preparados por alguien que no eran ellas mismas.

—No era la cena —comentó con gesto confuso.

—¿Y quién era? —preguntó Eva dejando los platos en la mesa.

—Alejandro.

28

Tima

Mi casa echa de menos la presencia de David. No es que estuviese muchas horas en ella, pero sus cosas te indicaban que él vivía allí, que era su hogar.

Su olor, amaderado y cítrico, vaga por el ambiente como un fantasma que no se resigna a ser olvidado, ignorado por aquellos que un día le amaron. Abro el ventanal del salón para que el aire fresco se lleve esos jirones de él. No los quiero conmigo. No en este momento. Ni en ningún otro.

Hasta mí llega una brisa acompañada por la fragancia de las flores de nuestro jardín..., mi jardín, sustituyendo a la de él. Unos minutos después, no queda apenas nada que me recuerde que un día estuvo aquí, sólo el eco de todo lo que hicimos juntos fluye aún por las habitaciones vacías, desnudas sin él.

¿He cometido el peor error de mi vida?

Sus cajas y maletas han dejado un hueco que tengo que llenar yo sola.

Papá me espera en la zona de la cocina, ha ido directo a hacer café, según él, del bueno, en la cafetera italiana de toda la vida. No le van las de cápsulas y, además, le encanta hervir cosas como antaño, con paciencia y fuego, nada de microondas y hervidores que se enchufan y que, gracias al milagro de la electricidad, te proporcionan agua burbujeante a la velocidad del rayo. Eso es para gente moderna.

Y él no es moderno.

Vago por las habitaciones hasta que llego a la que David utilizaba como despacho. Inhóspita e inane, despojada de sus muebles y libros, de sus cosas, de aquello que la llenaba de vida. El sol del mediodía se filtra a través de la persiana a medio subir y arroja rayos dorados en los que bailotean motas de polvo en una danza hermosa y solitaria. La luz que incide contra las paredes pone de relieve su desnudez y hace más visibles las huellas dejadas por los cuadros que las adornaban. Recuerdo lo que tardó en elegirlos, le regalé dos de entre aquellos que nunca quise vender, de los que guardo para mí, y cómo se empeñó en colgarlos él mismo armado con el taladro y su férrea voluntad. Él, que no había empuñado ni un triste martillo en su vida, iba a utilizar un taladro.

Y lo hizo.

Creo que pocas veces le he visto tan orgulloso de sí mismo.

Una sonrisa leve asoma a mis labios al pensar que se ha llevado mis obras con él. Supongo que los amaba tanto como yo. Él los cuidará bien, estoy segura de ello, al fin y al cabo, eran suyos, yo se los di, fueron una especie de regalo de bienvenida cuando comenzamos nuestra vida juntos.

Miro una última vez la habitación vacía y con un suspiro salgo de ella cerrando la puerta detrás de mí. Tengo que buscarle un nuevo uso, tal vez una zona de relax para leer y escuchar música... O tal vez Jorge quiera un cuarto de juegos más cerca de su dormitorio... Hablaré con él a ver qué se le ocurre, será divertido pintarla y decorarla juntos para lo que sea que hagamos con ella.

Voy a la habitación del niño donde hago una mochila con las cosas que va a necesitar durante el fin de semana y la dejo sobre su cama, a continuación, subo por la escalera hasta el que, hasta ayer, era el dormitorio de matrimonio y hoy es el dormitorio de separación.

Necesito reunir fuerzas antes de atravesar el umbral. Con el tirador de la puerta en la mano, tomo aire y, poco a poco, como si fuese algún tipo de ritual mágico, presiono hacia abajo y empujo la madera que me separa de lo que he provocado con mi decisión. Miro la estancia como si fuese la primera vez: vuelve a ser sólo mía.

Camino los pasos que me separan del vestidor y cojo las cosas que necesito yo intentando no mirar los huecos vacíos detrás de mí, pero mis ojos insisten en regodearse en ellos, en verlos, en digerirlos.

No queda nada en su lado.

Se lo ha llevado todo.

Lo normal en estos casos, claro, pero que sea normal no lo hace menos doloroso.

Cojo un par de zapatos cualquiera de mi lado del armario y lo coloco en el lugar donde él guardaba los suyos.

Me siento algo mejor nada más hacerlo.

En un arrebato agarró un montón de perchas de las que cuelgan blusas y camisas de distintos colores y texturas y las traslado con la intención de llenar un poco tanto espacio disponible. Está claro que mi ropa va a vivir mucho más amplia ahora.

Y yo también, ya que nos ponemos.

Vuelvo sobre mis pasos y deshago la cama para poder arrancar las sábanas. No duerme en ellas desde hace mucho, pero me da igual, necesito hacerlo, es una especie de catarsis... que tendré que repetir en la habitación del desván, que es donde él ha dormido en los últimos tiempos.

No pensaba que esto fuese a afectarme tanto, lo de volver a casa sabiendo que él no lo va a hacer, supongo que también es normal.

Y, de nuevo, que sea normal no consigue que sea más fácil de asimilar.

Voy a necesitar algo de tiempo para acostumbrarme a esta nueva soledad, a esta nueva realidad de mujer separada. De mujer separada no por obligación, porque mi marido haya querido separarse, si no por deseo propio, lo que reduce bastante mis posibilidades de quejarme porque me van a decir que yo me lo he buscado. Y es verdad. Yo me lo he buscado. No estoy diciendo que esta situación no sea deseada, estoy diciendo que el que sea deseada no consigue hacerla más agradable.

Imagino que hay divorcios en los que ambas partes perciben la separación como una sorpresa, grata y apetecible, como una vuelta a los orígenes, como una forma de recuperarse a ellos mismos. Yo la estoy viviendo así, sí, pero a la vez también como un fracaso de la hostia.

Otra vez me digo que es normal, y otra vez pienso que el que sea normal, no hace que lo sienta menos extraño.

Con mi bolsa hecha, bajo a la cocina, donde mi padre ya está sentado a la barra de desayuno bebiéndose un café a pequeños sorbitos.

—No tienes descafeinado, hija, así que estoy haciendo una excepción.

—Desde ayer llevas unas cuantas —digo dejando la bolsa en el suelo.

—Lo estoy haciendo por ti, no me regañes.

—No te regaño, pero no quiero que te pase nada —replico alejándome por el pasillo para ir a por la mochila de Jorge.

Cuando regreso, papá se ha levantado y me está sirviendo una taza directamente de la cafetera; le añade un chorrito de leche de un cazo que también ha calentado al fuego y me la ofrece con una sonrisa.

—¿Cómo estás? —pregunta reacomodándose de nuevo en la banqueta. La preocupación asoma a su voz, no obstante, continúa sonriéndome.

Me encojo de hombros.

—Es raro. Tantos espacios vacíos de él... No sé.

—Te acostumbrarás. Siempre lo hacemos.

—¿Y Jorge? ¿Se acostumbrará Jorge?

—Lo hará antes que tú, los niños son así. A ti te pasó lo mismo, y eso que eras mayor que él cuando tu madre y yo nos separamos.

Vuelvo a encogerme de hombros y suspiro.

—En serio, hija, todo esto pasará y Jorge estará bien. Si no es así, haremos algo, por eso no te preocupes. Tu madre y yo estamos aquí para ayudarte, no lo dudes... Y no es como si su padre hubiese muerto, está a un par de calles de aquí.

—¿Por qué os divorciasteis vosotros?

Es su turno para encogerse de hombros.

—Creo que nos acostumbramos el uno al otro. Creo que no nos esforzamos lo suficiente, nos dimos por sentados. La historia no acaba cuando te casas, ahí es cuando empieza. No puedes dar nunca a nadie por sentado porque, aunque vivas con esa persona, nunca terminas de conocerla. No sabemos las cosas que nos cambian, así que hay que intentar seguir conociendo a tu pareja siempre y nosotros dejamos de hacerlo.

—¿Tú la sigues queriendo? A mamá, me refiero.

—Hasta el día en que me muera. Siempre me he arrepentido de haberla perdido. ¿Por qué crees que no he vuelto a casarme? Porque sigo enamorado de ella. Me di cuenta en cuanto nos separamos, pero ya era demasiado tarde, ella no quería ni oír hablar de mí.

—¿Por qué no volvéis ahora?

—Tu madre lleva ya dos divorcios a sus espaldas, el último hace tan sólo seis años, y creo que piensa que no hay dos sin tres... Y tampoco sé si me sigue queriendo de esa manera —inclina un poco la cabeza y sonríe al decir «esa».

—Llámame loca, pero si no se lo dices, no lo vas a saber nunca. Yo creo que ella también te quiere.

Mi padre deja escapar una carcajada y me revuelve el pelo como cuando era una niña. Le doy un codazo para que deje de hacerlo, aunque el gesto me encanta. Me hace sentir que siempre seré su niñita y eso, aunque finja que me molesta, en el fondo me gusta. Me da seguridad y en este momento de mi vida la necesito.

—Ya veremos, cariño. Ya veremos.

—Te voy a comprar descafeinado para cuando vengas a verme —digo de sopetón—. Quiero que nos veamos más a menudo. Y a mamá también quiero verla más.

—¿Y eso?

—Porque no quiero echaros de menos... Y porque ya tenéis una edad y no quiero lamentar nada cuando no estéis. De ahora en adelante, pienso centrarme en las cosas que son de verdad importantes, y tú y mamá lo sois.

—Ah, que nos quieres ver por culpabilidad —ríe mi padre con algo de escepticismo en la voz.

—Llámalo como quieras y ríete lo que te dé la gana, pero

quiero verte más. Tú mismo acabas de decirlo: no hay que dar por sentada a la gente.

—Y a mí me encantará que nos veamos más.

Abandono mi asiento y me acerco a él para besarle en la mejilla.

—Vamos a recoger todo esto y nos largamos de aquí a ver a mamá —replico—. Llámala, a ver si quiere que comamos los cuatro juntos hoy.

El lunes vuelvo a la casa vacía después de dejar a Jorge en el colegio. El fin de semana ha sido como un paréntesis, un respiro necesario antes de afrontar el hueco dejado por David en nuestras vidas. Jorge sabe que cuando regrese esta tarde su padre no estará. Ayer lloró como si acabase de enterarse. Imagino que todavía tenía esperanzas de que nada de esto fuese real, de que su padre y su madre acabasen solucionando sus diferencias.

No ha sido así.

Me encuentro más tranquila tras la discusión del viernes. Sé que David no va a hacernos daño, aun así, cuando sucedió, me asusté mucho. Nunca se había puesto tan agresivo y creo que tomar precauciones nunca está de más. Supongo que le pudo el estrés, la pena, la frustración.

Y no, no estoy disculpándole, estoy intentando empatizar con su situación. No está acostumbrado a perder y para él todo esto ha sido una derrota descomunal.

¿Puedo culparle por su reacción? Por supuesto.

¿Quiero hacerlo? No.

No voy a empezar el resto de mi vida con odio, miedo y rencor; quiero comenzarla limpia, quiero vivirla, sentirla, sacar lo máximo de ella.

Este fin de semana con mis padres ha sido maravilloso. El sábado comimos mamá, papá, mi hijo y yo y ayer también pasamos el día juntos, disfrutando de la ciudad en la que vivimos. Llevamos a Jorge al Museo de Ciencias Naturales, donde se lo pasó genial viendo los dinosaurios y los fósiles, al niño le encantan estas cosas. Estaba tan emocionado que no fui capaz de negarme cuando su abuela le quiso comprar un par de libros sobre dinosaurios en la tienda. No me gusta mimarle demasiado, pero, como mi padre lleva repitiendo durante las últimas cuarenta y ocho horas, un día es un día.

Como colofón, por la tarde volvimos a casa de mamá y vimos *Parque Jurásico*, la favorita de Jorge. Nos maravillamos cuando había que hacerlo y nos asustamos cuando correspondía. Mi hijo puede haberla visto cincuenta mil veces, vez arriba, vez abajo, pero sigue disfrutándola como la primera vez que se la puse. Y yo también, ya que nos ponemos.

Y mentiría si dijese que no he visto cierta chispa entre mis padres, cierto coqueteo que hacía siglos que no veía... O he estado tan metida en mi ombligo que no me había fijado en ello.

Me encantaría que volviesen a ser pareja, no sé, es algo absurdo, incluso infantil, no obstante, me da igual. Les quiero y quiero que sean felices, y, si me dan a elegir, mejor que sea juntos que separados.

En fin, veremos qué pasa con ellos.

Camino hacia mi estudio con una taza de café humeante en la mano, hoy he elegido calidad sobre comodidad, es algo que me he propuesto hacer: dedicar más tiempo a disfrutar de los pequeños placeres. Alguien más poético que yo lo llamaría «pararse a oler las flores» o algo por el estilo, yo lo llamo tomarme las cosas con calma y no tener tanta prisa por pasar a lo siguiente.

Miro los lienzos en blanco que acumulo en mi espacio de trabajo y vuelvo a sonreír. Esa blancura es la misma que siento yo hoy. Pueden llegar a ser cualquier cosa. Y seré yo quien decida en qué van a convertirse.

Llevo un tiempo dándole vueltas a algo y ha llegado el día de comenzarlo: quiero hacer una serie de obras basadas en las etapas del desamor, desde que comienza a haber algo en el fondo de tu cabeza que te dice que las cosas no van bien hasta este primer día en el que vuelves a ser una tras tantos años siendo dos. No tengo ni idea de cuántas serán, pero serán. He hablado con mamá, le ha parecido buena idea y me ha animado a ello. Estará encantada de exponerlas en la galería.

Tengo varios encargos que tienen prioridad; no obstante, puedo trabajar en ellos por las mañanas y dedicar unas horas por la tarde a planificar la nueva serie, a crear los bocetos, a trabajar en los conceptos, a darle forma a las ideas que me hierven en la cabeza deseando salir.

No tengo prisa.

Lo único que tengo ahora mismo son ganas.

29

Tima

—Ya, es que es eso —digo en el escaso tiempo que deja desde que termina una frase hasta que comienza la siguiente.

No sé muy bien qué tenía en la cabeza cuando, tras una semana como mujer separada, me descargué Tinder en el móvil; y no sólo eso, además, me hice un perfil.

Y lo utilicé.

Y comenzaron los match.

Y las citas.

Y aquí estoy hoy, con un señor.

Que, a ver, el tipo está bien, no parece un pirado ni un asesino en serie, pero hablando con él entiendo que esté en Tinder, ya que esto ha empezado hace apenas quince minutos y ya me estoy arrepintiendo.

El tío sobrevuela a una distancia que se me hace más bien escasa la pretenciosidad.

Cincuenta, bien conservado, con pelo —es un plus a estas edades—, bien vestido y con una pedantería y un ego comparables en tamaño a la Gran Muralla China.

Hemos quedado tras charlar a través de la app durante unos días. Yo habría preferido limitar el encuentro a una copa o un café, por probar, por ver si había algún tipo de chispa, pero él insistió en una cena.

Eso ya me tendría que haber dado alguna pista, pero, por lo que sea, accedí.

Y en qué hora.

Desde las presentaciones, creo que lo único que he podido decir es «Hola, soy Tima» y «ya, es que es eso». También he podido insertar, entre intervención e intervención suya, algunos ruiditos de aquiescencia, pero eso es todo.

Ni siquiera me ha permitido pedir mi propia comida, con la excusa de que él ya conocía el restaurante —que también él ha elegido—, ha pedido por mí, por lo que puedo afirmar, sin temor a equivocarme, que me está tocando los ovarios por encima de sus posibilidades. Aun así, le amplío un poco más el plazo máximo que el beneficio de la duda requiere.

—¿Y a qué te dedicas? —pregunta mientras esperamos a que traigan los platos que, insisto, él ha pedido sin preguntarme siquiera mis gustos y alergias.

—Soy pintora. —No me extiendo en explicaciones porque no creo que merezca la pena; además, temo interrumpirle.

—Ah, qué interesante... ¿Sabes que yo también soy artista?

Cómo no, es de esos. De los que si tú haces algo, él también lo hace y, además, mejor que tú.

—No, no tenía ni idea, pensaba que te dedicabas a la banca. Eso es lo que me dijiste el otro día en el chat —respondo lacónica sin apenas mirarle, atenta a las divertidas aventuras de la lechuga decorativa de mi plato.

Lo que sí sé es que ahora me lo va a explicar con todo lujo de detalles, por lo que me resigno a ser de nuevo el recipiente —casi repleto— de otra de sus pomposas peroratas.

—Pues sí, pero yo me dedico a la escritura. —Toma aire antes de continuar y me estremezco al verlo—. Creo que es un arte que requiere precisión, flexibilidad y conocimiento.

A mi parecer, es una forma más elevada de arte, más académica, una en la que tu cerebro necesita funcionar al cien por cien y en la que tu bagaje cultural ha de ser superior, ya que juega un papel preponderante. Plasmar sobre la hoja en blanco tus pensamientos no es tan sencillo, aunque todo el mundo piense que sí...

—¿Has escrito algo que yo haya podido leer? —le interrumpo antes de que pueda continuar insultando a otros escritores, además de a pintores, escultores, arquitectos, cineastas, músicos, bailarines y otros miembros del colectivo de las artes plásticas y visuales.

—No, todavía estoy buscando editorial, mis escritos no son para el lector medio y... Ya sabes cómo funciona esto, las editoriales sólo quieren vender. En este país la gente no sabe leer más que el último superventas. No están preparados para lo que yo hago.

—Ya... Comprendo —comento con vaguedad en lugar de decirle lo que realmente pienso: que seguramente no le han publicado porque lo que escribe es infumable.

Me doy cuenta de que mi paciencia ya ha rebosado, se vierte por los bordes de mi educación desde hace ya un buen rato. Él continúa hablando sobre su tema favorito, esto es, él mismo, mientras, yo me pongo en pie, cojo el bolso y busco la cartera; me lleva unos instantes dar con ella.

—¿Qué haces? —pregunta sorprendido cuando se da cuenta de que no sigo sentada frente a él como la persona interesada en su discurso que supone, de manera errónea, que soy.

Saco un billete de cincuenta que dejo sobre la mesa.

—Me marcho. Esto no va a funcionar —digo con sencillez. No hay crítica en mi voz, tan sólo la constatación de un hecho objetivo y científico. El método de ensayo y error es lo que tiene.

Por primera vez en la noche se queda sin palabras y yo lo siento como una pequeña gran victoria.

Camino hacia la salida del restaurante entre indignada y aliviada, creo que no he conocido nunca a nadie tan cargante y con tan alto concepto de sí mismo, pero, por lo menos, no tengo que seguir escuchándole.

Esta no ha sido la primera cita de Tinder que he tenido. Tampoco ha sido la peor. Sí ha sido la primera en la que me he dado cuenta de que no necesito ser educada ni soportar tonterías que no me apetece soportar.

Ya es algo.

Digo que no es la peor porque la primera vez quedé con un tío que prometía y acabamos en la cama. O, mejor dicho, acabó él, porque yo... Yo no acabé. Aquel polvo fue, sin exagerar, el peor de mi vida. Y es una pena, porque él me pareció un hombre encantador: físicamente no era un portento, no estaba mal, pero ya; no obstante, fue su personalidad lo que me cautivó, poseía un sentido del humor excepcional, era ocurrente, inteligente y carismático. Durante la cita surgieron mil temas de conversación... La cosa iba muy bien, tanto que me invitó a su casa y accedí.

El sexo con él fue una catástrofe de dimensiones nunca antes vistas. De haber sido un pianista en un concierto, no habría conseguido pulsar ninguna de las teclas correctas de la partitura.

Está claro que hay cosas que es mejor dejarlas en el terreno de lo platónico.

Me vestí y me marché con la música —el calentón— a otra parte. Aquel fin de cita fue muy frustrante. No hace falta decir que no he vuelto a verle, más que nada porque yo ahora mismo no estoy buscando nada serio, sólo quiero seguir disfrutando de mi sexualidad y eso él no podía ofrecérmelo.

La siguiente cita fue, con toda probabilidad, la peor de todas. No sé de qué me extraño, al fin y al cabo, estoy intentando ligar con lo que queda al fondo del barril, y me refiero a que si con casi cincuenta años necesitas una app para conocer gente, es que hay truco, no trato. Y me incluyo en esa bolsa, que tengo cuarenta y cuatro y vengo con truco incluido.

En aquella ocasión, hice match con un tipo de treinta y cinco años que me hizo sentir como si me estuviese haciendo un favor por acceder a tomarse algo conmigo —lo propuso él, pero, no sé cómo, consiguió darle la vuelta a la tortilla—. Era el típico musculitos de gimnasio al que se le habían gastado todas las neuronas levantando pesas, si acaso, y con toneladas de suerte, le quedaban un par y estaban ocupadas consiguiendo que el muchacho no se cagase encima.

Un cliché andante.

Fue tan sólo el segundo y yo todavía no me había dado cuenta de que no necesitaba mantener las formas, así que las mantuve durante cerca de hora y media durante la que estuvo muy entretenido dejando claro que él era un regalo del cielo, un dios musculado y atractivo, y yo una anciana de mente perversa y decadente que no se resignaba a largarse de este tablero de juego que son las relaciones interpersonales.

No terminó de entender que me marchase sin querer acostarme con él y yo tampoco quise pararme a explicárselo. La verdad es que era guapo, no obstante, habría sido como irme a la cama con un trozo de roble mojado: ocupa espacio, pero no puedes esperar de él ni que arda.

Ya en la calle, en la puerta del restaurante, miro el reloj. Son sólo las nueve de la noche.

No me apetece irme a casa. Cuando Jorge está con su amigo Lucas o le toca con su padre, se me hace demasiado grande y vacía. Esta noche ha sido lo primero. Mañana tengo que ir a recogerlos, me los voy a llevar a comer y, por la tarde, al cine. Después Lucas se vendrá a dormir con nosotros. El domingo lo pasarán en casa haciendo un trabajo que han de entregar el lunes.

Rebusco en mi cabeza alguien a quien poder llamar para tomar algo y no encuentro a nadie con quien me apetezca hacerlo. Necesito conocer gente nueva, es algo que me digo bastante a menudo, sin embargo, no encuentro la manera.

En un último intento por no marcharme a mi casa con esta sensación de fracaso como única compañera, llamo a mi padre, que lo coge enseguida.

—Papá, ¿has cenado? —pregunto.

—Iba a hacerlo ahora mismo, ¿por?

—¿Puedo pasar a verte?

—No estoy en casa.

—Ah, ¿y dónde estás?

—Con tu madre, hemos salido a cenar.

—¿Juntos?

—Sí, por supuesto, no vamos a cenar en mesas separadas. —Duda durante unos instantes antes de hacer la siguiente pregunta, que suena algo reacia a mis oídos—. ¿Quieres venir?

Con dedicarle dos segundos a la cuestión, me doy cuenta de que puede que papá esté siguiendo el consejo que le di, lo de decirle a mamá que sigue enamorado de ella. O puede que su estrategia sea más sutil y esté intentando reconquistarla. En cualquier caso, sé que en esa cena estoy de más.

—No, no, disfrutad, pasadlo bien... Y mañana me llamas y me cuentas qué tal os ha ido —digo permitiendo que la sonrisa que me ocupa todo el rostro se trasluzca en mi voz.

—Sin falta... Y no sonrías tanto, que se te va a romper la cara —replica mi padre. Me conoce muy bien.

Doy un paseo hasta que me canso de caminar y paro un taxi que me lleva hasta casa. Miro la puerta que da al jardín sin decidirme a traspasarla. Cuando el automóvil desaparece tras la esquina sigo aquí parada, en medio de mi calle, sin terminar de atravesar el umbral que me llevará a la quietud y destierro de mis dominios.

No me apetece estar sola.

Saco de nuevo el móvil del bolso y tecleo un mensaje: «¿Estás en casa?».

Tomo aire antes de pulsar la tecla de enviar. No es la primera vez que mando un mensaje así y sé que conlleva sus riesgos, pero no puedo evitarlo.

Me encojo de hombros y envío el mensaje.

Apenas han pasado unos segundos cuando recibo la respuesta.

30

Eva

—No quiero verle.

—Eva, está preocupado, dice que tiene que hablar contigo —replicó Marta ante la negativa de su amiga.

—Me va a dejar y creo que hoy ya he tenido suficientes malas noticias.

—Si ha venido a eso, lo va a hacer quieras verle o no. Te estás portando como una niña.

Eva se cruzó de brazos en el sofá y suspiró.

—Vale, que entre —aceptó tras meditarlo unos segundos.

Marta no se equivocaba, si él había ido hasta allí a poner punto y final a lo que tenían, ella no podría evitarlo. Como mucho estaría retrasándolo y, ya puestos, mejor que fuese cuanto antes. Mejor todos los disgustos juntos.

Su amiga desapareció por el pasillo y regresó unos momentos después con Alejandro pisándole los talones. El gesto serio de su rostro le pareció que lo decía todo.

—Os dejo para que podáis hablar —dijo Marta dirigiéndose a la habitación de invitados.

—¡No! —Eva hizo amago de incorporarse, pero su amiga la detuvo con un gesto.

—Sí —zanjó Marta—. Tenéis que hablar. Yo me piro. Me avisáis cuando acabéis.

Sus pasos se alejaron en dirección al dormitorio y a Eva no le quedó más remedio que mirar al visitante, cuyo gesto le siguió pareciendo demasiado severo, casi crítico. Estaba convencida de que había ido allí para dejarla y, por su cara, no sin antes echarle una bronca o algo así, pero no iba a darle el gustazo de verla destrozada, que se jodiese.

No pensaba llorar.

—¿Cómo estás? —preguntó él acercándose a Eva cuando escuchó que se cerraba la puerta de la habitación.

—Jodida, ¿no lo ves?

—Siento mucho lo que ha pasado —se sentó junto a Eva e intentó cogerle la mano, pero ella la retiró de manera brusca rehuyendo su mirada.

—Ya, cosas que pasan… —escupió ella tomando carrerilla—. Por lo menos, podrías haberme avisado. Aunque claro, lo mismo estabas demasiado ocupado riéndote de mí para hacerlo.

—Eva, llevo todo el día intentando hablar contigo, pensaba que tenías mucho lío. Mira tu móvil, te he llamado y te he escrito mil veces, la última hace diez minutos —se defendió él—. Acabo de enterarme de lo que ha pasado.

—¿Y qué es lo que ha pasado? Porque yo todavía no lo he entendido —contraatacó ella—. ¿La imbécil esa se ha vuelto loca o qué? De verdad que no lo entiendo. No sé qué he hecho tan mal para que no pudiese hablarlo conmigo directamente… ¡Podríamos haberlo solucionado! ¡Si la campaña va bien, joder!

El bajó los ojos al suelo y guardó silencio durante unos instantes.

—Ha sido culpa mía —aceptó con un suspiro.

—¿Cómo que ha sido culpa tuya? —preguntó Eva buscando su mirada—. ¿Qué le has dicho de mí? ¿Qué he hecho para que esa tía pida mi cabeza?

—No le he dicho nada malo. No ha tenido nada que ver con tu trabajo, al contrario, tu trabajo es impecable y ella lo sabe, créeme.

—Entonces ¿con qué cojones tiene que ver? —Su voz se alzó hasta casi poder clasificarla como grito—. Luis dice que es personal, pero yo no le he hecho nada a Lucía, al menos, no de manera consciente.

Eva no aguantó más sentada en el sofá, estaba demasiado agitada y aquella conversación no la estaba ayudando a tranquilizarse. Se levantó y comenzó a caminar sin rumbo por el salón mientras él contaba su parte de la historia. La que le faltaba a Eva para completar el puzle de mierda en el que se había convertido su vida en las últimas horas.

—Eva, Lucía y yo estuvimos saliendo un tiempo —comenzó—. Lo dejamos poco después de conocerte a ti... —Eva frenó en seco su paseo y fue a decir algo, pero él la detuvo con un gesto—. No, no tuvo nada que ver contigo. Eso vino después... El caso es que ayer, antes de irme a casa, vino a verme a mi despacho... Me pidió que cenásemos juntos, dijo que quería que volviésemos a intentarlo...

—No me digas más —le cortó Eva con acritud—. Y esta era la única manera que se os ocurrió para quitarme de en medio. Por lo menos estás dando la cara, que ya es más de lo que puedo decir de ella.

—Pero ¿qué dices? ¿Crees que yo he tenido algo que ver con lo que ha pasado? —preguntó elevando el tono hasta ponerlo al mismo nivel que el de Eva—. ¡Ni siquiera accedí a cenar con ella!

—¿No? Pues ya me contarás —bramó Eva—. Yo lo único

que sé es que estoy en la puta calle por vuestra puta culpa... ¡Y tú mismo has dicho que es culpa tuya!

—Puede que me haya expresado mal —reconoció Alejandro intentando bajar los decibelios de su voz, cosa que consiguió tras unos segundos. No quería gritarle a Eva, no en aquella situación—. Es culpa mía porque cuando me pidió que volviésemos a intentarlo, yo le dije que no, que estaba con alguien y que estaba bien con esa persona. Ella insistió en saber con quién. Bueno, más que insistir, exigió saberlo. No supe manejarlo, estaba muy cabreada... No tendría que haberle dicho que la persona con la que salía eras tú. Por eso quería hablar contigo esta mañana, para contarte lo que había pasado. Hace sólo un rato que me he enterado de lo que ha hecho... No tenía ni idea. Supongo que habló con tu oficina según me fui a casa.

—Me cago en mi vida —susurró Eva dejándose caer de nuevo en el sofá—. O sea, ¿que me han despedido por un ataque de cuernos? Es que me cago en mi vida —repitió incrédula.

—Lo siento, voy a intentar arreglarlo.

—¿Cómo? ¿Cómo vas a arreglarlo? ¿Saliendo con ella? Hostias, he de reconocer que esto sí que no me lo esperaba... No me da el perfil.

—¿El perfil de qué? —preguntó Alejandro.

—De hija de puta —replicó Eva como si fuese obvio—. Me quedo muerta con lo que me estás contando, parece sensata, centrada... Joder, que es una mujer que se ha hecho a sí misma, una tía de éxito. Me caía muy bien... De verdad que no me esperaba esto.

—Lucía es una mujer... digamos que difícil. Siempre ha conseguido lo que quería, ya sea un negocio de éxito, un piso que no está a la venta o un hombre. No está acostumbrada a recibir un no por respuesta. Y no me malinterpretes, en la empresa trabaja como la que más, pero no se ha hecho, exactamente, a ella misma, viene de una familia de apellidos compuestos —una sonrisa amarga se extendió por su rostro—. He oído decir que es más fácil alcanzar el éxito cuando tus papis te cubren de pasta para montar tu chiringuito.

—Entonces ¿no has venido a dejarme? Creía que lo del despido era cosa vuestra —Eva enfatizó el «vuestra» al decirlo—, no suya.

—Joder, no, ¿cómo voy a dejarte? He venido a ver cómo estás y a decirte que haré lo que haga falta para que recuperes tu trabajo.

—No creo que funcione —dijo Eva con un resoplido—. Se ha saltado a mi jefe, es lista, creo que sabía que Luis la mandaría a la mierda. Ha ido con el cuento directa a la central de Nueva York. No sé qué les ha dicho, pero ha funcionado.

—Algo se me ocurrirá, no te preocupes... Esto sólo lo ha hecho para hacerme daño a mí.

—Pues podría haberte despedido a ti, vamos, digo yo... —comentó Eva

—En serio, voy a solucionarlo, hablaré con ella.

—Hazlo si quieres, pero ya te he dicho que no creo que funcione. Luis me ha dicho que me volverá a contratar en un par de meses, cuando las cosas se relajen... Aun así, mañana empiezo a buscar trabajo. ¿Puedo decirle a Marta que venga ya? No se va a creer nada de esto y la cena tiene que estar a punto de llegar. —Se apoyó en el reposabrazos del sofá para ponerse en pie.

—No, espera, ya voy yo —dijo él. Se levantó, pero antes de desaparecer por el pasillo se dio media vuelta—. ¿Estás bien?

Eva suspiró.

—No, no mucho —dijo por fin.

Alejandro volvió a su lado, se sentó en el sofá, junto a ella, y le cogió las manos.

—Mira, no sé qué va a pasar, pero quiero dejar claro que esto no tiene que ver con nosotros. Es una cuestión de trabajo. No quiero que nos afecte como... como... ya sabes...

—No, no lo sé —presionó Eva.

Un rato antes había pensado que venía a dejarla y ahora se encontraba con algo que si no era todo lo contrario se le parecía mucho. Y quería escucharle decirlo.

—Como pareja —hizo una pausa—. Somos una pareja, ¿no...? Quiero decir, llevamos unos meses juntos y nos va bien. No quiero que esto afecte a lo que tenemos. No quiero que vuelvas a pensar que voy a dejarte. Y menos por algo así.

Eva sonrió.

—Vale —dijo. Se sentía mucho mejor que cuando él había aparecido por la puerta del salón.

—Vale —coincidió él—. Ven aquí —abrió los brazos y ella se acurrucó en ellos durante unos segundos—. No me voy a ir a ningún sitio.

—Aquí se está muy bien, pero Marta sigue en la habitación, ¿vas a por ella?

Alejandro rio y le dio un beso.

—Voy.

Eva se quedó sentada, algo que no le vino nada mal, necesitaba digerir toda la información que Alejandro acababa de darle sobre Lucía y todavía se encontraba demasiado asombrada como para moverse del sitio.

Saber los motivos de su despido había tenido sobre ella un efecto peculiar. Por un lado, sentía que había recuperado parte del control que la incertidumbre de no saber qué había hecho mal le había arrebatado. Ella no se había equivocado en nada, su trabajo había sido tan bueno como siempre. No obstante, el saberlo no arreglaba el problema principal: había sido despedida.

Por otro lado, estaba enfadada. No, más que enfadada, estaba furiosa, porque ¿qué tipo de persona era capaz de destruirle la vida a otra sólo por el placer de destruírsela, por hacerle daño a alguien? Y hacérselo por poderes, de manera vicaria, porque Alejandro había dicho que el objetivo real de las acciones de Lucía no era ella, era él.

Como mujer despechada, desde luego no tenía precio, había sido lo bastante retorcida como para planear esa especie de venganza maquiavélica; y no sólo eso, además la había llevado a cabo. Era como la villana de una telenovela, sólo que en la vida real. Y lo peor de todo, había puesto el ojo en Eva y había tirado la flecha con una puntería inaudita.

Eva sólo era para Lucía una víctima colateral y eso la indignaba y la disgustaba a partes iguales. Había pasado de admirar a Lucía a despreciarla sin ningún tipo de ambages. Le parecía una persona vana, soberbia, sin empatía ni humanidad. Ella estaba en paro por culpa del berrinche de una niña mimada.

Un puto berrinche había conseguido que todo su esfuerzo, todo su trabajo y todos los sacrificios que había hecho a lo largo de su vida valiesen menos que una colilla mojada. Y lo que más le cabreaba de todo era que alguien como Lucía tuviese ese poder. De nuevo quedaba demostrado que el poder sólo podían ostentarlo personas decentes y no niñatos caprichosos y con dinero.

—Ya me ha contado Alejandro —dijo Marta cuando entró en el salón—. ¿Cómo estás?

—Cabreada, estoy muy cabreada. Sólo espero por el bien de Lucía que no me la cruce.

—Que no me la cruce yo —reiteró su amiga—. Pero míralo por el lado bueno, por lo menos ya no estás destrozada y llorosa —zanjó dándole un abrazo a Eva.

—Eso es verdad —replicó ella—. ¿Te vas a quedar a cenar? —le preguntó a Alejandro, que las miraba desde la puerta del pasillo.

—No me importaría, la verdad.

—Y ahora tenemos que hablar de ti —comentó Eva en dirección a su amiga—, que con todo lo del despido, ni te he preguntado por Alberto. Y lo siento... No le he llamado.

—Ya, ya me imagino... Sólo sé lo que te he dicho antes, que había intentado dar contigo y no te encontraba. Y me mandó un mensaje, no hemos hablado.

—Mañana quedo con él sin falta. Esto vamos a arreglarlo porque ya tengo bastante con lo del despido, no soportaría que lo dejaseis.

—¿Qué ha pasado? Si puedo preguntar, claro... —intervino Alejandro.

Mientras le ponían al corriente de lo sucedido entre Marta y Alberto, llamaron de nuevo al telefonillo. Continuaron con la narración mientras ponían la mesa y prosiguieron charlando durante la cena, buscando soluciones para el problema; después fueron saltando a temas más amables. Las últimas miasmas de la angustia que Eva había sentido desde aquella mañana se fueron evaporando con las risas, la comida y la compañía.

Para Eva, aquella pequeña reunión improvisada sólo podría haber sido mejor con la presencia de Alberto.

31

Eva

—Eres idiota —acusó Eva.

—Sí, ¿verdad? —aceptó Alberto—. No sé qué me ha pasado. Es que saber de repente que voy a recibir toda esa pasta... No sé, creo que se me fue la cabeza un poco.

Habían quedado para comer mientras Marta todavía se encontraba en la oficina. Alberto había llamado a Eva por la mañana. Tras dos días de plazo para pensar sobre el tema, durante los cuales su novia había desaparecido del mapa, Alberto había tenido más que suficiente. Había decidido que no merecía la pena perder a Marta por dinero.

—Un poco, dice... ¿Qué vas a hacer?

—¿Con el dinero?

—No, joder, con Marta.

—Pues disculparme, claro. Y pedirle que vuelva a casa. ¿Está muy enfadada?

—Bastante, pero tampoco te preocupes mucho, que ha estado muy entretenida consolándome a mí por lo del despido.

—Es que es muy fuerte lo tuyo, niña... Marta me lo contó anoche, me envió un audio. ¿Cómo estás? Si necesitas cualquier cosa, me dices, que en breve voy a ser rico.

—No creo que sea necesario, pero me lo apunto —rio Eva—. Estoy bien, hoy ya más tranquila, pero ayer fue todo un drama... Ha sido tan inesperado que no supe muy bien cómo reaccionar.

—¿Y la tía esa? ¿Has hablado con ella?

—Joder, pues sí que fue largo el audio, te lo ha contado todo, todo...

—Varios minutos —apuntó Alberto con una sonrisa—. Estábamos los dos muy preocupados por ti, la verdad es que me mantuvo al corriente de lo que iba pasando desde que llegó a tu casa. Todo por WhatsApp. Es para lo único que ha querido ponerse en contacto conmigo.

—Marta acaba de ganar varios puntos en la escala de mi amor.

—¿Y yo no? Yo también estaba preocupado.

—¡Pues haber venido a casa!

—Lo pensé, pero yo qué sé... No me atreví... Por Marta... Pero, entonces, ¿has hablado con ella?

—No, ni lo voy a hacer en el futuro próximo. Luis cree que es una mala idea. Además, el mal ya está hecho.

—Ya... qué hija de puta... —murmuró Alberto.

Se hizo un silencio que Eva llenó con la siguiente pregunta. Prefería cambiar de tema.

—¿Y qué vas a hacer?

—¿Con Marta? Ya te he dicho que disculparme.

—¡No, hombre! Con el dinero.

—No sé, supongo que pagar la hipoteca del piso y poco más. Tenemos lo que queremos, iremos viendo sobre la marcha... Ya me he dado cuenta de lo que puede pasar si me vuelvo loco, creo que lo mejor que puedo hacer es disfrutarlo con Marta, que, al fin y al cabo, va a ser la única familia que tenga, e intentar tomarnos las cosas con más calma.

—¿Vas a dejar el trabajo?

—Buf, la pregunta del millón... Todavía no lo he decidido. Lo primero es la lectura del testamento, que será en un par de meses, y después, poco a poco. No me veo dedicándome a vivir de las rentas y, si algo tengo claro, es que Marta no va a dejar el curro. Y menos después de haber hecho yo el gilipollas como lo he hecho...

—¿Y cómo vas a pagar los impuestos de los pisos?

—Puedo utilizar el dinero de las cuentas de mi tía para hacerlo, yo también soy titular.

—¿No hay más herederos?

—Ni uno.

—Vaya... Iba a decir que qué suerte, pero tampoco lo veo apropiado... Era tu tía.

—No, si es una suerte —aseguró Alberto—, yo no sabía que estuviese tan forrada. Sabía que vivía bien, pero ya está. Me di cuenta al ir a su casa a organizar el funeral y todo eso. Empezaron a salir escrituras de pisos y documentos bancarios y casi me da un infarto.

Eva imaginó qué haría en caso de que algo así le sucediese a ella, pero enseguida se dio cuenta de que ella no tenía parientes millonarios.

Era imposible que algo así le pasase a ella.

—Bueno, ya decidiréis qué queréis hacer. Ahora lo importante es que te disculpes con Marta y que arregles las cosas con ella. No quiero que lo dejéis por esta tontería.

Alberto sonrió y le dio unas palmadas en el brazo a Eva.

—No te preocupes, chiquilla, hemos quedado para hablar cuando salga del trabajo. Si todo va bien, pasaremos por tu casa a recoger sus cosas y arreglado.

—Quedaos a cenar —pidió Eva—. Hoy no me apetece estar sola. La verdad es que me ha venido muy bien que os peleaseis. Si ayer llego a estar sola en casa, me habría dado un algo.

—Nos quedaremos a cenar y estaremos contigo el tiempo que necesites. Y si te quieres venir a casa unos días, te vienes.

—Pues no te digo yo que no; lo pensaré, pero a ver qué hago con el gato.

—Te lo traes.

—¿No le importará a Marta?

—Sí, claro que le importará, pero, si algo la conozco, preferirá que te traigas al gato y tenerte en casa, donde pueda vigilarte, a que estés en tu piso dándole vueltas a la cabeza.

—Ya le dije ayer que no pensaba suicidarme por esto...

—Y ya te digo yo hoy que no te creyó —la interrumpió Alberto—. Ya sabes que a veces exagera un poco. Mira, niña, lo único que pasa es que se preocupa por ti. Y yo también, ambos sabemos lo importante que es tu trabajo para ti.

Eva se encogió de hombros intentando quitarle importancia a lo que acababa de decir su amigo.

—Si de algo me estoy dando cuenta con todo esto, es de que puede que lleve toda la vida haciendo el imbécil, malgastando tanto esfuerzo en el curro y ¿para qué? Para nada. Para que me despidan porque a una tipa se le ha ido la cabeza.

—No, mujer, tampoco es eso. Tu jefe te ha dicho que volverá a contratarte. Lo mismo puedes tomarte este tiempo como unas vacaciones. No sé, dale una vuelta, la verdad es que necesitas parar un poco. Sólo vas de casa al trabajo y del trabajo a casa.

—Marta y tú sois una jodida mente colmena —replicó Eva—, ella me ha dicho lo mismo. Y lo estoy considerando...

—Hazlo, te vendrá bien descansar.

—Y, total, ¿qué son dos meses? ¿O tres? No es tanto tiempo... —dijo más en un esfuerzo por convencerse a ella misma que por convencer a su amigo.

—Esa es la actitud —aplaudió él.

—Vale, ya sé lo que voy a hacer —dijo Eva tras unos instantes—. Voy a contactar con un par de empresas a ver cómo respiran, por ver cómo está el mercado, más que nada, pero voy a intentar descansar estos meses. Si en el plazo de tres meses no me han vuelto a contratar, empezaré a preocuparme. Ahora me voy a dedicar a la vida contemplativa, a leer, a ver series... Puedo subir a Barcelona a pasar unos días con mi hermano y también estar más tiempo con mi madre. Sí, eso es. Eso es lo que voy a hacer.

Alberto alzó su copa para brindar por ello.

Todavía alargaron la comida hasta la hora en la que su amigo tuvo que marcharse para ir a recoger a Marta. Eva le hizo prometer que la llamaría en cuanto hubiesen hablado y que ambos irían a cenar a su casa esa misma noche.

Eva se marchó más tranquila, poco a poco iba poniendo orden a sus ideas. Hablar con sus amigos tenía ese efecto sobre ella. Continuaba teniendo miedo por su futuro, continuaba cabreada por la injusticia de la situación, pero comenzaba a tomar decisiones, y eso era justo lo que necesitaba.

—Me ha despedido —confesó Alejandro con incredulidad—. Me ha despedido —repitió dejándose caer en una de las sillas que rodeaban la mesa de comedor.

Había llamado a Eva hacía una media hora preguntándole si podía pasar por su casa. Eva le había dicho que sin problema, pero que estaban sus amigos con ella. A él le dio igual, necesitaba verla. Necesitaba hablar con ella.

Habían puesto un cubierto más en la mesa y habían esperado a que llegase para comenzar a cenar. Ahora se daban cuenta de que, tal vez, habían pecado de optimistas: tras la primera frase de Alejandro fueron conscientes de que la cena iba a enfriarse.

—Pero ¿qué ha pasado? —preguntó Eva poniéndose en pie para servirle una copa de vino.

—Esta mañana he ido a hablar con ella..., con Lucía —aclaró en dirección a Marta y Alberto, que asintieron dejando claro que sabían a quién se refería—. Le he dicho que o arreglaba lo que te había hecho y se disculpaba contigo o podía empezar a buscar otro director de marketing. Y adivinad lo que ha pasado...

—Ah, esa me la sé —comentó Marta—, te ha despedido.

—Bueno, sí, eso al final —confirmó él dándole un trago al vino—. Al principio, se ha mostrado muy razonable, ha dicho que tenía razón, que a lo mejor se había pasado...

—¿A lo mejor? —interrumpió Eva.

—Sí, sí, a lo mejor, lo ha dicho así, que a lo mejor se había pasado... Me ha asegurado que iba a hablar con tu empresa y que iba a intentar arreglarlo. Y yo la he creído, así que me he ido a mi despacho a seguir con el trabajo del día, que no era poco —añadió—, mirad a qué hora he salido...

—Y ahora viene el giro de guion, ¿no? —quiso saber Alberto—, porque aquí hay un giro de guion, de lo contrario no entiendo nada...

—Lo hay, lo hay —confirmó Alejandro con una sonrisa irónica—. Antes de marcharme a casa, he pasado de nuevo por su despacho para saber si había hecho algo y me ha dicho que se lo había pensado mejor y que lo único que podía hacer era despedirme.

—¿Y qué has hecho tú? —preguntó Eva.

—Aceptarlo y largarme, claro. Es una locura, pero no me apetece continuar trabajando con alguien así. Esa mujer es una bomba de relojería con piernas. Además, pensaba cumplir mi amenaza, así que ahora tengo un finiquito que no me esperaba y dos años de paro.

—No ha sido una maniobra muy inteligente por su parte —comentó Eva—. Quiero decir, yo en su lugar habría esperado a que te marchases tú y me habría ahorrado el finiquito.

—Tú y cualquiera que no tenga un sonajero por cerebro —dijo Marta—. Estoy alucinando con las cabezas de la gente.

—Por lo que veo, esa mujer puede ser muchas cosas... Y coherente no es una de ellas —sentenció Alberto.

—¿Y cómo estás? —quiso saber Eva.

Alejandro parpadeó un par de veces antes de contestar.

—Bien —dijo dándose cuenta de que era cierto—. Creo que estoy bien. Sorprendido, pero bien. Mentiría si dijese que no me lo esperaba; aun así, me ha pillado un poco desprevenido. No sé, esta mañana sonaba sincera... Pero estoy bien. Aliviado. Lo único que siento es lo que te ha hecho a ti —continuó mirando a Eva—. Siento mucho no haber podido arreglarlo.

—Por lo menos lo has intentado —replicó Eva con una mueca de resignación.

—He hablado con Luis y le he contado todo —continuó Alejandro.

—¿Todo?

—Todo. Le he dicho lo que ha pasado y por qué Lucía ha

hecho lo que ha hecho. Me ha pedido que te diga que estés tranquila, que piensa mantener su palabra y que saber lo que realmente ha sucedido le facilita mucho la vida de cara a defender tu postura como futura directora de la agencia.

—Pues es una suerte, porque hoy mismo he decidido que me voy a tomar estos meses de vacaciones —confesó Eva—. No pienso buscar trabajo. Al menos, no de momento.

—Ojalá pudiese hacer yo eso, pero, por lo que sea, creo que Lucía no va a ofrecerme un puesto en breve...

Alejandro estaba intentando bromear, pero Eva sabía que estaba preocupado. De la noche a la mañana había perdido el empleo y las cosas no estaban fáciles para las personas de su edad. Ella se puso en pie y se acercó a él.

—Todo va a salir bien —aseguró abrazándole por la espalda. Él apoyó una de las manos en el brazo que le rodeaba el cuello.

—Seguro que sí —replicó Alejandro con una sonrisa que ella no pudo ver—. No me arrepiento de lo que he hecho. ¿Me preocupa? Sí, pero no me arrepiento. Algo encontraré... De hecho, estoy en algún proceso de selección, estaba intentando cambiar de trabajo porque aquí ya había tocado techo.

—Puedo preguntar en mi empresa —ofreció Marta—. En marketing siempre están buscando gente y las condiciones no son malas. Si quieres te doy mi mail y me mandas el currículum, pero no puedo prometerte nada...

—Pues me harías un favor. Le doy una vuelta y te lo paso mañana. Muchas gracias.

A Eva se le escapó una sonrisa con trazas de amargura al pensar en la situación: Alejandro y ella habían pasado de ser dos profesionales en buenos puestos y con sueldos más que aceptables a ser dos profesionales en paro. ¡Y con sólo unas horas de diferencia! Estaba claro que estaban hechos el uno para el otro.

Era una manera deliciosa de empezar una relación con alguien. ¿Por qué preocuparse tan sólo por ver si hay chispa, por ser compatibles y por estar bien juntos si es posible, además, preocuparse por cómo pagar la hipoteca, por llegar a fin de mes y por no quedarse debajo de un puente?

Un poco de aventura y emoción no le hacía mal a nadie.

—¿Te encuentras bien, chiquilla? —preguntó Alberto a Eva al darse cuenta de cómo le había cambiado el semblante.

—Sí, sí, no te preocupes. —Hizo un gesto con la mano intentando disipar sus recelos. Ella misma lo había dicho: todo iba a salir bien—. Es sólo que, de repente, todo se ha ido a la mierda. Es acojonante cómo las cosas pueden cambiar de un momento a otro y sólo porque a alguien se le ha despeluchado un cable en el cerebro...

—Es una putada —confirmó Marta—, pero podría ser peor...

—Podría llover —finalizó la frase Eva sin poder evitar una risa.

—De verdad que vosotras dos sois idiotas —comentó Alberto también riendo. A continuación, se dio cuenta de que Alejandro no había pillado la referencia y se lo explicó—. Están citando una peli, *El jovencito Frankestein.*

—Ah, joder, ya decía yo que me sonaba... Me encanta esa película.

—¿Qué os parece si hoy cenamos como si nada de esto hubiese pasado y ya mañana empezamos a amargarnos la existencia? —propuso Eva—. Más que nada porque la cena tiene que estar ya fina... Voy a calentar todo esto —zanjó dirigiéndose a la cocina con parte del pedido que habían hecho.

—Espera que te ayudo. —Alejandro se puso en pie, se hizo con el resto de la comida y la siguió.

Una vez en la cocina la ayudó a calentar los platos en el microondas. No les apetecía empezar a sacar cazos, sartenes y ollas para aquella labor.

—No quiero que te preocupes —dijo él abrazándola—. No creo que me sea muy difícil encontrar otro trabajo, lo que he dicho antes es cierto: estoy en un par de procesos de selección y si tengo que hacer mil más, los haré. Y a unas malas, puedo establecerme por mi cuenta y trabajar para empresas que no tienen presupuesto para mantener un departamento de marketing.

Eva suspiró.

—Todo esto es culpa mía... Lo siento.

—No. No es culpa tuya, es culpa de Lucía, eso que quede muy claro. De no ser por ella, estaríamos tan tranquilos y felices, como hasta ahora.

—Visto así...

—No hay otra manera de verlo. Y no creas que lo siento por mí. Cuando he hablado con Luis, me ha contado que todo esto es una putada para ti, para tu futuro, que él pensaba jubilarse en breve y que su puesto era para ti. Tú has perdido mucho más que yo. Yo en esta empresa no iba a pasar de director de marketing en ningún caso. Así que, créeme, quien lo siente soy yo. Tú no tienes que disculparte por nada.

—Me cago en mi vida —replicó Eva en un murmullo—. Es que la mataría...

—Y yo te ayudaría —aseguró él abrazándola más fuerte.

El pitido del microondas les recordó que había otras dos personas, con total seguridad ya hambrientas, esperándoles en el salón. Eva rompió el abrazo y comenzó a poner la comida en una bandeja para no quemarse.

—También podemos verlo por el lado bueno… —comentó Alejandro antes de abandonar la cocina.

—¿Hay un lado bueno?

—Esta noche podemos emborracharnos sin preocuparnos por ir a trabajar mañana.

32

Tima

—No puedes continuar haciéndome esto —dice David sentado en el borde de la cama.

La luz del sol entra por el ventanal del dormitorio convirtiendo su espalda desnuda en un contraluz que a punto está de provocarme un Stendhalazo. Me recreo en su figura sin prestar atención a sus palabras. Es una imagen hermosa. Su cuerpo es hermoso—. Tienes que parar, Tima. No puedo seguir así —insiste haciéndome volver a la realidad.

—¿Qué no puedo seguir haciendo? —pregunto abandonando la comodidad de las sábanas y comenzando a buscar mi ropa para vestirme.

Sé a qué se refiere, pero prefiero hacerme la sueca para ganar algo de tiempo.

—No podemos seguir acostándonos.

Puede que tenga razón. No voy a negarlo.

Termino de vestirme y rodeo la cama para enfrentarme a él, aún desnudo tras el sexo. Con los codos en sus rodillas se tapa la cara con las manos. De no ser por ese detalle, su postura sería similar a la de *El Pensador* de Rodin e igualmente bella.

—Lo siento —me disculpo con un suspiro.

Hace unas semanas que nos separamos y nos hemos acostado varias veces.

La primera de ellas cuando quedamos para hablar tras lo sucedido el día que acudimos a terapia. No creo que sea necesario aclarar que no volvimos a ir.

En aquella ocasión, quedamos en una cafetería cerca de casa, él se disculpó por lo que hizo, a mí me sonó sincero y una cosa llevó a la otra. Terminamos en su piso recién alquilado follando como hacía mucho que no lo hacíamos. No miento si digo que fue uno de los mejores polvos de mi vida.

La segunda vez, vino a recoger a Jorge, el niño todavía no había llegado a casa y una cosa llevó a la otra.

La siguiente, quedamos para hablar de algunos asuntos económicos que quedaban por solucionar y, eso, una cosa llevó a la otra.

Qué voy a hacerle, me gusta el sexo con él.

Y en todas esas ocasiones he visto cómo, tras hacer el amor de manera tan salvaje, o dulce o una mezcla de ambas, su corazón se rompía cuando él se daba cuenta de que nada había cambiado, que yo me vestía y recogía mis cosas para marcharme dejándole tan sólo con los pedazos de lo que podría haber sido y, sabiendo que, por las cosas de la vida, no iba a volver a ser.

—Cada vez que nos acostamos, creo que quieres que volvamos y luego me doy cuenta de que no es así... Me estás haciendo daño.

Lo que yo decía. Estoy firmando cheques que no puedo pagar. Estoy permitiendo que construya esperanzas para venir después con una bola de demolición a derrumbárselas y pasar por encima de ellas como una apisonadora.

Y puede que sea injusto.

Sé cómo estoy viviendo yo la separación, pero no sé cómo la está viviendo él.

Se pone en pie y comienza a vestirse y yo siento que el

mundo es un poco peor con su cuerpo cubierto por los pantalones del pijama.

—Lo siento —repito porque no sé muy bien qué decir.

—Tenemos que parar.

Estamos en su piso y ya empieza a notarse su presencia en él. Le sigo hasta el salón, amplio y luminoso, en cuyas paredes, antes blancas, destacan ahora los cuadros que se llevó de su despacho. La verdad es que quedan bien.

Se derrumba en el sofá.

En las estanterías veo la colección de vinilos que lleva haciendo desde antes de que nos conociéramos; sucumbió durante unos años al CD, pero David siempre fue más de vinilos y el tiempo ha venido a darle la razón, ya que parece que han vuelto y, esta vez, para quedarse.

Me acerco y paso el dedo por las fundas de cartón, algunas ajadas por el paso del tiempo, otras brillantes y coloridas. Sé que en esas filas conviven desde el *Thriller* de Michael Jackson hasta grabaciones casi olvidadas de Charlie Parker. Siempre he envidiado un poco su gusto musical, ecléctico y atrevido, en el que todo tiene cabida. Creo que la música es lo único en lo que David ha arriesgado siempre, comprando en ocasiones discos sólo porque la portada le parecía interesante.

—Tienes razón —concedo por fin girándome hacia él y mirándole a los ojos—. No pretendía hacerte daño.

—Tú no quieres que volvamos, ¿no? Eso no ha cambiado.

—No, no ha cambiado.

—Entonces necesito... Necesito que...

—Que te deje marchar —finalizo yo por él pronunciando las palabras que ninguno de los dos quiere pronunciar.

—Sí, gracias, no sabía cómo decirlo y que no sonase mal... No quiero decir con esto que no hablemos, pero puede que debamos limitarnos a hablar por teléfono, por lo menos durante un tiempo. Hasta que nos hayamos acostumbrado... Hasta que yo me haya acostumbrado.

—De acuerdo —accedo—. Voy a echar de menos... Bueno, ya sabes.

—Tima, no puedo seguir así. No sé qué quieres de mí.

Eso, ¿qué quiero de él? Vuelve a rondar mi cabeza la idea de que tal vez me haya equivocado al separarme, pero la hago desaparecer tan pronto como surge.

No es eso.

Lo sé.

Desde que nos separamos he vuelto a dormir del tirón, me siento tranquila, segura y feliz. Mi mayor miedo es Jorge y también puedo ver que está feliz. Sigue viendo a su padre y compartiendo su tiempo con él; a pesar de que este es un cambio muy drástico para un niño de su edad, creo que lo está asimilando bien, que se está adaptando bien.

David cree que no he pensado sobre todo esto, que actúo por impulso; siempre ha creído que soy irreflexiva, impetuosa, y no es así. Es tan sólo que mi cerebro funciona más rápido que el suyo.

Por supuesto que he meditado sobre los motivos que tengo para continuar acostándome con él y, por supuesto, no he hecho más que negarlos, pero ya había llegado a la misma conclusión que él, más que nada porque, por mucho que me quiera engañar, mis motivos están basados en el más puro egoísmo: es tan simple como que me encanta el sexo con él y no quiero escuchar eso de «estoy viendo a alguien» porque significará que ya no puedo acostarme con él. También tengo que reconocer que me jode un poco la idea de que pueda rehacer su vida con otra persona. Y, sobre todo, me jode la idea que pueda hacerlo antes que yo. Y yo no tengo ninguna prisa por estar con nadie; si no sucede nunca, por mí, perfecto.

En realidad, seguir acostándome con él aúna la comodidad de ser una mujer separada y la efectividad de un buen polvo. Es una solución perfecta al problema de Tinder: mucha variedad y poca calidad.

¿Me convierte eso en el perro del hortelano?

Es probable. Lo admito.

¿Puedo evitarlo?

Pues mira, tengo que intentarlo, porque lo cierto es que sí que había algo en lo que no había pensado demasiado y es en el daño que puedo estar causándole a David.

Ahora tengo que decidir si se lo digo o me callo, porque también me jode reconocer que me he equivocado.

Tras meditarlo un poco, decido ser honesta.

—No había pensado en ello, lo siento —vuelvo a disculparme sentándome junto a él—. Ni se me había pasado por la cabeza que te estuviese haciendo daño. Pensaba que no te importaba, que a ti también te gustaba.

—Pues claro que me importa —asegura él—. ¿Cómo no me va a importar? He intentado por todos los medios que no nos separásemos, pero tú estabas decidida... Y sigues estándolo. ¿Cómo no me va a importar?

—Hay algo más —confieso dubitativa—. No sé si quiero oírte decir que estás viendo a alguien. No sé si estoy preparada para que rehagas tu vida. Y temo que eso va a suceder más pronto que tarde...

—Eres muy egoísta.

—Lo sé, sé que tienes derecho a hacer con tu vida lo que te dé la gana. No estoy poniendo excusas, estoy diciéndote cómo me siento. Nada más. Sé que no soy justa contigo y sé que soy egoísta. Lo único que puedo hacer es disculparme y asegurarte que no volverá a pasar.

—No estoy viendo a nadie. No voy a mentirte, la mujer aquella de la oficina... Volvimos a acostarnos —asiento despacio con la cabeza, ya me lo había imaginado y esto sólo es la confirmación—, pero la cosa no fue a más. Ni por mí ni por ella. Sólo queríamos divertirnos. Ella también está casada... Sigue casada y quiere a su marido.

—Ah, joder. —No sé qué otra cosa decir. Su confesión me pilla desprevenida y la sorpresa se refleja en mi rostro.

—Mira, Tima, ya sé que lo que hice no estuvo bien, también sé que no quisiste separarte de mí por aquello. Me ha costado darme cuenta, pero lo he hecho. Y ahora me estás volviendo loco porque no sé qué más quieres de mí. Estoy intentando que nos llevemos bien y no sólo por Jorge, también por nosotros, porque te quiero, eres la única mujer a la que he querido de verdad, con todo, pero no sé qué más quieres de mí.

Oculta de nuevo el rostro entre las manos y sé que está llorando.

—No quiero nada más, soy yo la que tiene que parar —acepto tras unos momentos. Sus ojos están fijos en el suelo y llevo la mano hasta su barbilla para obligarle a mirarme—. Lo siento. —En esta ocasión, cuando lo digo, no es una frase hecha, mecánica, me arrepiento de todo el dolor que le he causado con mis actos, que le estoy causando, y él se da cuenta, algo en mi tono ha cambiado—. Lo siento —repito—. No quiero hacerte más daño.

Le limpio las lágrimas con el dorso de la mano y le abrazo. Él se aferra a mí con fuerza y solloza contra mi hombro.

Sé que este sí será el último abrazo que nos demos.

Es nuestra despedida.

33

Tima

Estas son las vacaciones más tristes que recuerdo desde que me casé.

Las primeras sin David.

Mi padre tiene una casa en la playa, en el Cabo de Gata. La vivienda no es muy grande. Una cocina abierta al salón comedor, un baño y tres dormitorios. Pero el jardín es glorioso, construido en varios niveles, lleno de plantas que mantienen el verdor durante casi todo el año y una piscina en la parte más baja. Es posible desayunar en el porche disfrutando de unas preciosas vistas al mar.

Y eso es todo.

No hay mucho más que hacer aquí si no contamos lo de pasear por el paseo marítimo de la playa de San Miguel o ir a comer a algún restaurante de los que allí se encuentran. Y a mí, eso me distrae dos días, al tercero estoy clamando por una muerte rápida... O lenta y dolorosa. Me da igual mientras me evite este sufrimiento.

Odio la playa.

Siempre lo he hecho.

No entiendo muy bien el atractivo que puede tener tumbarse sobre una toalla en la arena, toda embadurnada de protector solar, para contraer un más que seguro cáncer de piel.

Vuelta y vuelta, ahora por delante, ahora por detrás, y repetir el mismo proceso durante todo el día. Después, cuando regresas a la seguridad de la sombra que te ofrecen las cuatro paredes de tu casa o apartamento, tienes que volver a embadurnarte entera, esta vez de *after sun*, para aliviar el escozor de las quemaduras solares que tú misma te has provocado.

No, en serio, es que no le veo el punto, y menos cuando el tono de mi piel es el de un polo de leche. Lo único que puedo conseguir con todo ese agotador proceso es terminar de un color similar al de la salsa *sriracha*. Y eso sin contar con las pecas que me salen.

Aun así, a caballo regalado... Papá me propuso venirme a Almería con Jorge, para que el niño cambiase un poco de aires. Él aquí lo pasa genial, tiene un grupo de amigos con los que va a la playa, da paseos en la bici o juega en el parque; por supuesto, se ha traído su adorada consola. Quince días se le hacían demasiados para separarse de ella, si bien no le está haciendo mucho caso, algo que a mí ya me parece bien. Sobre todo, porque el tiempo que estemos aquí será tiempo en el que no tenga ningún contacto con su abuela. La paterna, me refiero.

Begoña ha estado intentando meterle ideas raras en la cabeza sobre mí. Lo he hablado con David y se ha mostrado algo sorprendido, dice que le pidió que no hiciese eso y creyó que ella lo había entendido. Puede que me esté equivocando, pero hace no mucho el niño me preguntó si yo había engañado a su padre y, al preguntarle de dónde había sacado esa idea, contestó con evasivas. No quise presionarle, pero es curioso que sucediese justo al regresar de casa de David. Sé que muchas tardes las pasa con su abuela. Y dos más dos... Me da el exacto.

Así que dos semanas sin ver a su abuela, no creo que le vengan mal. Por las noches salimos a cenar a alguna de esas trampas para turistas del paseo marítimo y, al día siguiente, más de lo mismo.

Antes, cuando veníamos los tres, era igual, pero a la vez distinto. Por lo menos yo tenía a alguien con quien charlar. David era una persona diferente en vacaciones, más activo, animado, alegre y cercano. Los días que pasábamos aquí eran los únicos en los que yo volvía a ver al David del que me enamoré. Como un tanque de gasolina que rellenas cuando se enciende el chivato de la reserva.

Supongo que llegó un momento en que esos pocos días al año dejaron de ser suficientes.

Hemos dejado de vernos. Continuamos hablando por teléfono para organizarnos con Jorge, sin embargo, le siento cada vez más lejano. Como el eco en una cueva que se va apagando con cada segundo que pasa. Ha dejado de formar parte de mi día a día para empezar a ser el recuerdo de algo pasado.

Le echo de menos.

Sí, claro que le echo de menos. Y más en días como hoy, en los que me levanto sólo porque tengo que hacerlo, no porque la perspectiva de un nuevo día en este reducto de descanso, arena y sol me emocione lo suficiente como para sacar un pie de la cama.

Jorge se ha marchado hace un rato a la playa con la promesa de tener cuidado y de volver en un par de horas. Los padres de uno de sus amigos les echan un ojo, ya que ellos van a la playa casi a diario. El día que no van ellos bajo yo a vigilarlos, que el mayor del grupo no tiene ni trece años y el lugar es tranquilo, pero nunca se sabe.

Y aquí estoy, en la terraza, con un café, mirando al mar que hoy está de un azul muy intenso, añil y vivo, intentando concentrarme en la lectura de uno de los libros que me he traído para sobrevivir estos quince días... Sin conseguirlo.

No hago más que pasear por la memoria de veranos más felices, veranos en los que éramos una familia de vacaciones y las risas sonaban más a menudo en esta casa.

Puede que lo esté romantizando un poco, sólo un poco, pero esta casa, que era un refugio libre de los humos y las prisas de la ciudad, se ha convertido en el cementerio de otra vida. No me atrevo a pensar en ella como más feliz, pero es posible que lo fuese. O a lo mejor es tan sólo que necesito algo más de tiempo para acostumbrarme a mi nueva situación. Al fin y al cabo, son mis primeras vacaciones sin él.

Suspiro sosteniendo la taza frente a mí, sin terminar de posarla sobre la mesa.

Se me hace un mundo pensar que esta sensación que lleva acompañándome desde que llegamos vaya a repetirse cuando llegue mi primer cumpleaños sin él, la primera exposición sin él, la primera Navidad sin él, el primer lo que sea sin él... Tuvimos muchas primeras veces de muchas cosas y no me apetece recordarle en cada una de ellas, y, sin embargo, le recuerdo.

Le pedí a papá que viniese con nosotros, pero no podía dejar el trabajo, creo que tiene un lío de cojones porque ha perdido a quien era su mano derecha y está hasta arriba.

También se lo pedí a mamá. Ella fue mucho más parca en explicaciones, sólo dijo que no le apetecía mucho y que se quedaba en Madrid.

Creo que papá y ella están... no sé cómo llamarlo... ¿saliendo? ¿Quedando? ¿Enamorándose? No sé, creo que me quedo con la primera opción, más que nada porque la segunda me parece muy fría y la tercera muy cursi. Papá y mamá están saliendo de nuevo. O se están reencontrando después de tanto tiempo separados. No me han dicho nada, por supuesto, pero me da que sí y que ella no ha querido venir porque papá no podía venir. Desde luego por el trabajo no ha sido: el negocio del arte es muy de descansar en julio y agosto, la galería se para mucho en verano. Lo sé porque he trabajado en ella.

Sí, no me han comentado nada ninguno de los dos. Lo mismo piensan que no me he enterado, pero las últimas veces que he llamado al uno o a la otra para salir a cenar o a comer, casualmente, estaban juntos. Y, llámame loca, pero me parece muy sospechoso.

La cuestión es que estoy deseando que me lo cuenten, me alegra una barbaridad que vuelvan, que, a pesar de llevar más años separados de los que estuvieron juntos, hayan decidido darse una segunda oportunidad.

Es un poco como el triunfo del amor que nunca debió fracasar.

Ellos se querían, se adoraban. Si se divorciaron fue tan sólo porque no supieron cómo comunicarse en un periodo de sus vidas y ahora han aprendido. Les ha costado casi tanto como a mi sacarme el carnet de conducir, pero han aprendido. Y no puedo estar más feliz por ellos.

Me pongo en pie, me desperezo y voy a la cocina a ponerme otro café y a coger el sombrero de paja. He decidido intentar relajarme leyendo en una de las tumbonas junto a la piscina, a ver si así consigo concentrarme. Bajo despacio los peldaños que me separan de las cristalinas aguas del minicharco sintiendo el frío de las baldosas en las plantas de los pies. Es una sensación agradable que me alivia un poco del bochornoso clima costero.

Una vez junto a la tumbona, abro la sombrilla y la voy moviendo hasta que consigo que la sombra cubra toda la superficie en la que se supone que voy a echar la mañana. Cuando estoy satisfecha con el resultado, me doy cuenta de que el sudor resbala por mi frente y por mi espalda. Me quito el vestido y me quedo en biquini. Dedico los siguientes cinco minutos a embadurnarme de protector solar del cincuenta sin olvidar ni un solo centímetro de piel.

Me tumbo y comienzo a leer.

No han pasado ni diez minutos cuando decido que me voy a dar un baño y a recogerme en el interior de la vivienda. No aguanto este calor, ni este sol, ni el pringue de la puñetera crema protectora, ni esta soledad.

Y sólo llevamos aquí seis días.

Tengo que sobrevivir otros nueve.

34

Eva

El mes de agosto iba agotándose, apenas le quedaban un par de días. Y ese hecho, que en años anteriores le había producido una pena inmensa —siempre cogía la última semana del mes de vacaciones—, aquel año le hizo experimentar algo muy parecido a la alegría. Ya habían pasado dos meses desde que la habían despedido y cuanto más atrás quedase aquel verano, más cerca estaría de volver a su antiguo empleo. Estaba deseando reincorporarse a su puesto en la agencia.

Hacía unos días que la había llamado Luis para comunicarle que sólo estaba esperando a que llegase septiembre para hablar con la oficina de Nueva York. Según él, esa llamada era un mero trámite. La excusa para contratarla de nuevo sería, de manera oficial, que no le había sido posible conseguir un sustituto viable. Los americanos tendrían que tragar con ello, zanjó el hombre. Habría sido un argumento más potente que ella hubiese sido fichada por alguna agencia de la competencia, pero Luis iba a tener que trabajar con lo que había.

Eva pasó esas vacaciones forzadas entre la ciudad y el pueblo. Sin abusar, porque en ningún momento le contó a su madre que había sido despedida. No quería preocuparla. Además, mientras no se lo contase a su familia, podría seguir viviendo en aquel limbo entre la realidad de haber sido despedida y la de volver a ser contratada. Eva continuaba esperando el mejor resultado posible, no obstante, casi sin darse cuenta, había empezado a ojear ofertas en varios portales de empleo.

Intentaba negar la posibilidad de que aquel despido fuese definitivo, sin embargo, según los días se habían ido convirtiendo primero en semanas y, a continuación, en meses, la inquietud había ido retomando sus viejas costumbres. Incluso había mirado un par de veces la agenda en la que guardaba los contactos que había ido haciendo a lo largo de su carrera, decidiendo a quiénes llamaría primero y a quiénes, si esas primeras llamadas no daban el resultado esperado, después.

Alejandro había conseguido otro trabajo, casi de manera inmediata a su despido, en el departamento de marketing de la empresa en la que trabajaba Marta. El sueldo no estaba mal, pero no le motivaba, el trabajo era demasiado rutinario, sin apenas espacio para la creatividad, nada que ver con el desafío que le había supuesto levantar una marca como la de Lucía desde cero.

A Eva se le escapaba una sonrisa con trazas de ironía al pensar en cómo le había cambiado la vida desde principios de aquel mismo año: de ser una profesional exitosa sin más perspectivas románticas que ver Netflix tirada en el sofá con el gato a ser una parada con una vida amorosa más que satisfactoria con un hombre genial. O lo que es lo mismo: el mundo al revés para una mujer como ella, que había hecho del trabajo un rasgo distintivo de su personalidad.

Lo único que había conseguido sacarla de su aburrido día a día durante aquellos meses que se le habían hecho eternos era la boda de su mejor amiga. La había ayudado con la organización, la cual había durado todo el verano. Lo que más había disfrutado había sido la elección del vestido. Habían visitado diferentes tiendas de novias, si bien, al final, su amiga había optado por algo hecho a medida que se encontraba bastante fuera de los estándares habituales. Marta lo razonaba diciendo que no es que fuese su primera boda y que no se sentía cómoda vistiendo de blanco con más de cuarenta años y Eva la apoyaba en su decisión, sobre todo porque había elegido un vestidazo de escándalo, de un tono azul intenso con detalles en naranja, con el que no podía estar más impresionante. Alberto iba a caerse de culo cuando la viese.

La boda sería la siguiente semana, el miércoles los acompañaría al juzgado y firmaría como testigo. A esa ceremonia sólo asistirían la familia de los novios y Eva, mientras que la celebración tendría lugar el primer sábado de septiembre en una finca a las afueras de Madrid, un lugar idílico con hotel y piscina para que los invitados que así lo deseasen pudiesen pernoctar allí.

Ni que decir que Eva había reservado una habitación para todo el fin de semana, regresaría el lunes por la mañana a la ciudad. Pensaba beber hasta ponerse como las Grecas, le daba igual la resaca del día siguiente, ya que podría pasarla en la piscina del hotel. Lo único que empañaba las ganas que tenía de asistir a esa boda era que Alejandro no podría acompañarla porque estaría en un viaje de trabajo y no aterrizaría hasta el domingo por la mañana. Habían preferido que él descansase el resto del día en lugar de reunirse con Eva, ya que el lunes a primera hora tendría que estar en la oficina. Aun así, Eva no había querido renunciar a su plan de pasar el fin de semana en el hotel; al fin y al cabo, esas eran todas las vacaciones que iba a disfrutar, no se había atrevido a irse a ningún lugar más exótico, prefería ser cauta con el dinero a pesar de la llamada de Luis anunciándole su inminente reincorporación.

—Tengo que contarte algo —dijo Marta al teléfono. A Eva le pareció que sonaba preocupada.

—Cuéntame, no te estarás arrepintiendo, ¿no? Ya os habéis casado —rio Eva sujetando el móvil entre la oreja y el hombro mientras iba del armario a la cama, sacando cosas del primero y dejándolas sobre la segunda.

La ceremonia civil había tenido lugar un par de días antes y al día siguiente sería la celebración con todos los invitados de la pareja. Eva se encontraba haciendo el equipaje para el fin de semana, intentando decidir si metía en la maleta el vestido que se pondría o si lo llevaba en una funda para que no se arrugase. Al final optó por la segunda opción, mucho más incómoda, pero bastante más estética si pretendía ir vestida sin arrugas en la ropa.

Marta iba a ir a dormir a su casa y al día siguiente irían en el coche de Eva hasta donde tendría lugar el evento. Era apenas la única tradición que habían conservado Marta y Alberto: la de no verse el día antes de la boda. Todas las cosas que necesitaría su amiga estaban ya en casa de Eva, junto con otra pequeña maleta, ya que la pareja pensaba quedarse en el hotel también hasta el lunes.

—No, no es eso… Cuando llegue a tu casa te cuento.

—¿Pasa algo?

—No lo sé… Es que me acabo de enterar de una cosa y te he llamado de inmediato, pero creo que es mejor que te lo diga en persona. Estoy saliendo ya de la oficina, no tardo nada en llegar.

Eva terminó de preparar el equipaje y se fue al salón. La casa se veía muy vacía sin Vader, había llevado al gato a casa de su madre para que lo cuidase durante esos días. El lunes iría a recogerlo antes de volver a casa.

Se sentía inquieta, la llamada de Marta había sido de lo más extraña y algo le decía que aquello que tuviese que contarle no le iba a gustar en absoluto. Había notado a su amiga nerviosa y aquello la había descolocado.

Por fin sonó el telefonillo y corrió a abrir el portal. Esperó a Marta con la puerta del piso abierta y medio cuerpo en el descansillo. Cuando se abrió el ascensor y vio el rostro de su amiga, se asustó. En el diccionario, junto a la palabra «preocupación», tendrían que haber puesto una foto de Marta en aquel momento.

—¿Qué pasa? —preguntó Eva haciendo pasar a su amiga. Marta se quitó los zapatos y caminó descalza hasta la cocina.

—Nada, ahora te cuento, deja que sirva un par de copas, creo que las vamos a necesitar.

—Marta, me estás asustando, dime qué pasa de una vez —pidió Eva siguiéndola.

Entre ambas sirvieron las bebidas y se dirigieron al sofá.

—Vamos a ver cómo te lo digo… —comenzó Marta.

—Mira, empieza por el principio, coño, que me tienes en un sinvivir y un no parar.

—Sabes que Alejandro está en un viaje de trabajo, ¿no? —al decir «trabajo», su amiga hizo el gesto de las comillas doblando los dedos índice y medio.

—¿Por qué lo entrecomillas? —preguntó Eva afilando la mirada.

—Porque es mentira… Hoy me he cruzado con alguien

de su departamento y le he preguntado que qué tal con él. Al fin y al cabo, le recomendé yo... Ya sabes...

—Sí, sí, pero al grano, qué te ha dicho ese alguien —se impacientó Eva.

—Que muy bien con él, que el tío es muy majo y que... atiende... que ahora estaba de vacaciones, pero que se estaba integrando muy bien en el equipo.

—¿Cómo que está de vacaciones?

—Lo que oyes... Eso me ha dicho, que se había cogido un par de días y que el lunes volvía. No sé qué está pasando, pero creo que deberías llamarle.

—Me cago en mi vida —dijo Eva mientras buscaba con dedos temblorosos en la agenda de su móvil—. Por lo menos su nombre empieza por a —comento mientras llamaba—. Está sonando...

Ambas aguardaron a que contestase al teléfono. Continuaron esperando hasta que saltó el buzón de voz. Eva negó con la cabeza en dirección a su amiga.

—¿Por qué no me muero?

—Vuelve a intentarlo —propuso Marta.

Eva oprimió la tecla de rellamada y, tras unos instantes, se dio cuenta de que el resultado no iba a ser distinto en aquella ocasión.

Siguió llamándole durante unos minutos, dándose por vencida cuando comprobó que él no iba a contestar al teléfono.

—¿Qué está pasando? —preguntó Eva.

—No tengo ni idea, pero creía que tenías que saberlo. ¿He hecho mal?

—No, joder, no es culpa tuya. Tú has hecho bien al decírmelo. Pero vamos, espero que tengas un buen quitaojeras para prestarme mañana, porque ya te digo que hoy no voy a dormir mucho...

—Lo siento.

—Mira, este finde es tu boda y ni Alejandro ni nadie va a conseguir amargármela. No te preocupes, ya hablaré con él el domingo. Si es que da señales de vida.

—Pues sí que te lo estás tomando bien —comentó Marta dándole un trago a su copa.

—¿Y qué quieres que haga? ¿Ponerme a llorar? Era cuestión de tiempo que algo así sucediese —replicó Eva encogiéndose de hombros.

—¿De regreso a tu cinismo de siempre?

—Pero, de nuevo, ¿qué hago? ¿Me mato? Ya has visto que he intentado llamarle para saber qué está pasando y no contesta. No hay mucho más que pueda hacer y ahora mismo tampoco hay mucho más que me apetezca hacer. De verdad que no quiero amargarme el finde. Llevo mucho tiempo esperando tu boda.

—Bueno —aceptó Marta tras unos instantes—, vale, no nos pongamos en lo peor, puede que no sea más que una tontería.

—Puede, pero ya sabes la frase esa de «prepárate para lo peor y espera lo mejor», o algo así era. No tengo ni idea de quién lo dijo, pero razón no le faltaba. Y ya me he cansado de esta conversación. Tengo yo pocas preocupaciones como para sumar una más.

—De acuerdo —accedió su amiga—, no nos preocupemos por Alejandro...

—Si es que ese es su verdadero nombre —añadió Eva con una risa irónica.

—¿Qué otras preocupaciones tienes? —preguntó Marta después de un breve silencio.

Eva resopló antes de contestar.

—Se supone que esta semana tendría que haberme llamado Luis y no lo ha hecho. Y antes de que me lo digas tú... No, no le voy a llamar, sé que no se ha olvidado. Hablé con él la semana pasada.

—Ya... Bueno, estoy segura de que te llamará la semana que viene. No te voy a decir que no te preocupes, tienes todo el derecho del mundo a estar preocupada, así que lo mejor que podemos hacer es ahogar tus penas en alcohol. —Marta alzó su copa y esperó a que Eva la imitase—. ¡Por que se ahoguen las penas y las preocupaciones!

—¡Que se ahoguen!

Brindaron y dieron un trago a sus bebidas.

—Tampoco nos pasemos hoy —pidió Eva—, que me estoy reservando para mañana.

—Mañana más, eso seguro. Si tenemos que llevarte a rastras a tu habitación, borracha como una uva, te llevaremos... Aunque tampoco creo que nosotros terminemos mucho mejor que tú...

—Si vomitas, te sujetaré el pelo para que no te lo manches.

—Llevo un recogido —comentó Marta con una sonrisa torcida en el rostro—. Es una de las ventajas de casarse por segunda vez, que ya sabes todo lo que salió mal en la primera.

—El día que me case te preguntaré —dijo Eva.

—Si es que te casas... Porque... tela, bonita.

—Hija de puta.

—Pero me quieres.

—Ahí le has dado.

Ambas sabían que aquella noche no iban a dormir mucho, una debido a los nervios normales antes de una boda, la otra debido a las dudas normales cuando tu pareja te miente. Lo asumieron con deportividad, gin-tonics y dramas coreanos de

Netflix que las mantuvieron despiertas hasta pasadas las cuatro de la mañana. Por suerte, hasta las siete de la tarde no tendrían que comenzar a comportarse como seres humanos autónomos y decentes, lo que les permitió dormir hasta una hora aceptable a la mañana siguiente.

Según despertaron, se ducharon para despejar un poco los restos de los vapores etílicos de la noche anterior y, a continuación, se dispusieron a emprender el viaje hasta el hotel donde se celebraría el evento, no sin antes parar a desayunar algo.

Eva era una conductora tranquila, aunque escandalosa. Había preparado una lista de Spotify con las canciones favoritas de Marta en la que abundaban el metal y el rock y ahora sonaba a todo volumen por los altavoces del automóvil.

—Es de dominio público que el metal no se puede escuchar bajito —se defendió Eva.

—Lo es, no se puede negar —aseveró Marta.

Eva se había propuesto que aquel día fuese lo mejor posible para su amiga. Sabía, por narraciones de otras, no por experiencia propia, que el día de la boda podía ser muy estresante para la novia y había ideado toda una estrategia para conseguir que Marta no experimentase ese estrés o, que de hacerlo, fuese en cantidades manejables. Para ello contaba no sólo con la lista de spoty, sino también con una botella del ron favorito de su amiga, que iría suministrándole en pequeñas dosis y, lo mejor de todo, con un masaje relajante y un tratamiento de belleza que recibirían en el spa del hotel según llegasen. Iban a tener que saltarse la comida; no obstante, en un intento de minimizar los daños, había encargado un surtido de canapés y frutas que les servirían en la habitación que compartirían durante esa tarde. A las tres y media llegaría la peluquera que peinaría a la novia y a las cuatro y media, cuarto de hora arriba, cuarto de hora abajo, la maquilladora comenzaría a hacer su magia.

Eva había decidido peinarse y maquillarse ella sola. Hoy la protagonista era su amiga y si el rato del spa suponía quedarse sin tiempo para ponerse en manos de las profesionales, que así fuese.

—Estás preciosa —dijo Eva de pie, mirando sobre el hombro de la maquilladora.

Eva se había ondulado el pelo, que llevaba suelto, y se había maquillado en el baño de la habitación, una junior suite que había reservado pensando en la comodidad de su amiga, quien aquella noche, ya estaría con su marido en la suite nupcial del hotel dejándola con todo aquel espacio para ella sola.

—Sí que lo estás —confirmó la cuñada de Marta, que había sido maquillada y peinada mientras ellas habían disfrutado del masaje.

—¿Te gusta? —preguntó la maquilladora a Marta, que se miraba en el espejo que sostenía la joven sin decir palabra.

Se trataba de una buena amiga de Marta y estaba cuidando hasta el mínimo detalle. Su regalo para la novia había sido no sólo maquillarla a ella, sino también a su madre y a su cuñada, la mujer de su hermano.

—Sí, claro, me encanta… ¿Qué me has hecho en los ojos? Se me ven enormes… —Marta era incapaz de separar la mirada de su reflejo.

—Son las pestañas postizas; si no estás acostumbrada a llevarlas, tienen ese efecto… Tú, siéntate ahí —ordeno a Eva.

—¿Yo?

—Sí, tú. Te voy a retocar un poco. Venga, siéntate. Y tú, ayuda a la novia a ponerse el vestido —indicó en dirección a la cuñada—. Sobre todo, que no se manche.

—A sus órdenes —replicó la mujer con una risa.

—¿Haces muchas bodas? —preguntó Eva con timidez.

—Muchas, de mayo a octubre es raro que no tenga dos o tres cada fin de semana.

—¿Y por qué no descansas un rato antes de que empiece el jaleo? Llevas todo el día trabajando, vas a estar reventada esta noche. De verdad que no hace falta que me maquilles... Si ya me he apañado yo...

—Porque no vas a ir con ese careto, *not on my watch*, guapa, que ni te has sellado el maquillaje —replicó la otra—. Con el calor que hace, en quince minutos vas a estar como Carmen de Mairena. Vamos, cállate y deja que trabaje.

—Adoraba a Carmen de Mairena —refunfuñó Eva acatando la orden.

—Ya, y yo, pero no sus maquillajes.

No permitió que Eva se mirase en el espejo hasta que no dio por finalizada su obra. Cuando Eva vio su reflejo, no pudo evitar una exclamación de sorpresa.

—Pero ¿qué me has hecho? Estoy guapísima.

—He hecho lo que tenía que hacer, ahora me largo a mi habitación a terminar de arreglarme yo. Os veo ahora.

Marta, ya vestida, se acercó a ella y le dio un abrazo.

—Muchas gracias, nos has dejado hechas unos pincelitos, espero que esta noche lo pases de muerte, porque no tengo dinero para pagarte lo que acabas de hacer por nosotras.

—Oh, no te preocupes por eso, pienso cobrarme en copas —replicó devolviéndole el abrazo a su amiga y lanzándole un guiño a Eva por encima de su hombro.

Tanto Eva como la maquilladora habían acudido a la boda sin acompañante y, a pesar de no conocerse de antes, ya habían hecho planes para no quedarse colgadas. A Eva, la chica le caía muy bien, una fingida dura que se escudaba en un sentido del humor seco y árido como el desierto de Atacama. Era, al cien por cien, su tipo de persona.

Cuando salió de la habitación, los nervios comenzaron a apoderarse de Marta.

Poco después el padre de la novia llamaba a la puerta. Había llegado la hora.

Eva y la cuñada de Marta se pusieron en pie, cogieron sus minúsculos bolsos, en los que apenas cabían el tabaco, el mechero, el pintalabios y el móvil —si no lo cerraban—, y salieron en dirección al jardín. Ambas habían preparado sendos discursos que serían parte de la ceremonia, durante la cual varios amigos y familiares dirían unas breves palabras. A continuación, daría comienzo el cóctel en el mismo jardín, tras el cual, pasarían a una zona de pérgolas bajo las que ya estaban preparadas las mesas en las que se sentarían los invitados para el convite. La decoración era sencilla pero exquisita, con pequeños centros de florecitas azules en todas las mesas, manteles de hilo del mismo color y muletones y servilletas blancas.

Eva había elegido un vestido largo azul marino con un estampado de flores rojas y blancas que le sentaba de maravilla, ya que disimulaba lo que, para ella, eran sus puntos débiles.

Lo único que empañó la velada fue pensar en la conversación que tendría que mantener en los siguientes días con Alejandro.

35

Eva

—Tenemos que hablar —dijo él nada más llegar.

«Oh, joder —pensó Eva—, famosas últimas palabras de una relación.

—Vale —contestó aturdida.

Alejandro había aterrizado esa misma mañana en Barajas y había ido directo al hotel en el que se encontraba Eva. Ella, todavía con la resaca tras la fiesta de la noche anterior, no había tenido fuerzas ni para enfadarse con él ni para sorprenderse cuando la había llamado diciéndole que iba para allá; lo había dejado para cuando le tuviese delante, pero la conversación en persona había comenzado fuerte.

Eva estaba en una de las tumbonas de la piscina, bajo una sombrilla, en biquini, con las gafas de sol cubriendo sus doloridos ojos y un sombrero de paja bien calado en la cabeza que le evitase quemaduras en el rostro. Había calculado que las probabilidades de no quedarse frita bajo el sol de septiembre eran cercanas a cero, pero también le había dado pena estar en aquel hotel maravilloso y pasar su único día de vacaciones encerrada, resacosa y a oscuras en la habitación. Por lo que esa mañana, al despertar, se había puesto el biquini, un vestido ligero y se había largado de aquella preciosa y amplia habitación cuyo ambiente se notaba demasiado cargado tras acoger entre sus cuatro paredes a una borracha.

Eva se había controlado durante el cóctel y el banquete, apenas había bebido un par de copas de vino, pero, según había dado comienzo el baile, lo había dado todo. Y por dar todo se refería a beberse hasta el agua de los floreros con la amiga maquilladora de Marta, con su cuñada y con la propia Marta. Ninguna de las cuatro había terminado la noche con la capacidad de mantenerse en vertical, intacta.

Tampoco ninguna se arrepentía, al menos, eso habían asegurado mientras recorrían los pasillos del hotel a altas horas de la madrugada, sujetándose unas a otras, intentando dar con sus habitaciones.

—¿Vamos a comer? —propuso él.

—Vale —repitió ella. El cerebro no le funcionaba a su velocidad habitual y eso se traducía en la imposibilidad casi palpable para dar respuestas de más de dos sílabas.

Iba a tener que reponerse o la conversación con él iba a ser un monólogo. Uno digno del club de la comedia.

Ese pensamiento la hizo reír, lo que consiguió que se diese cuenta de que tal vez, sólo tal vez, todavía le corría por las venas parte del alcohol de la noche anterior. Tenía lógica, eso explicaría el mareo que aún experimentaba.

—¿De qué te ríes? —preguntó él con una sonrisa curiosa.

—De nada... De nada, es que me he acordado de algo de ayer —disimuló ella.

—¿Lo pasasteis bien anoche? Siento mucho no haber podido venir —dijo él tendiéndole una mano para ayudarla a ponerse en pie—. Ahora te cuento...

—Me vas a tener que contar muchas cosas —le interrumpió Eva—. Para empezar, tienes que contarme por qué me has mentido... Dijiste que estabas en viaje de trabajo...

Alejandro suspiró.

—Te has enterado...

—Pues claro, ¿qué esperabas? Trabajas en la misma empresa que mi mejor amiga.

—Antes de que te enfades, déjame que te cuente, ¿vale?

—Vale —escupió por tercera vez Eva poniéndose el vestido sobre el biquini.

La verdad es que no se encontraba en pleno uso de sus facultades y lo último que la apetecía era enzarzarse en una discusión con Alejandro. Le permitiría explicarse y, después, ya vería qué hacía... Si es que había un después, porque, a pesar de flotar en una nube con los últimos efluvios de las copas de la noche anterior, no se le había olvidado que su saludo había sido el temido «tenemos que hablar».

Alejandro la guio hasta el restaurante al aire libre del hotel y esperaron en silencio hasta que les dieron una mesa en la terraza. Eva notaba el ambiente tenso, tirante, lo que hizo que no se atreviese a abrir la boca.

Cuando estuvieron sentados, Eva recordó aquella primera cita juntos, también en un restaurante. Había comenzado su relación con aquel hombre comiendo e iban a ponerle punto y final también comiendo.

Podría ser peor.

—¿Qué quieres beber? —preguntó él cuando el camarero se acercó a tomarles nota.

—¿Agua?

—¿Todavía te dura...? —preguntó él sin acabar la frase, pero Eva le entendió.

—Un poco —confesó ella avergonzada.

—Pues pide una cerveza o un vino, así la resaca no será tan salvaje... O eso dicen.

En ese momento Eva vio pasar a otro camarero que llevaba un par de copas en cuyo interior flotaba, entre el hielo, un líquido de color naranja. Todo el conjunto estaba adornado con rodajas de naranja natural. Parecía refrescante y le apeteció de inmediato.

—Quiero uno de esos, por favor —dijo señalando con discreción las copas.

Alejandro rio y asintió con la cabeza.

—Es Aperol Spritz —informó el hombre que les tomaba nota—. Levemente amargo con notas dulces, parecido al vermut, pero más fresco. Si me pregunta, creo que es una buena elección con estas temperaturas.

—Yo también tomaré uno. Muchas gracias.

El camarero se alejó para regresar poco después.

—Bueno, qué es eso tan importante de lo que tenemos que hablar —le espoleó Eva una vez estuvieron las bebidas en la mesa y los platos que iban a comer, pedidos.

Él suspiró de nuevo y se echó hacia adelante acercando su cabeza a la de ella.

—Sabes que no he estado de viaje de trabajo, ¿no? —comenzó él—. Y también sabes que a pesar de que el puesto que tengo ahora mismo no está mal, he seguido buscando, ¿no? —Eva asintió ante ambas preguntas sin decir nada—. Pues bien, he encontrado otro trabajo... Y me gusta mucho. Tengo oportunidades de crecimiento, el salario es muy bueno y la empresa es una de las mejores de su sector.

Eva sonrió sin poder evitarlo. Era una sonrisa amplia, honesta, de las que salen solas cuando le sucede algo bueno a alguien a quien quieres. Se alegraba mucho por él.

—Me alegro mucho por ti... ¿Y cuándo empiezas?

—De eso es de lo que tenemos que hablar... —comentó él mirando al suelo.

—¿Qué pasa?

—El trabajo es en Tokio —dijo él alzando la mirada hasta que chocó con los ojos de Eva.

Vio cómo se abrían demasiado y cómo sus labios sonrientes iban desdibujándose hasta formar una línea recta.

A Eva la noticia la golpeó como un tifón un tejado de paja. Notó cómo todo se rompía de nuevo a su alrededor, las conversaciones del resto de comensales se difuminaron en una nube negra hasta que sólo quedaron ella y Alejandro ocupando un espacio que ya no les correspondía como pareja. Ya no eran una pareja, ya no eran dos.

Eva era de nuevo un calcetín solitario, que era su estado natural.

La historia de Hugo volvía a repetirse.

36

Eva

—¿Qué sucede? —se alarmó Alejandro al ver el rostro de Eva.

—Nada, que espero que seas muy feliz en Tokio, encantada de haberte conocido y esas cosas —replicó Eva poniéndose en pie.

—¿Dónde vas? No he acabado... Eva, por favor, escúchame —pidió él levantándose y acercándose a ella.

—¿Qué tengo que escuchar? ¿Que tu carrera lo es todo y que te vas y que adiós muy buenas? Lo siento, pero esa canción ya la he escuchado antes y me parece un mojón. Desde luego, no es nueva para mí.

Alejandro resopló y alzó la mirada al cielo en un gesto de paciencia.

—¿Puedes escucharme hasta que acabe y después sacas tus propias conclusiones?

Eva se sentó con gesto serio y cruzó los brazos. Cuando Alejandro estuvo seguro de que no iba a salir corriendo en cuanto se despistase, se sentó y acercó su silla a la de ella.

—Muy bien, dime —ordenó ella en tono cortante.

—A ver, no he aceptado el empleo todavía, tengo que decirles algo esta semana. Llevo en este proceso de selección desde hace siglos, ¿recuerdas que tuve que viajar a Japón hace unos meses? —Eva asintió—. Pues bien, era por esta entrevista... Yo ya estaba buscando otro trabajo entonces y cogí una semana de vacaciones. Por supuesto, Lucía no tenía ni idea... La cuestión, Eva, es que no me quiero ir si tú no vienes conmigo. Así que esta conversación era para eso, para pedirte que vinieras conmigo a Japón. Tampoco quería mentirte, pero sin saber si voy a aceptar ese puesto o no, no quería arriesgar. No sé hasta qué punto puedo confiar en que Marta no diga nada en la oficina, yo no la conozco tanto como tú, por eso no dije nada.

Eva se sintió estúpida.

Se había puesto en lo peor sin necesidad, reminiscencias de un yo que quería pensar que ya no era ella.

No es que la noticia la entusiasmase, pero Alejandro no le estaba haciendo un Hugo, estaba hablando con ella sobre su futuro, la había incluido en una de las decisiones más importantes de su carrera.

—Joder... Lo siento... —fue todo lo que pudo decir ella.

—¿Qué sientes?

—Pensaba que me estabas mandando a pastar... Y lo que me estás pidiendo es que vaya contigo... No me esperaba ese giro de guion, de verdad.

—¿Y qué dices?

Eva se sintió todavía peor al dar su respuesta.

—Necesito pensarlo... En teoría esta semana me va a llamar Luis para reincorporarme. —El gesto de Alejandro se ensombreció—. Lo siento —dijo ella alargando la mano para apoyarla en su brazo—. Este trabajo es todo lo que siempre he querido... Pero también te quiero a ti... Deja que lo piense un par de días, ¿de acuerdo?

—De acuerdo —confirmó él con algo de oscuridad en la voz—. Sólo quiero que sepas que si no vienes, no voy a aceptarlo. Yo también te quiero a ti más de lo que quiero ese puesto y si tengo que renunciar a él, lo haré, pero, no te voy a engañar, me encantaría que dijeses que sí.

—Deja que lo piense... No te estoy diciendo que no. Es tan repentino... —Sus ojos vagaban de un lado a otro buscando un lugar al que agarrarse—. Me has dejado descolocada —Eva le miró de nuevo —, pero prometo pensarlo, pensarlo mucho, muchísimo, antes de darte una respuesta definitiva.

El ambiente se enrareció en la mesa y cayeron en un mutismo incómodo. Ambos se sentían extraños, como fuera de lugar, hasta que Alejandro, de repente, abrió mucho los ojos, alzó su copa y sonrió.

—¿Por qué brindas? —preguntó ella extrañada.

—No sé si te has dado cuenta, yo acabo de hacerlo, pero ha sido la primera vez que me has dicho que me quieres... Pensaba que nunca lo escucharía.

Eva parpadeó y ladeó la cabeza repasando la conversación que acababan de mantener.

Y, entonces, se dio cuenta.

Lo había dicho.

—Lo he dicho... Y lo he dicho en serio —confirmó—. ¡Lo he dicho en serio! ¡Te quiero!

Eva rio. Hacía una vida que no decía esas dos palabras seguidas y se sentía muy bien al hacerlo creyéndoselas, saboreándolas, disfrutándolas por todo lo que significaban. Había permitido que la armadura que había llevado durante tantos años cayese hasta su última pieza. Por primera vez en una década, se estaba permitiendo amar a alguien sin ponerse zancadillas... Si no contaba lo de irse o no con él a vivir a Tokio.

—Te quiero. No importa si no vamos a Japón. Sólo es un trabajo —afirmó él con seguridad.

Durante el rato que habían estado en silencio le había dado tiempo a considerar cómo se sentiría si se marchaba sin ella y lo había descartado en su totalidad. No le había llevado mucho darse cuenta de que prefería estar con Eva a estar sin ella.

—Pero es importante para ti…

—Ya, y tu trabajo también es importante para ti, es normal. Tú misma lo dijiste, va en el pack. —Echó el cuerpo hacia adelante para acercarse a ella—. Mira, Eva, esta es una decisión que nos afecta a los dos y tendremos que ponernos de acuerdo si queremos seguir juntos. Si tengo que elegir, ahora mismo me apetece más tener una vida personal plena a una vida laboral exitosa. Total, no voy a heredar ninguna empresa… Soy un currito, con buen sueldo, pero un currito.

—Y yo también, pero me gusta mi trabajo, es todo lo que he tenido durante toda mi vida.

—Por eso te pido que lo pienses y decidas. No voy a presionarte.

—Bueno, una semana de plazo para decidir si mando todo a la mierda o no, es bastante presión…

—Razón no te falta —convino él—, pero durante esa semana, te vuelvo a repetir, no te presionaré.

—No me vuelves a repetir, sólo me repites. El verbo repetir ya lleva la acción de volver a hacer algo. «Volver a repetir» es una redundancia.

—Lo mismo ya no quiero que vengas a Japón conmigo… —replicó él con fastidio fingido.

Poco después vieron a los novios aparecer en el restaurante, ambos con gafas de sol, ambos con gestos de dolor en sus rostros. Eva agitó la mano para llamar su atención hasta que se acercaron a la mesa.

—¿Cómo puedes estar tan fresca? —preguntó Marta en un gruñido sentándose junto a su amiga. Alberto emitió un sonido parecido a un hola a la vez que tomaba asiento. Eva había visto vídeos de perros en Instagram a los que se les entendía mejor cuando saludaban—. Perdonad que no os bese, es sólo que no quiero agacharme, estoy muy mareada.

—Pedid uno de estos —aconsejó Eva señalando los restos de líquido naranja de su copa—. Es mano de santo, hace un rato estaba como vosotros, ahora estoy mucho mejor.

—Es naranja, niña —dijo Alberto haciéndole una seña a un camarero—. Yo no bebo cosas naranjas.

—Yo sí quiero una mierda de esas —dijo Marta—. ¿Os pido otro? Y tú —continuó señalando a Alejandro con el índice—, no sé qué haces aquí, pero tienes muchas cosas que explicar.

—Sólo si prometes estar callada en la oficina hasta que esta señorita me dé una respuesta.

—¿De qué habláis? —preguntó Alberto.

Eva pidió permiso con la mirada a Alejandro para poner al corriente a sus amigos de lo que se traían entre manos y él accedió con un leve asentimiento de la cabeza. Eva les contó lo de Tokio y por qué Alejandro había tenido que mentir en el trabajo, sólo interrumpiendo el relato para que sus amigos pidieran la comida y suficientes cócteles y cervezas como para anular cualquier tipo de estado resacoso que pudiese interponerse entre ellos y sus ganas de juerga. Cuando hubo terminado de contarles lo sucedido, esperó en silencio a que los otros reaccionaran.

—Por mí no te preocupes —dijo Marta con un gesto de la mano—. Yo estoy de vacaciones y, aunque no lo estuviese, tampoco diría nada en el curro, no me pagan lo suficiente como para ratear a mis amigos. Porque, chico, yo ya te considero mi amigo. Y... bueno, si es lo que queréis, adelante. Preferiría que no os marchaseis, pero es algo que tenéis que decidir vosotros.

Alberto bebía su cerveza sin abrir la boca, todos los ojos fijos en él. Por fin, posó el vaso en la mesa y suspiró cruzándose de brazos.

—A ver, yo estoy como Marta —dijo Alberto—. Si me dais a elegir, prefiero que os quedéis, sobre todo tú, Eva. —Miró a Alejandro—. No te ofendas, es que a ella la quiero mucho, la he criado a mis pechos, y a ti te conozco menos, aunque me caes bien. Pero si es lo que queréis, pues es lo que queréis.

—A ver, que todavía no lo he decidido —aseguró Eva.

Antes de hablar con sus amigos, no se había dado cuenta de lo que en realidad significaba marcharse. Tendría que dejar atrás no sólo a Alberto y a Marta, sino también a su madre.

Y no sabía si estaba preparada para ello.

37

Tima

—Tima, cariño.

Mi madre suena ansiosa y preocupada. Acabo de darme cuenta de que me ha llamado varias veces. Cuando estoy trabajando en el estudio, pongo el móvil en silencio, odio las interrupciones. Hoy me arrepiento un poco. Bastante. Si me ha llamado en tantas ocasiones, es que algo malo sucede.

—Dime, mamá.

—Tu padre, es tu padre... Hija, tienes que venir al hospital.

—Pero ¿qué ha pasado?

—Tu padre ha tenido un accidente... Le están operando ahora mismo.

La mujer se encuentra al borde de las lágrimas y al límite de sus nervios. Puedo escucharlo en su voz, que a través del teléfono suena aguda y temblorosa.

Mi madre me pone al corriente del hospital al que han llevado a papá y cuelga. Yo deambulo por la casa como pollo sin cabeza intentando poner orden en mis pensamientos. Mi primer impulso es coger el bolso y largarme, pero entonces recuerdo que tengo un hijo y que no puedo dejarle solo.

Vuelvo a coger el teléfono y respiro hondo intentando tranquilizarme antes de marcar el número de David. Contesta enseguida.

—¿David? —pregunto sin permitirle hablar, me doy cuenta de que a mí también se me está notando en la voz el estado de inquietud en el que me encuentro, pero me da igual—. David, necesito que vengas a buscar a Jorge y te quedes con él... Lo siento, sé que no te toca, pero mi padre ha tenido un accidente y tengo que irme al hospital.

—Voy ahora mismo —dice y cuelga.

Le agradezco en silencio el minimalismo de sus palabras. Para estas cosas siempre se ha podido contar con él; en lugar de hacer doscientas preguntas para entender la situación, se limita a actuar. Ya preguntará después.

Creo que lo llaman ser resolutivo.

Subo al desván, donde Jorge está jugando a la consola, disfrutando de los últimos días de vacaciones antes de comenzar el nuevo curso. Le cuento, con una buena capa de suavizante por encima, lo poco que sé sobre su abuelo y prometo llamarle en cuanto sepa algo más.

Por supuesto, mi hijo se preocupa.

Me planteo si he hecho bien en decírselo, pero enseguida me perdono el desliz aduciendo para ello el estado de angustia vital en el que me encuentro. Ya me fustigaré después, cuando sepa que papá no se va a morir, porque ahora mismo y con lo poco que me ha dicho mi madre, no lo tengo nada claro.

Menos de media hora después suena el timbre y abro la verja del jardín desde el portero automático. Espero a David con la puerta de casa entreabierta.

—¿Has cogido las cosas que vas a necesitar?

—No, no sé qué voy a necesitar... —replico mirando a mi alrededor, como si esos objetos fuesen a estar allí mismo. Soy idiota por no haber pensado en ello antes.

—Vale, no te preocupes. Márchate. Yo voy a llevar al niño

con mi madre y voy para allá. —Siento que los ojos me escuecen. Las lágrimas, cómo no, comienzan a hacer su aparición estelar. Él se acerca a mí y me abraza—. Tima, todo va a estar bien, venga, márchate. Llámame en cuanto sepas algo.

—Gracias.

Me separo de él, de su aroma, de su calidez, de su seguridad. He de hacer un gran esfuerzo para conseguirlo. Sus brazos son muy reconfortantes.

Le pongo al corriente del hospital en el que está papá, cojo el bolso, salgo a la calle y paro el primer taxi que encuentro. Le digo la dirección a la que voy y el buen hombre hace lo posible por llegar cuanto antes; cuando pago y abro la puerta del automóvil, me desea suerte. Contesto a sus deseos con una sonrisa desvaída y, apenas he cerrado la puerta con más fuerza de la que esperaba, llamo a mamá desde la entrada de urgencias, ya que no tengo ni idea de a dónde debo dirigirme. Mi madre me lo indica, aun así, voy al mostrador de información. Cuando estoy segura de mi destino, me apresuro por los pasillos del hospital hasta que la encuentro y me fundo en un abrazo con ella, que llora de alivio porque ya no está sola.

—¿Qué ha pasado? —pregunto cuando consigo romper el abrazo—. ¿Cómo está papá?

—Está en quirófano. Una médica muy amable me ha explicado todo lo que le están haciendo, pero no me he quedado con nada...

—Vale, no te preocupes por eso ahora —la interrumpo—. ¿Te han dicho si va a vivir?

—Todavía no lo saben.

Mi madre se rompe, alza una mano hasta su rostro, desencajado por el miedo, y solloza. Decido no continuar presionándola con mis preguntas y consolarla.

—Mamá, no llores, todo va a ir bien. —No tengo ni idea de si es cierto, pero tampoco hay mucho más que pueda decir.

Llamo a David y le pido que, de momento, no venga. Protesta un poco, pero enseguida se da cuenta de que es mejor así. Prometo tenerle informado de todo lo que vayamos sabiendo y cuelgo.

Pasamos varias horas en aquella sala de espera. Poco a poco, mi madre va desgranando el relato de lo sucedido: papá ha tenido un accidente de tráfico, a ella la han llamado cuando él ya estaba en el quirófano y ha venido de inmediato. No sabe mucho porque no ha entendido muy bien lo que le han dicho. Se muere de preocupación, murmura, mira el reloj y se retuerce las manos, deseando que alguien venga ya y nos diga algo, que nos diga que hoy no es el día más triste de nuestras vidas.

Tras varias horas en las que esto se repite una y otra vez y casi sin darme cuenta, entiendo que ella también sigue enamorada de papá.

Y puede que sólo lo esté aceptando ahora, cuando cree que está a punto de perderle para siempre.

—Voy a por algo de beber —digo en voz baja.

Aquella sala es como un limbo para la esperanza, a ella van a parar aquellos que pueden perderla para siempre o los que, estando a punto de desaparecer, consiguen que resurja más fuerte y poderosa que nunca. Todo depende de unos hombres y mujeres vestidos con batas, portadores de las mejores o de las peores noticias.

Camino por los pasillos del hospital buscando una máquina de vending o una cafetería, lo que antes encuentre.

Por fin, tras mucho vagar, doy con las dichosas máquinas, una de bebidas, una de café y otra con aperitivos nada apetecibles.

Las utilizo todas.

Saco dos botellas de agua y varias chocolatinas que guardo en mi bolso; por suerte, es como el bolsillo de Doraemon, cabe de todo. Los cafés son algo más incómodos de meter en el bolso y los llevo en precario equilibrio en las manos, cuidando de no verter ni una gota en los brillantes suelos del hospital, algo que me lleva tiempo y esfuerzo.

Cuando llego de nuevo a la sala de espera, mi madre me recibe con una mueca que pretende ser una sonrisa. No se lo tengo en cuenta, es todo lo que me pueden ofrecer los músculos de su rostro; a cambio le tiendo el café y me siento a su lado.

—También he traído agua y algo de comer, por si te apetece.

—No creo que pueda comer nada... —comenta sin mirarme. Lo dejo estar, no me empeño en que coma algo, más que nada, porque yo estoy igual que ella. Ahora mismo, en mi lista de cosas importantes, alimentarme ocupa uno de los últimos lugares. Mamá suspira, un suspiro de esos que te dicen que va a hablar, así que escucho—. ¿Sabes que estábamos saliendo de nuevo? —Mis ojos se desplazan hasta los suyos y no puedo evitar que mis labios se curven en una sonrisa—. No te rías. —Me da un codazo, pero una sonrisa escapa también de los suyos.

—Algo sabía —confieso manteniendo un tono de voz que es apenas algo más que un susurro.

—Uy, ¿te lo ha contado tu padre? Mira que le advertí que no te dijese nada de momento...

—No, no. Me lo he imaginado yo sola, últimamente cuando os llamo estáis juntos... Y muy lista no soy, pero tonta tampoco.

Mamá se arrellana en la silla de plástico y suspira.

—Sí, estábamos viendo si lo nuestro podría volver a funcionar.

—No lo digas en pasado. Y sí, creo que puede volver a funcionar. Os queréis, siempre lo habéis hecho.

—Desde luego, si sale de esta, pienso pedirle que se case otra vez conmigo —resopla mi madre—. Ya no tenemos edad para tonterías.

—Me parece perfecto. Y claro que va a salir de esta.

De nuevo, el miedo a perderle nos paraliza, volvemos a caer en un mutismo temeroso. Ambas miramos en dirección a la puerta, esperando ver a la persona que, por fuerza, ha de venir a darnos las mejores o las peores noticias.

No termina de venir nadie.

38

Tima

Vuelvo a llamar a David para decirle que seguimos sin saber nada. Es una llamada innecesaria, pero de cualquier modo, llamo, más que nada, porque necesito hacer algo. Los engranajes de mi cabeza no paran de darle vueltas a todo lo que ha pasado y a los dos posibles resultados: o funeral o boda.

Al final se reduce al susto o muerte de siempre.

Joder, siempre he odiado las bodas, pero, ahora mismo, daría todo lo que tengo por que esto acabase en boda. Lo contrario es tan doloroso que no quiero ni pensarlo.

He perdido la cuenta de las horas que llevamos allí sentadas, a mí me duele el culo y supongo que a mi madre también, a pesar de que cada poco rato nos levantamos y caminamos un rato para estirar las piernas. Mamá se ve cansada y demacrada, no ha probado bocado en todo el día y al final me toca hacer el papel de la pesada que insiste en que tiene que comer algo. Cumplo a la perfección con el personaje y consigo que mastique con desgana una chocolatina tal vez demasiado pegajosa y empalagosa para su gusto, pero todo ese azúcar le proporcionará la suficiente energía para seguir aguantando, por lo menos un poco más.

Por fin, una mujer aparece en el umbral y llama a los familiares de mi padre. Nos levantamos como lanzadas por un resorte en nuestros doloridos traseros y nos acercamos a ella con la inquietud atenazando todos nuestros movimientos y miradas de cervatillo en peligro.

—La operación ha ido bien... No se preocupen. —La mujer intenta tranquilizarnos con una sonrisa amplia y amable. A continuación, pasa a relatar las lesiones de papá y los distintos procedimientos a los que ha sido sometido. Me pierdo en las explicaciones a partir del segundo; por suerte, nuestra interlocutora parece entender por nuestros gestos de aturdimiento que no estamos entendiendo nada y nos hace un resumen bastante útil—. No las voy a cansar más con términos técnicos; para que me entiendan, lo peor era que tenía una fractura abierta en la pierna izquierda y una costilla había perforado el pulmón derecho, pero la operación ha salido bien. Ahora estamos esperando a que pasen los efectos de la anestesia para subirlo a planta. Los próximos días son vitales, pero creemos que saldrá bien de esta... Eso sí, va a pasar un tiempo ingresado recuperándose.

Mamá suspira con alivio y me mira con lágrimas en los ojos. La abrazo. También yo lloro, pero es un llanto que se lleva con él toda la angustia de las últimas horas.

Papá va a vivir.

Creo que hablo por las dos si digo que nos da igual el tiempo que tenga que pasar mi padre ingresado con tal de que, al final, salga vivo de allí.

Casi grito cuando veo a mi padre.

Está hecho un *ecce homo*: ambas piernas inmovilizadas. Una escayolada, la otra colgando de una especie de aparato de tortura; uno de los brazos también escayolado, reposa sobre la cama; del otro sobresale una vía que viaja hasta un gotero; la cabeza, que reposa sobre la almohada, está vendada y ambos ojos se ven hinchados y amoratados... Y en su pecho... En su pecho hay algo que no tengo ni idea de lo que es y que ni siquiera he llegado a ver bien porque he retirado la mirada antes de que mi cerebro pudiese registrarlo.

Por suerte, está dormido.

O drogado.

En cualquier caso, mejor así, porque esas heridas tienen que doler muchísimo.

Pobre papá.

Mamá se abalanza sobre la cama ahogando un grito. Temo por la integridad del cuerpo que yace sobre las sábanas, pero, en el último instante, mi madre le inyecta cien litros de suavidad a sus movimientos y se limita a acariciar los dedos que sobresalen de la escayola.

Me disculpo y salgo al pasillo para hablar con David.

Ha llevado a Jorge con su madre y ahora viene al hospital, el niño se quedará con su abuela esta noche, él prefiere estar aquí, cree que podemos necesitarle... Y no se equivoca, porque yo sigo horrorizada por el estado en el que se encuentra papá. Al verle, un estremecimiento que todavía no me ha abandonado me ha recorrido todo el cuerpo, el estómago me ha dado un vuelco y ahora me encuentro débil y temblorosa.

Sí, creo que necesito el hombro de David para apoyarme en él.

Mamá aparece a mi lado poco después, no quiere despertarle. Vamos juntas a la cafetería para hacer tiempo más que para otra cosa. Invertimos los papeles, es ahora mi madre la que se ocupa de tranquilizarme a mí y lo agradezco. Insiste en que lo que acabo de ver es sólo circunstancial, son rasguños que con el tiempo desaparecerán, va a recuperarse por completo y a ser otra vez el de siempre. De hecho, será el de siempre, pero más delgado, dice ella, porque todo el mundo sabe que la comida de hospital es una inmundicia intragable. Insiste en que ella se ocupará de que vuelva a engordar una vez salga de aquí y en que todo va a estar bien.

La creo.

Pero sé que el camino hasta que papá salga de aquí va a ser largo y tortuoso.

La cafetería está repleta de gente. El ambiente cargado con el runruneo de las conversaciones, algunas, apenas un murmullo, otras, casi festivas. No apetece nada entrar, pero es lo único que tenemos a mano en este lugar; me hago una nota mental para buscar en Google sitios en los alrededores del hospital donde sea posible comer o tomar algo de manera más tranquila.

Tras un rato esperando, conseguimos una mesa y dejó a mamá sentada antes de ir a pedir. Por el camino, envío un mensaje a David diciéndole dónde estamos. Hago la cola, que avanza muy despacio, pensando en qué platos podrían apetecernos. Cuando llega mi turno sigo sin haber decidido, por lo que opto por dos ensaladas que sé que se quedarán ahí, apenas picoteadas, dos botellas de agua y dos cafés. El café creo que va a empezar a ser una parte importante de mi dieta... Y de la de mamá, que, al igual que mi padre, ha sido siempre más aficionada a los tés e infusiones, pero qué se le va a hacer.

Regreso a la mesa con el pedido y escucho los últimos retazos de una conversación telefónica que mamá está manteniendo con alguien.

—Sí, por supuesto, os iré poniendo al corriente de cómo va.

Escucha algo que le dicen al otro lado.

—Muchas gracias, hasta pronto. —Y cuelga.

—¿Quién era? —pregunto.

—He llamado a la oficina de tu padre. No tenían ni idea de lo que había ocurrido. Dicen que les avise cuando pueda recibir visitas... Eso me recuerda que hay alguien más a quien debo llamar...

—¿A quién?

—Una empleada de la agencia, Eva, muy amiga de tu padre. La conocí hace unos meses. Ha estado muy preocupado por ella. Tuvo que despedirla por un problema con un cliente, pero iba a volver a contratarla en breve... Pobre muchacha...

—Ah, sí, algo me contó... No sabía que era tan importante... Pero ¿cómo tienes el teléfono de esa chica?

—Lo primero que me han dado cuando he llegado al hospital ha sido el teléfono y la cartera de tu padre... Y me sé su clave, nunca ha sabido ponerle la cosa esa de desbloquear el móvil con la cara... Si no te importa, voy a salir fuera para llamarla, aquí hay demasiado ruido. Seguramente quiera venir a ver a tu padre y le voy a decir que sí, pero cuando despierte, ¿te parece bien?

—Sí, claro, adelante. Cuando despierte le vendrá bien recibir alguna visita —replico.

Mamá se levanta y me acaricia el rostro con suavidad, sonríe, pero sé que está nerviosa. Se acaba de convertir en mensajera de malas noticias y no creo que eso le guste demasiado. Si mamá conoce a esa tal Eva, es que es importante para mi padre... Hasta a mí me contó lo que sucedía con ella, y es cierto que parecía preocupado. También puede que yo no estuviese prestándole la atención que merecía, sumida en mis propios problemas, sin oídos para los de los demás.

Ese pensamiento me hace sentir fatal. Como una persona egoísta, que es lo que he sido estos meses atrás.

En silencio me prometo a mí misma que eso no volverá a suceder. Mis padres han estado ahí cuando los he necesitado, lo mínimo que puedo hacer es escucharles e intentar aliviar sus preocupaciones cuando me cuenten sus problemas.

Es un mínimo.

39

Eva

Volver a casa el lunes desde el hotel en el que se había celebrado la boda se convirtió en una odisea que le llevó más horas de las deseadas, tuvo que pasar a recoger a Vader por casa de su madre, quien —Eva no lo había dudado ni un mísero segundo—, la obligó a quedarse a comer con ella y a contarle todos los detalles del evento. Eva estaba reventada después de un fin de semana en el que había estado despierta más horas de las que un cuerpo de cuarenta años debería aguantar y, por si eso fuera poco, además, la noche anterior Alejandro y ella habían quedado de nuevo para cenar con Marta y Alberto y la cosa se había complicado, algo que era habitual en ellos. No obstante, cumplió con su parte y bañó la curiosidad de su madre narrándole, con todo detalle, los destacados del evento, esto es, los vestidos más impresionantes, las borracheras más notables —entre ellas la de la propia Eva y los novios— y los bailes más ridículos, protagonizados en su mayoría por uno de los tíos de Marta. Puesto que Alberto no tenía más familia, estaba claro que el título iba a recaer en uno de los familiares de la novia.

A eso de las seis y media de la tarde conseguía, por fin, entrar por la puerta de su casa. En una mano la maleta, la funda con el vestido y el bolso; y, en la otra, el transportín del gato, que luchaba contra la puerta de la jaula intentando marcarse una gran evasión.

—Sal, anda, que parece que te estén matando —murmuró dejándolo en libertad.

El animal le lanzó una mirada furibunda y se alejó en dirección al salón contoneándose con lo que a Eva le pareció una mezcla de indignación y algo que, si no era displicencia, era un sinónimo de ella.

Ella puso los ojos en blanco y resopló con fastidio antes de dirigirse a su dormitorio a deshacer la maleta. Adoraba al maldito gato, pero, en ocasiones como aquella, no le soportaba.

No acababa de abrir la maleta cuando su móvil sonó. Rebuscó en el interior del bolso hasta que dio con él y miró quién llamaba: Luis.

Experimentó una amalgama de emociones entre las que se encontraban el miedo, la esperanza, la ansiedad y la alegría. Aquella mezcla la dejó tan confusa que apenas pudo deslizar el icono del auricular verde. Llevaba mucho tiempo esperando aquella llamada, pero, ahora que se producía, no sabía muy bien cómo reaccionar. Sintió que al otro lado de la línea la esperaba la que podía ser la mejor noticia de su vida o el peor de los destinos.

Aquella era la llamada de Schrödinger: mientras la melodía continuase sonando estaba, a la vez, en paro y con un trabajo asalariado y sólo se desvelaría el resultado al contestar.

—¿Diga? —dijo casi con timidez.

—¿Hola? ¿Eres Eva?

Aquella voz no era la de Luis, se dio cuenta enseguida, puesto que quien hablaba era una mujer. Su confusión se hizo todavía más patente.

—Eh... sí —balbuceó—. ¿Quién es?

—Hola, Eva, no sé si te acuerdas de mí —comenzó la mujer—. Soy Carlota, la exmujer de Luis...

—Ah, sí, claro que me acuerdo de usted, ¿cómo está?

—Bien, hija, bien, te llamo porque creo que estás esperando una llamada de Luis... Y bueno... —Carlota dudó y eso asustó a Eva.

—¿Está bien Luis? —preguntó con cautela temiéndose lo peor.

—Ha tenido un accidente. —El corazón de Eva se puso del revés, después del derecho y, a continuación, giró sobre sí mismo como una bailarina—. Pero va a estar bien, no te preocupes. Lo único... Mira, Luis me contó lo que había pasado contigo en el trabajo, estaba muy preocupado con lo de tu despido y te estoy llamando porque va a estar de baja bastante tiempo... He pensado que debías saberlo.

—Pero ¿va a estar bien? ¿Puedo ir a verle?

En aquellos momentos a Eva no podía importarle menos el trabajo, lo único que ocupaba su mente era la posibilidad de que Luis muriese y esa idea la aterraba. Luis había sido su jefe, pero, ante todo, había sido siempre su mentor y su amigo. Alguien que había ocupado un lugar muy importante en su vida, una figura paternal que se había ocupado de cuidar de ella en los peores momentos de su existencia y con quien había compartido muchos de los mejores.

—Claro que puedes venir, sé que estáis muy unidos; pero será mejor que esperes un par de días. Acaban de operarle y todavía no ha despertado. Te avisaré en cuanto despierte y podrás venir, ¿te parece bien?

—Sí, claro... Muchas gracias... Y... lo siento.

—Y yo, cielo, y yo —dijo la mujer con ternura—. Hasta pronto.

40

Tima

Papá se despertó anoche a las tantas. Mamá y yo estábamos en la habitación con él y, si no contamos su lamentable aspecto, parece que se está recuperando bien. Podía hablar y, aunque le dolía todo el cuerpo, estaba animado y optimista. Volvió a dormirse enseguida y así continúa, durmiendo, por lo que esta mañana he mandado a mi madre a casa para que descanse. Volverá esta tarde y tomará el relevo, para que yo pueda ir a casa también, por lo menos hasta la noche, cuando regresaré. No quiero que mi madre tenga que estar cuidando a papá a diario. He hablado con ella y, de momento, vamos a turnarnos; según él vaya mejorando, iremos viendo cómo nos organizamos.

David me trajo una bolsa de casa con ropa, el cargador del móvil y un par de libros que vio en la pila que siempre tengo en la mesilla, mi pila de libros pendientes, así que aquí estoy, con una de esas novelas, si bien apenas me estoy enterando de lo que leo.

Llaman a la puerta con suavidad y una cabeza femenina asoma por el umbral.

—Hola, soy Eva —se presenta en apenas un susurro sin entrar en la habitación—. Tú debes de ser Tima... ¿Cómo está?

Me levanto de la incómoda butaca y me acerco a ella. Debe tener más o menos mi edad, no muy alta, con el cabello castaño recogido en una coleta.

—Dicen los médicos que se recuperará, entra, anda. ¿Cómo sabías que estaba aquí?

—Me llamó tu madre para decirme lo que había pasado y otra vez esta mañana para avisarme de que ya había despertado... Soy amiga de tu padre.

—Sé quién eres, mi madre y yo estuvimos hablando sobre ti el día del accidente. ¿Te apetece ir conmigo a la cafetería? Necesito salir un rato de aquí.

—Claro —accede ella con una sonrisa lanzando una mirada fugaz a la cama en la que descansa mi padre.

Es guapa. No una belleza de esas que te impactan y reconoces según las ves, pero su sonrisa queda perfecta en su rostro redondeado. Es una sonrisa abierta y dulce que se extiende hasta sus ojos y consigue mejorar el entorno. Me gustaría pintar esa sonrisa.

Bajamos en el ascensor hasta la planta de la cafetería charlando sobre el estado de mi padre. No me pregunta cuánto tiempo va a estar ingresado aunque, con total seguridad, es lo que más le interesa. Por lo que sé, su trabajo depende de que mi padre se recupere pronto.

Pedimos dos cafés y nos acomodamos en una de las mesas.

—Siento mucho lo que le ha pasado... Si necesitáis ayuda tu madre o tú, decídmelo, por favor.

Sé que no lo está diciendo por decir, no sé cómo lo sé, pero lo sé. Me doy cuenta de que aprecia de verdad a mi padre y está más preocupada por él que por las consecuencias que su accidente pueda tener para ella.

—¿Y tú? —pregunto. Nunca ha sido lo mío dar rodeos—. ¿Cómo lo llevas tú?

Se encoge de hombros y vuelve a sonreír.

—Bueno, yo me apañaré. Ahora lo prioritario es que tu padre se ponga bien. Es lo único que importa.

—¿Te puedo preguntar qué pasó en el trabajo? —Lo mismo me manda a la mierda, aun así, lo intento—. Mi padre me lo contó, pero si te soy sincera, no me enteré de nada. Tenía la mente en mis propios problemas. En aquel momento estaba en una etapa difícil... Y bueno... Ya sabes...

Vuelve a sonreír a la vez que lanza un resoplido abrumado.

—Buf, a ver por dónde empiezo... La historia es un poco larga...

—Por eso no te preocupes, tenemos todo el tiempo del mundo. Yo soy autónoma y tú estás en paro. Si nosotras no tenemos tiempo, no sé quién va a tenerlo.

Su carcajada es contagiosa, la acompaña de un gesto de sorpresa genuina que me desarma. Cuando quiero darme cuenta, estamos las dos riendo.

Poco a poco va desgranando su historia, al principio de manera superficial, por encima, así que la animo con mis preguntas a que profundice en lo que está contando. No he mentido cuando he dicho que las dos teníamos tiempo y esta me parece una buena manera de conseguir que ese tiempo sea más amable. Además, me cae bien. Entiendo lo que ha visto mi padre en ella, es divertida e inteligente y, además, tiene algo que me gusta: su sentido del humor se parece mucho al mío.

Durante su relato he notado que se ríe de ella misma en cuanto tiene ocasión con el único fin de quitarle intensidad a lo que le ha ocurrido que, dicho sea de paso, es una auténtica putada.

Ella se lo ha tomado con deportividad y optimismo, confía en que tarde o temprano las cosas se solucionen y, si no lo hacen, buscará otro trabajo, si bien no niega que todo este asunto la ha tenido bastante estresada y jodida los últimos meses, pero no pierde la esperanza. En eso sí que se parece a mi padre, yo habría cogido a la tal Lucía por los pelos y le habría dado un zapatillazo en los morros... Son formas diferentes de afrontar las dificultades que nos presenta la vida.

—¿Y qué vas a hacer?

Quiero saber qué planes tiene, porque lo que le ha pasado a mi padre la deja a ella en una situación difícil, siendo «difícil» un eufemismo de «estás jodida como un conejo cojo en medio de una manada de lobos».

—No sé, hace unos días mi... —duda antes de continuar—. No sé cómo llamarlo... ¿novio? Es que me parece una palabra muy cursi... En fin, llamémosle novio. Hace unos días mi novio me ha dicho que le han ofrecido un trabajo en Tokio que le apetece mucho aceptar y me ha pedido que vaya con él —vuelve a encogerse de hombros—, así que, después de esto —hace un gesto abarcando todo el entorno y entiendo que no se refiere a la cafetería, sino al hospital, al accidente de mi padre—, creo que le diré que sí... Está claro que no voy a recuperar mi empleo en breve.

—Joder, lo siento. Si te consuela, no creo que te merecieras que te despidieran.

—Bueno, lo que merecemos y lo que logramos no suelen ser cosas que coincidan. En un mundo ideal tu padre estaría bien y yo estaría a punto de recuperar mi vida... ¿Sabes? Todo este tiempo desde que me despidieron me he sentido como en un paréntesis, como si todo esto fuese una pausa o algo así... Pero este no es un mundo ideal y tenemos que trabajar con lo que tenemos. También te digo que todo lo que ha pasado, sumado al accidente de tu padre, me ha ayudado a poner un poco las cosas en perspectiva.

—¿A qué te refieres?

—A que si algo puede ser malo, también puede llegar a ser peor —se echa hacia adelante en el asiento—. Mira, ahora estoy en paro y, además, preocupada por Luis. Y, te digo una cosa: me importa una mierda el curro, sólo quiero que se ponga bien, que se recupere. Me estoy dando cuenta de que el trabajo no es tan importante, que lo importante es todo lo que hacemos cuando no estamos trabajando: mi familia, mis amigos, mi pareja... Hasta el subnormal de mi gato, si me aprietas, es más importante que mi trabajo. Llevo toda la vida viviendo para trabajar y en estos meses en paro he disfrutado más de la vida que en todos los años anteriores. A lo mejor no es tan malo que me pire a Tokio... Yo qué sé, lo mismo va siendo hora de tener una vida menos organizada.

Esta tipa me cae de puta madre.

—Mi padre va a salir de esta y siempre cumple sus promesas. Si te ha dicho que volverá a contratarte, lo hará... Lo único es que vas a tener que esperar un poco más.

—Lo sé. Confío en él, es de las pocas personas en las que confío.

—Ya, sé a lo que te refieres. Cuando me separé fue al primero al que fui a ver... Tuve una discusión bastante fuerte con mi ex y corrí a su casa. Fue la primera persona con la quise estar cuando estuve mal.

—Vaya, lo siento... No sabía que te habías separado... Tu padre me habla mucho de ti, pero esto no lo sabía.

—Bueno, ocurrió más o menos cuando tu despido.

—¿Y cómo estás?

—¿Sabes esa sensación de tenerlo todo bajo control, de hacerlo todo bien, de dar siempre lo mejor de ti misma?

—No. —Acompaña la palabra negando con la cabeza de manera rotunda.

—Pues yo tampoco.

Es mi turno de hablar. La única persona con la que he podido desahogarme un poco es con mi amiga Lola. A mis padres no les he contado las peores partes del proceso de separación y tampoco tengo mucha gente más en mi entorno en quien confíe lo suficiente como para hablar de todo esto, pero estoy bien con esta desconocida, me apetece contárselo a ella, conocerla.

Es difícil explicarlo, lo único que viene a mi cabeza son dos piezas de Lego que hacen clic.

Creo que he hecho clic con Eva.

Le cuento todo, me explayo, me vacío de todas las emociones de mierda que me han estado asaltando a mano armada durante lo que llevamos de año. Ni ella ni yo miramos el reloj. Total, papá no se va a mover de la cama, está atado a ella y, cuando despierte, habrá un ejército de profesionales de la salud a su alrededor comprobando que todo vaya como se supone que ha de ir.

—Y lo peor de todo es que mi hijo ahora está con la víbora de mi suegra —termino—. A saber con qué le estará envenenando ahora la bruja esa.

—Bueno, podría ser peor… —comienza con ironía.

—Sí, podría llover —zanjo.

Estalla en una carcajada de sorpresa.

—¿Te gusta esa peli?

—No me gusta. Me encanta —río con ella—, la he visto mil veces, la última de ellas hace unos meses con mi hijo.

—No, en serio, lo que quiero decir es que creo que lo estás haciendo bien. Por lo que dices, la situación con tu ex ha mejorado, habláis y te está apoyando con lo de tu padre... Y tu suegra... Bueno, con que parezca un accidente ya valdría.

Se me escapa una sonrisa.

—Me preocupa lo que le pueda meter a Jorge en la cabeza.

—Tima, no tengo ni puta idea de niños —aclara—, tengo una sobrina y tampoco la veo mucho, pero por el tiempo que paso con ella sé que no son tontos. Esas pequeñas bestias se enteran de todo y saben diferenciar la verdad de la mentira mejor que muchos adultos... Pregúntale a tu hijo y sales de dudas.

El *Wannabe* de las Spice Girls interrumpe nuestra conversación. Miro el móvil para ver quién me llama (David) al mismo tiempo veo que Eva intenta reprimir una mueca a caballo entre la risa y la incredulidad. Necesita taparse la boca con la mano, es un gesto que intenta ser disimulado, pero le sale regular. Le ha hecho gracia mi tono de llamada, eso está claro.

—¿Qué te hace tanta gracia? —digo medio riendo antes de contestar el teléfono.

—Nada, nada, me ha sorprendido la canción —replica algo avergonzada.

Me alejo unos pasos de la mesa para contestar la llamada, David quiere saber cómo va mi padre. Le pongo al corriente y un par de minutos después nos despedimos.

—Vale, escúpelo, ¿qué pasa con el *Wannabe*? —digo sentándome de nuevo frente a Eva—. Ya, ya sé que es muy antigua, pero yo qué sé, es una especie de himno de mi vida. «Te diré lo que quiero, lo que de verdad, de verdad quiero, así que dime lo que quieres, lo que de verdad, de verdad quieres...». Y vamos a dejarnos de historias... Me parece perfecta. Solía cantarla con mis amigas cada vez que alguna sufría un desengaño amoroso... A ver, teníamos dieciséis años.

—Que no pasa nada, en serio —Eva se ríe ahora de manera abierta—, que si a ti te gusta, ya está. Total, yo tampoco estoy para ir dando lecciones, que mi tono de llamada es la banda sonora de *Los Vengadores*.

Poco después subimos a la habitación donde mi padre sigue durmiendo. Pasamos un rato más juntas, continuamos charlando, en esta ocasión de las heridas del paciente, del tiempo de curación que ha estimado el equipo médico. Eva está preocupada, me ha preguntado varias veces si de verdad va a ponerse bien. Acerca una silla hasta la cama, se sienta y le coge la mano con suavidad. Le murmura algo al oído, palabras suaves que imagino de ánimo, pero no llegan hasta mí.

—¿Vas a venir otro día? —pregunto cuando nos estamos despidiendo.

La verdad es que me gustaría volver a verla, llevo un tiempo intentando expandir mi círculo, pero en esta era de redes sociales y comunicación diferida es tan difícil conocer gente nueva con la que poder conectar sin que medien pantallas de por medio que ya me estaba dando por vencida.

—Sí no os parece mal a tu madre y a ti, sí. Sí que me gustaría volver a verle otro día... A ver si le pillo despierto.

—¿Te doy mi teléfono y me avisas cuando vengas? Yo voy a estar aquí por las mañanas, aprovechando que el niño está en el colegio... Así mi madre puede ir al trabajo... Y también algunas noches.

Saca el móvil y me pide mi número, va marcando según se lo voy diciendo, cuando llego al último, pulsa la tecla de llamada y mi teléfono empieza a cantar de nuevo el *Wannabe* y Eva no puede evitar un gesto de apreciación acompañado por un divertido alzamiento de cejas que consigue arrancarme una carcajada.

—Ahora ya nos tenemos las dos. Guárdalo —dice. Vuelve a sonreír—. Me ha encantado charlar contigo. Te aviso cuando vaya a venir, pero llámame cuando quieras.

41

Eva

El accidente de Luis lo cambiaba todo.

Y cuando Eva pensaba en ese todo, se refería a todo.

No había mentido cuando le había dicho a Tima que el accidente la había ayudado a poner las cosas en perspectiva. Había apostado demasiadas ilusiones a recuperar su empleo y con él su vida, y ahora eso se había largado dando vueltecitas por el desagüe por el que se van todas las cosas que nunca llegan a ser.

Lo único positivo era que el hecho de que sus planes se hubiesen convertido en irrealizables le había ayudado a ver que había muchas otras cosas importantes en su vida... Y que ningún trabajo merecía el esfuerzo que supone poner tu vida en pausa.

Había regresado a casa caminando desde el hospital, meditando, dándole vueltas y vueltas a la cabeza sobre dónde estaba y dónde quería estar y lo único que había conseguido sacar en claro era que estaba en la mierda y que donde quería estar era con Alejandro.

Por algo se empezaba.

Si decidía irse con él tendría que hablar con su madre, contarle todo lo que había sucedido en el trabajo y cuál era su situación actual. Y mejor no seguir retrasándolo porque el tiempo corría y tenía que darle una respuesta cuanto antes.

Cuando llegó a su casa había tomado una decisión. Bajó al garaje, se metió en el coche y arrancó.

Iría a ver a su madre, le contaría todo y, si se lo tomaba bien, empezaría a preparar la documentación para largarse a Tokio. Eva había estado buscando información y la forma más sencilla de conseguir quedarse más tiempo que los consabidos noventa días que permite un visado turístico era apuntarse a una academia de idiomas en el país nipón. Tal vez no pudiese marcharse a la vez que Alejandro, pero sería tan sólo un pequeño retraso. Una vez allí, podría buscar trabajo... aunque sin hablar el idioma, la cosa era complicada.

Llegó al pueblo poco antes de las tres de la tarde, todavía tenía un par de horas para hablar con su madre, puesto que ella entraba a trabajar a las cinco. Si no podían acabar la conversación, la esperaría a que regresase del supermercado.

—¡Hija! ¡Qué alegría! Pero ¿qué haces aquí otra vez? —saludó su madre en la puerta de la vivienda.

—Mamá, es que tengo que contarte algo —dijo Eva dándole dos besos.

Candela la hizo pasar a la cocina, donde todavía estaba el plato que había utilizado para comer, ya vacío, esperando a ser recogido, fregado y guardado con el primor que su madre imprimía siempre al cuidado de su casa. En el fuego, la cafetera comenzó a borbotear avisando de que el café estaba casi listo para ser servido.

—Estaba haciendo café, pero... o mucho se equivoca esta vieja o tú no has comido nada todavía. Espera, cariño, que he hecho unas albóndigas en la olla esa rara que me regalaste y me han salido riquísimas.

Su madre se refería a una crock pot, una olla de cocción lenta que Eva le había comprado hacía unos meses junto con varios libros de recetas. La mujer se quejaba de que, con sus horarios de trabajo, no le daba tiempo a cocinar como a ella le gustaba: con cuidado, tiempo y mimo; y Eva, siempre preocupada por su madre, había creído que esa olla sería la solución al problema de Candela.

Y había acertado.

Su madre adoraba el chisme y hasta se había decidido a utilizar el ordenador portátil —otro regalo de su hija— y la conexión a internet —que, en este caso, pagaba Sergio, el hermano de Eva— para buscar más recetas. En muy poco tiempo se había convertido en toda una experta en la materia y, aun así, cuando estaba con Eva, continuaba llamándola «la olla esa rara».

—Con el café es suficiente, mamá... No tengo mucha hambre. —La madre le lanzó una mirada de advertencia, pero no insistió.

—¿Sabes que he creado un club de crock pot? —comentó Candela—. Sí, llevamos sólo un mes, nos reunimos una tarde a la semana en uno de los bares para intercambiar recetas y charlar de nuestras cosas. Vamos rotando el bar para que nadie se queje. Se han apuntado varias vecinas.

—Vaya, me alegro mucho. Así sales y te da el aire... Pero no me habías dicho nada.

—Se me había olvidado, hasta que no os he tenido a las dos juntas en la misma habitación, no me he acordado. —Eva sonrió. Acababa de ser puesta al mismo nivel que una olla eléctrica, pero veía a su madre tan contenta que no se lo tuvo en cuenta—. Pero dime, cariño, ¿qué te trae por aquí un día de diario? ¿No tendrías que estar en la oficina?

Eva suspiró y se dispuso a contarle todo lo que la había sucedido en los últimos meses: el despido y la promesa de su jefe de volver a contratarla, el hecho de haber conocido a alguien con quien estaba muy bien y que ese alguien le había pedido que fuese a Japón con él, el accidente de Luis. No incluyó en su narración toda la incertidumbre, la tristeza, la inseguridad, la ansiedad, el miedo y la frustración que había sentido durante ese tiempo.

Eva creía que a su madre era mejor contarle la versión Disney.

Cuando terminó de ponerla al corriente la mujer suspiró.

Acto seguido, una sonrisa se extendió por su rostro.

—Verás cuando se lo cuente a tu hermano —dijo dándole unas palmadas en la mano a Eva—. Se va a poner muy contento.

—Pero contento ¿por qué? —replicó Eva extrañada—. ¿Porque me han despedido?

—No, tonta, porque tienes novio... No se lo has dicho, ¿no? —Candela hizo una pausa antes de contestarse a sí misma—. No, me lo habría dicho. Tu hermano no puede guardar un secreto.

—Y por eso mismo no se lo había contado tampoco a él —refunfuñó Eva—. A ver, mamá, te acabo de decir que estoy en paro, que estoy pensando en largarme a Japón y que mi jefe ha tenido un accidente gravísimo... ¿y lo único con lo que te quedas es con lo del novio? Es que no me lo puedo creer.

—Mira, hija, el trabajo es trabajo, si no es uno, será otro. Y a ti nunca se te han caído los anillos por trabajar en lo que sea... Además, si necesitas dinero, me lo puedes pedir a mí, tengo bastante ahorrado, ¿no ves que casi no gasto? —La madre hizo un gesto con los brazos abarcando su entorno—. ¿Para qué? Si tengo todo lo que necesito. Dices que tu jefe se va a poner bien, aunque le va a llevar bastante tiempo, así que sólo espero que cuando vayas a verle le mandes mis deseos para que se recupere pronto. Y lo de Japón, pronto es tarde.

—¿Cómo que pronto es tarde?

—Pues que cuándo te vas a ver en otra así. —Logró que sonase más como una afirmación que como una pregunta—. Vete y disfruta. ¡Ojalá yo hubiese podido hacer algo así en mi juventud!

—¿Y tú? —preguntó Eva—. No podré venir a verte...

—¿Yo? Yo estaré bien —la interrumpió Candela—. Y no es como si no fueses a volver nunca, vendrás por lo menos en Navidad, ¿no? Y podemos llamarnos con lo de los mensajitos esos. ¡Si hasta hay llamadas de vídeo! ¡Y son gratis!

—¿WhatsApp? ¿Desde cuando tienes tu WhatsApp, mujer? —Eva se sentía entre divertida e indignada puesto que su madre nunca le había escrito ni un mísero mensaje, siempre la llamaba, hasta en los momentos más inoportunos.

—Eso, el guasap ese... Pues es que nos resulta muy útil para organizarnos en el club, así que ahora lo uso mucho —zanjó la mujer muy orgullosa de sí misma—. Lo que quiero decir, hija —dijo levantándose y acercándose a Eva—, es que hagas con tu vida lo que quieras. Yo estaré bien. Sólo tienes que prometerme que me llamarás.

—Claro, mamá. Claro que te llamaré. Y vendré a verte. —Eva se puso en pie y abrazó a su madre—. Tendrás que cuidarme a Vader, no creo que sea buena idea que me lo lleve.

—No te preocupes, cielo, yo me encargo de él, me hará

compañía… Y una cosa más —añadió la mujer, quiero conocer a ese muchacho antes de que os marchéis. Que manda narices que te hayas echado un novio y no me hayas dicho nada. Este fin de semana viene tu hermano, ¿por qué no vienes con tu novio y así le conocemos los dos?

Eva había imaginado la escena como algo mucho más traumático. Con llantos, sollozos, desconsuelo y rasgaduras de prendas de vestir, pero la realidad la había puesto en su sitio: su madre ya no la necesitaba. Estaba bien e iba a continuar estándolo.

Eva condujo hasta Madrid con una mezcla de emociones. Por un lado, se sentía feliz de que todo hubiese ido tan bien con su madre, pero, por otro, experimentaba una cierta tristeza. Imaginó que era algo similar a ese momento en el que los padres se dan cuenta de que sus hijos ya son adultos y autosuficientes, pero al revés. Llevaba tanto tiempo preocupándose por Candela, intentando que la mujer no se sintiese sola, que se le hacía raro pensar que ella tenía su propia vida, independiente de la suya.

Eva se había quedado sin excusas.

No le quedaba otra que tomar una decisión.

—Me voy contigo —dijo Eva con sencillez.

La tarde anterior, al regresar de visitar a su madre, había estado pensando. Tanto, que acabó con dolor de cabeza, pero, por lo menos, ya sabía lo que quería hacer. Aquella misma mañana había llamado a Alejandro y habían quedado para tomar algo cuando él saliese del trabajo. No le había dicho nada, prefería hacerlo cuando le tuviese delante, ya que sabía que era una noticia que iba a recibir con alegría.

Se encontraban en un bar cercano al Retiro, en el barrio de Eva. El local se hallaba cargado con las conversaciones y risas de la gente que había puesto punto y final a otra jornada laboral y quería celebrarlo. Alrededor de ellos dos, todo eran grupos de hombres y mujeres que disfrutaban de un rato de ocio antes de dirigirse a sus casas. Los respaldos de las sillas estaban ocupados por corbatas y chaquetas que sus propietarios habían preferido quitarse, ya que el clima era todavía veraniego. Demasiado.

Eva pensó que no hacía mucho ella también había formado parte de aquel colectivo: el de la gente con empleos remunerados. Se sintió algo fracasada, pero se quitó esa sensación de encima dándole un sorbo a su tinto de verano.

—¿En serio? —preguntó él intentando contener la euforia que sentía en aquellos momentos.

—Sí, en serio. Lo único es que mi madre quiere conocerte antes de que nos vayamos... Si quieres podemos ir a comer con ella el domingo. Bueno, en realidad me ha dicho que vayamos, que viene mi hermano también.

—Claro, sin problema, yo también tengo ganas de conocerlos —accedió él—, al fin y al cabo, me voy a ir a vivir con su hija.

—¡Hostias, es verdad! —exclamó ella cayendo en la cuenta por primera vez.

—A ver, Eva, que si te vienes es para que vivamos juntos...

—Ya, ya, pero la verdad es que no había pensado mucho en eso, era algo que estaba ahí, en el aire, y no le había dedicado ni dos segundos... Estaba demasiado ocupada decidiendo si iba o no iba como para pensar en nimiedades —rio ella—. ¿Y qué pasa si nos llevamos mal?

—Cruzaremos ese puente cuando lleguemos a él —Alejandro no parecía preocupado—. Seamos optimistas.

Eva había decidido alquilar su piso mientras estuviese viviendo fuera, llevaría sus cosas al trastero y elegiría con mimo a los inquilinos. Nada de alquiler vacacional, prefería un alquiler de los de toda la vida, con un precio justo, que alguien pudiese hacer su hogar en el lugar que ella había construido con tanto cariño. Si las cosas no iban como había previsto y regresaba antes de tiempo, siempre podría ir a vivir con su madre hasta que el contrato de alquiler expirase. De ese modo, ella también tendría algunos ingresos y no todos los gastos recaerían en Alejandro, algo que la agobiaba mucho. No quería ser mantenida por nadie, prefería seguir conservando cierta independencia. Había hecho una búsqueda y, en principio, puesto que pensaba estudiar en Japón, podía mantener la prestación por desempleo. Otro papeleo que tendría que realizar antes de poder viajar.

Al día siguiente empezaría a buscar una academia de idiomas en Tokio a la que apuntarse para empezar a tramitar el visado.

Tenía mucho que hacer antes de marcharse, no obstante, estaba ilusionada con el cambio.

Lo único que le quedaba en la ciudad en la que llevaba tanto tiempo viviendo eran sus amigos. Iba a echarles de menos, si bien no podía perder de vista que no tenía empleo, su pareja iba a estar a casi once mil kilómetros de distancia y su madre era una mujer feliz que había superado la pérdida de su marido hacía mucho tiempo. Y Eva había estado negándolo. Tal vez porque le gustaba sentirse necesaria, pero Candela había dejado claro que podía marcharse a Tokio, Japón, con sus bendiciones.

Era ahora o nunca.

—Vale, optimismo. Lo pillo... No sé cuánto tardaré en tenerlo todo listo para reunirme contigo, pero sí, me apetece ir. Me apetece mucho ir —aseguró Eva con una sonrisa—. Larguémonos al lejano Oriente.

OTOÑO

Don't wanna hear about it
Every single one's got a story to tell
Everyone knows about it
From the Queen of England to the Hounds of Hell
And if I catch it comin' back my way
I'm gonna serve it to you
And that ain't what you want to hear
But that's what I'll do

Seven nation army,
THE WHITE STRIPES

You know that I love you boy
Hot like Mexico, rejoice
At this point I've gotta choose
Nothing to lose
Don't call my name
Don't call my name, Alejandro

Alejandro,
LADY GAGA

42

Tima

No me puedo creer lo que ha pasado. Todavía estoy rabiosa.

Esta tarde ha venido David a buscarme al hospital. Es el cumpleaños de Jorge e íbamos a llevarle los dos al cine y a cenar. Eso ha sido lo que el niño ha pedido como regalo de cumpleaños y ninguno de los dos ha tenido corazón para negárselo.

Mi suegra le pidió a su hijo que llevase a Jorge a su casa por la mañana para poder comer con él y así darle su regalo, a lo que David accedió.

No vio nada malo en ello. Al contrario que yo, que veo todo el mal que conlleva que pase tiempo a solas con esa mujer.

Hasta que hemos ido a recogerle.

Nos ha abierto la puerta la asistenta, como es habitual en casa de mis suegros, y creo que Begoña ni se ha enterado de que habíamos llegado. No, no creo. No se ha enterado, porque si lo ha hecho, es que es todavía más tonta de lo que yo pensaba, y no es que tuviese a esa mujer por la bombilla más brillante de la lámpara.

David se ha parado a charlar con la asistenta mientras yo me he dirigido al jardín, donde nos ha dicho que se encontraba «la señora». Pues bien, según me acercaba, les he escuchado hablar, bueno, a ella más que a Jorge. Me he quedado detrás de las cortinas, agazapada como una leona entre el follaje acechando a su víctima.

Y no me arrepiento.

Le estaba diciendo a mi hijo que en breve iba a irse a vivir con su padre, que yo no estaba preparada para cuidar de él y que no podía hacerlo porque no tenía suficiente dinero, que yo no le quería conmigo y que qué le parecía eso.

Por supuesto, he irrumpido en el jardín cual equipo de geos cabreados y me he encarado con ella.

—¿Se puede saber qué coño le estás diciendo a mi hijo? —pregunto sin alzar la voz. Tono y pregunta no son acordes, pero no me gusta gritar delante de Jorge.

Por lo menos, la hija de puta, ha tenido el suficiente decoro como para sentirse avergonzada... durante un total de unos cero coma tres segundos. Enseguida se ha recobrado, y es de las que piensan que no hay mejor defensa que un buen ataque.

—Lo que va a pasar. ¿Crees que voy a permitir que críes tú al niño? ¿Que le conviertas en un perdedor como tú y toda tu familia? El niño merece la mejor educación y tú no se la puedes dar.

—Jorge, entra en casa, cariño —Lo digo, de nuevo, con suavidad, sin alzar la voz. Pero mi hijo no es tonto y entiende enseguida que no es el momento de protestar. Se dirige al interior de la vivienda con gesto confuso. Sé que se va a quedar donde pueda escucharnos a su abuela y a mí, pero me da igual, prefiero que me oiga—. Begoña, dejé muy claro que a mi hijo había que dejarle fuera de lo que hagamos su padre y yo. No tienes ningún derecho a llenarle la cabeza con tu mierda.

—Tu hijo ya sabe qué clase de persona eres, ya me he encargado yo de eso.

—Sí, le has contado mil mentiras —empiezo a enumerar

con los dedos—: que no le quiero, que no le puedo mantener, que he engañado a su padre... Sabiendo que todo eso que sale de tu boca son sólo asquerosas mentiras... Para ser tan religiosa, no tienes ningún problema en cometer, en repetidas ocasiones, pecados capitales. —Hago una pausa para tomar aire y afilo la mirada—. Lo único que vas a conseguir es lo que te estoy diciendo: que no vuelvas a ver a tu nieto en tu puta vida.

—¿Y quién me lo va a impedir? —pregunta dando un sorbo a una copa llena de vino blanco que tiene delante de ella, sobre la mesa—. ¿Tú?

—No, mamá. Ella no —dice David a mi espalda—. Yo.

Me doy media vuelta y le veo aparecer por el ventanal que da al jardín. Detrás veo oscilar las cortinas entre las que yo misma he estado escondida no mucho antes. Ha escuchado mi conversación con su madre.

—¿Tú también, hijo? ¿Es que no ves que es una mala influencia para tu hijo?

—Mamá, lo único que veo es justo lo que te pedimos que no hicieras —David está muy cabreado, pero tampoco alza la voz— y te ha dado igual, así que si no sabes comportarte, tendremos que tomar una decisión.

—Tengo derecho a ver a mi nieto cuando quiera, soy su abuela.

—Y Tima es su madre y yo su padre y si decidimos que no puedes ver a nuestro hijo, tendrás que asumirlo. No voy a consentir ni estos comportamientos ni este tipo de comentarios sobre su madre.

—Pero...

—No hay peros. Mamá, el cariño hay que ganárselo... Y visto lo visto, creo que las visitas, también.

Begoña me mira con los ojos entornados por el odio, las ventanas de la nariz le oscilan abriéndose y cerrándose al ritmo de su agitada respiración. Por un momento me parece vislumbrar también restos de derrota en su rostro y, aunque lo intento, no consigo reprimir una sonrisa victoriosa acompañada de un alzamiento de cejas.

—Vamos, Tima —dice David pasándome un brazo por los hombros—. Vámonos al cine y a cenar con Jorge.

Abandono la casa de mis suegros sin mirar atrás, deseando no tener que volver a ver a esa mujer en mi vida.

Sé que ella sí volverá a ver a mi hijo, sin embargo, también sé que David estará alerta para que lo que ha sucedido hoy no vuelva a suceder.

43

Tima

—Tima, hija, pásame el teléfono —pide mi padre.

Ya está bastante mejor. A los pocos días de la operación le quitaron los tubos que le habían puesto en el pecho y ahora está más aburrido que otra cosa. Ayer cumplió su primer mes de encierro y lo único que quiere es que le den el alta y largarse a su casa, pero eso, de momento, no va a suceder.

Mamá y yo venimos a verle a diario, aunque ya no pasamos las noches con él, más que nada, porque las dos tenemos que trabajar y dormir en una silla es una experiencia que no le deseo a nadie; además, él ronca como un dragón.

Duerme del tirón, le meten un chute de droga después de cenar y aguanta toda la noche sin dolores y sin despertarse, como un bebé.

Le paso el móvil.

—¿A quién vas a llamar? —pregunto de manera mecánica, sin curiosidad siquiera.

—A Eva, tengo buenas noticias para ella. Ayer por la tarde me llamaron de Nueva York, quieren que la contrate de nuevo.

Ahora sí tiene toda mi atención. Hay cosas que mi padre todavía no sabe.

Eva me llamó el sábado y vino a ver a papá. Yo les dejé a solas no sin antes arrancarle a Eva la promesa de que antes de irse bajaría a la cafetería a tomarse algo conmigo, algo a lo que ella accedió encantada.

Estuvieron juntos un buen rato y yo esperé a Eva con paciencia. Cuando la vi aparecer, me puse en pie y agité la mano para que me viese. Por señas me preguntó que quería tomar y señalé mi botellín, ya vacío. Ella se aproximó a la barra y poco después se acercó a mí con un botellín helado en una mano y una copa de vino en la otra.

—Me alegro de verte —digo.

—Y yo a ti. ¿Cómo estás?

—Cansada de hospitales, pero contenta. Dicen los médicos que lo está haciendo bien, que tendrá que hacer rehabilitación, pero creen que se recuperará del todo.

—Sí, le he visto muy bien y muy animado... Me alegro mucho por él... Y por vosotras, claro.

—Y tú, ¿cómo lo llevas? ¿Al final te vas a Japón? —pregunto.

Hace una pausa y una sonrisa pícara se dibuja en su rostro.

—Sí —dice por fin—. Total, no tengo nada que perder y por lo menos aprenderé el idioma... Lo peor que puede pasar es que me tenga que volver porque no me lleve bien con Alejandro, así que por qué no probar. Él está ya allí, se fue hace una semana, yo estoy esperando a tener listo el papeleo para poder marcharme.

—¡Bien por ti! Brindemos por ello.

—Gracias —dice alzando su copa y entrechocándola con mi cerveza.

—Ya me jode, me habría gustado quedar contigo fuera de este entorno de mierda, pero otra vez será... —Lo cierto es que me alegro mucho por ella.

—Voy a tardar todavía un poco en irme, tengo muchas

cosas que arreglar antes de largarme, así que, si quieres que salgamos a cenar cualquier día, me llamas... Una cosa, no le he dicho a tu padre que me marcho, prefiero decírselo cuando se acerque la fecha. No se lo cuentes, por favor.

Hago el gesto de cerrarme la boca con una cremallera.

—No te preocupes, no le diré nada.

Por eso, ahora escucho con atención la conversación que mi padre va a mantener con ella.

—¿Eva? —dice papá cuando contestan la llamada—. Hola, soy Luis.

Me encanta cuando la gente dice quién es al teléfono, como si en la pantalla no luciese el nombre de la persona que llama. Y en letras enormes. A veces, incluso con una fotografía.

Tras unos segundos, vuelve a hablar.

—Bien, bien, estoy bien, harto de hospital, pero no te llamo por eso... Tengo buenas noticias, ayer me llamaron de la central y me han pedido que te contrate de nuevo. Y adivina... Entrarías como directora general. Ya sabes, más responsabilidad, pero también más sueldo... Hablé con ellos el otro día, pero antes de saber su respuesta no he querido decirte nada.

De nuevo una pausa.

Ojalá mi padre pusiese el manos libres. Sé que cuando me muera iré al infierno porque, en mi interior, deseo que se hubiese roto los dos brazos, así yo me estaría enterando de toda la conversación.

—Les dije que volvería a la oficina cuando me recuperase, pero sólo con la intención de formar a la persona que me ha de sustituir, porque después, me voy a jubilar. Lo tengo decidido. También les dije que creía que esa persona debías ser tú. Eres la única que conoce la empresa tan bien como yo mismo y la única en la que confío para ese puesto. Al final mi accidente no ha sido tan malo, porque ayer me llamaron para decirme que sí, que adelante. Creen que estoy tomando la decisión correcta.

La llamada continúa unos minutos más, pero veo a mi padre muy sonriente, feliz de poder darle esa noticia a Eva, por lo que creo que ella no le ha dicho nada de lo de Japón.

Cuando cuelga, suspira satisfecho.

—Una cosita menos —dice con una sonrisa de oreja a oreja—. No estaba yo tranquilo con lo de Eva, así que llamé a los americanos y les dije... Bueno, lo que has oído.

—¿Qué te ha dicho ella?

—Eso es lo raro, no la he visto tan contenta como imaginaba... Supongo que estaba sorprendida.

—Pero ¿ha aceptado?

—Me ha pedido un par de días para darme una respuesta... Lo mismo ya ha encontrado otro trabajo.

No, Eva no le ha dicho nada de Japón.

—¿Y qué es eso de que te vas a jubilar?

—Lo que has oído —sonríe como el gato de Cheshire. Tu madre y yo vamos a casarnos. Otra vez.

Un grito escapa de mi garganta.

—¿¡Qué!?

—Tú madre me lo pidió el otro día. —Así que mamá había cumplido lo que me había dicho mientras esperábamos a saber si papá iba a vivir o no—. Y he dicho que sí, por supuesto.

—Por supuesto —asiento con una sonrisa. Me acercó a él y, con mucho cuidado para no hacerle daño, le abrazo—. Me alegro mucho por vosotros. Esto me hace muy feliz.

44

Eva

—Sergio, ¿estás libre esta tarde? —preguntó Eva sosteniendo el teléfono entre la oreja y el hombro.

El día anterior, según había colgado con Luis, había hablado con Marta y Alberto y después con su amigo Marcos; de hecho, a punto estuvo de subirse a un avión y plantarse en Londres para verle y hablar con él, pero resultó que no estaba en casa, estaba de vacaciones en Grecia y le pareció algo exagerado irse a Santorini a por consejo cuando podían hacer una videollamada, que es lo que hicieron. Necesitaba todas las opiniones que pudiese reunir.

Estaba muy nerviosa e indecisa.

—Eh... bueno —dijo su hermano sorprendido—. ¿Por?

—¿Te importa si voy a verte? Necesito hablar contigo.

—¿Mamá está bien? —sonó alarmado.

—Sí, sí —se apresuró a aclarar Eva—. Soy yo la que no está bien, nene.

—¿Qué te pasa?

—No, prefiero contártelo cuando llegue. Estoy ya en el AVE, en tres horas llego a Barcelona... ¿A qué hora estarás libre?

Eva sabía que su hermano era autónomo y trabajaba desde casa, también sabía que dejaría de trabajar en cuanto la viese y le dedicaría el tiempo que necesitase.

Había comprado el billete la noche anterior, ida y vuelta en el día, con salida a las 9:30 de la mañana. Esperaba tener las cosas más claras a eso de las 21:25 de la noche, la hora a la que tenía el tren de regreso a Madrid.

—Eva, ¿qué pasa? —volvió a preguntar su hermano—. ¿Todo va bien?

—Sí, no te preocupes —mintió—. ¿Es que no puede una hermana ir a ver a su hermano sin tener que dar explicaciones?

—No cuando la hermana lleva una agenda milimetrada y exacta de lo que va a hacer a cada segundo del día. Nena, que lo único espontáneo que has hecho en tu vida es lo de Japón… E imagino que le diste mil vueltas antes de decidirte.

—Pues de eso quería yo hablar contigo —comentó Eva como quitándole importancia.

Su hermano suspiró.

—¿Qué ha pasado?

—Te lo cuento en cuanto llegue.

—Voy a buscarte a la estación.

Eva subió desde los andenes de la estación de Sans para encontrarse con su hermano ya esperándola. Sólo verle hizo que se sintiese algo más tranquila. Su hermano era un lugar seguro. Alguien que lo sabía todo sobre ella, lo mejor y lo peor, y nunca la había juzgado, de él sólo había recibido amor, apoyo y ánimo durante toda su vida. Por supuesto, se habían peleado, no siempre habían tenido el mismo punto de vista, pero eran hermanos y siempre habían terminado solucionándolo.

Alzó la mano para saludarle y Sergio sonrió.

Se parecían mucho, sólo que él era más alto. Dos años les separaban y habían estado siempre muy unidos.

—Vamos, te invito a comer, enana —dijo Sergio pasándole a Eva un brazo por los hombros—. Cristina está en el trabajo y Clara en el cole, así que tenemos tiempo.

Su hermano condujo por las calles con seguridad hasta casi el centro de la ciudad. Durante el trayecto hablaron de tonterías a pesar de que Sergio se moría de curiosidad. Algo muy malo tenía que haber pasado si Eva se había decidido a coger un tren para ir a verle sin aviso previo. Porque una llamada cuando ya estaba en el tren no era avisar.

Dejaron el coche en un aparcamiento y caminaron hasta un restaurante pequeño y muy bonito no muy alejado de la Diagonal.

—Uy, me encanta el sitio —dijo Eva cuando les acompañaron a la mesa.

—Ya, ya, sabía que te gustaría, por eso te he traído aquí, es totalmente tu rollo —replicó Sergio al mismo tiempo que se sentaban—. Ahora cuéntame qué está pasando. Y no te dejes ningún detalle.

Eva suspiró y meditó durante unos instantes, más por ganar tiempo para organizar el relato que por mantener el suspense.

—Vale, a ver, mamá te contó que me despidieron y que me iban a contratar de nuevo, ¿no? —Sergio asintió—. Luego conociste a Alejandro aquel finde, cuando fuimos a comer con mamá, ¿no? Y te dije que me iba a Japón con él porque mi jefe había tenido un accidente y a saber cuándo iban a volver a contratarme... Si es que lo hacían.

—Sí, hasta ahí todo correcto —confirmó Sergio—. Y ahora, ¿qué?

—Bueno, ayer me llamó mi jefe y me dijo que querían volver a contratarme...

—Ya, muy bien —interrumpió su hermano adivinando por

dónde iba a ir Eva—, pero ya es un poco tarde para eso, ¿no? Ya tienes otros planes.

—Esa es la cuestión, nene. No me has dejado acabar.

—Acaba.

—Me dijo que él se va a jubilar y que iban a contratarme como directora general.

Sergio resopló y se apoyó en el respaldo de la silla con los brazos cruzados.

—Ya veo —apretó los labios tras decirlo—. Y tú estás pensando aceptar. —Eva asintió y Sergio negó con la cabeza y chasqueó la lengua antes de continuar—. ¿Qué es lo que quieres tú?

—Por eso estoy aquí, porque no lo sé. He preguntado a mis amigos, pero sigo sin tenerlo claro. Dicen que esto es algo que tengo que decidir yo sola. Marcos opina que tengo que hacer lo que, cito textualmente, «dicte mi corazón». —Sergio puso los ojos en blanco cuando lo escuchó—. Ya sabes cómo es, él dice esas cosas a veces; y Marta y Alberto piensan que si me quedo, soy más tonta que un zapato. Que Alejandro es un tío genial y que me quiere y que ya va siendo hora de que viva un poco, pero que, si acepto el puesto, también lo entenderían porque ese trabajo es lo que siempre he querido.

—Vale, te repito la pregunta: ¿Qué es lo que quieres tú?

—¡Que no lo sé!

—Joder, nena, para lo lista que eres, a veces eres tontísima. ¿Qué te pide el cuerpo? ¿Seguir trabajando sin tener vida propia, como un robot? Vamos, lo que llevas haciendo desde que tengo memoria... ¿O intentar vivir antes de morirte de vieja... o de cáncer o de lo que sea?

—Esa pregunta tiene sesgo —bufó Eva—. Si lo pones así,

no me queda otra que responder que vivir antes de morirme de vieja.

—Es que creo que es lo que debes hacer.

Eva bajó la mirada hasta su plato y mareó la comida que había en él con el tenedor. De repente se le había quitado el hambre.

Su hermano tenía los ojos clavados en ella, dándole el tiempo necesario para que masticase y tragase lo que acababa de decirle. Estaba harto. Adoraba a Eva, pero creía que llevaba mucho tiempo equivocándose, desde que su padre había muerto, para ser exactos. Y ahora que por fin parecía que se había enamorado y, además, parecía que de un buen tipo, estaba dispuesta a mandarlo todo al lugar del que no pueden volver por un curro. Mejor o peor, pero un curro.

Sergio pensaba que el trabajo era lo que se hacía para poder disfrutar de la vida con las personas a las que se quería, un paréntesis necesario y obligatorio del tiempo de vivir. Y si le preguntaban a él, ocupaba más horas de las que eran deseables. También pensaba que, para Eva, el trabajo, era su forma de vida.

—¿Quieres a Alejandro? —preguntó cuando se hizo patente que su hermana no iba a decir nada.

—Sí, le quiero, hacía siglos que no sentía algo así por nadie, me río mucho con él y adoro estar con él, pero...

—Es que no hay peros, Eva. Tienes que empezar a disfrutar, si no, cuando quieras hacerlo, puede que sea demasiado tarde... Mira lo que les pasó a papá y a mamá. Toda la vida trabajando y cuando por fin parecía que las cosas iban mejorando... Bueno, ya sabes. Y es un tío majo. A mí me cayó muy bien cuando le conocí... Se le veía enamorado de ti. Y si puedo decírtelo, a ti te vi más feliz con él de lo que te he visto nunca.

—Ya... Si lo entiendo, si sé lo que quieres decirme... Pero piensa que llevamos poco tiempo y las relaciones van y vienen.

Sergio conocía demasiado bien a Eva como para no saber qué estaban haciendo allí en realidad.

—Creo que no has venido hasta aquí a pedir mi opinión. Creo que ya has decidido lo que quieres hacer, sólo necesitas a alguien que te reafirme... Y yo no soy ese alguien. Eva, si me preguntas qué debes hacer, lo único que puedo decirte es que te marches y que no mires atrás, que le den a todo —hizo una pausa—. Pero eso no es lo que quieres oír.

Eva alzó los ojos y lo que vio Sergio en ellos fue tristeza. Una muy poderosa, capaz de vencer a cualquiera que esgrimiese la felicidad como arma. Y determinación. Una de esas capaz de sellar el futuro, cualquier futuro.

Y supo que había perdido. O, mejor dicho, supo que su hermana había perdido.

—Me da demasiado miedo no volver a encontrar un trabajo.

45

Eva

—No voy a ir, Alejandro —dijo Eva a la pantalla del ordenador—. Lo siento.

Le había escrito para pedirle hacer una videollamada en cuanto pudiese.

La conversación con Luis de un par de días antes la había sumido en la más absoluta desesperación.

Se había hecho ya a la idea de viajar al país del sol naciente y comenzar una nueva vida allí, con Alejandro; no obstante, una simple llamada de teléfono había trastocado todos sus planes. Saber que sólo necesitaba decir dos letras para que se cumpliesen todos sus sueños, todo por lo que había trabajado tanto, la estaba desgarrando. Un simple «sí» es lo que la separaba de ello.

Y quería decirlo.

Tan pronto le había colgado a Luis, había sabido que quería decirlo. Aun así, había pedido consejo a todos sus amigos, incluso había ido hasta Barcelona para hablar con su hermano.

¿Significaba eso que no quería a Alejandro?

No.

Le quería, estaba enamorada de él, más de lo que nunca lo había estado de nadie, pero no quería renunciar a lo que llevaba toda una vida construyendo.

De repente, no sólo se trataba de recuperar su antiguo empleo, podía regresar triunfante como directora general de la oficina. El precio a pagar era hacerse a la idea de perder al único hombre al que había amado en la última década.

Y se disponía a pagarlo.

El rostro de Alejandro reflejó toda la confusión que sentía.

—¿Cómo que no vas a venir, Eva? ¿Qué estás diciendo?

—Me han ofrecido el puesto de directora general. No mi antiguo empleo, es algo mucho mejor... Y voy a decir que sí... Lo siento —repitió.

—No, no te disculpes... Lo entiendo.

Eva vio su propia imagen en el pequeño recuadro del monitor. Estaba ojerosa, pálida y demacrada, lo normal tras varias noches de insomnio e inquietud intentando decidir qué camino recorrer.

No sabía si estaba tomando la decisión correcta.

Poco después se despidió de él, no había mucho más que pudiese decir.

Tras cortar la comunicación, lloró.

46

Eva

Eva volvió al trabajo un mes después de aquella conversación con Alejandro y se había hecho al ritmo de su nuevo puesto en muy poco tiempo. Estaba preparada para el cargo.

Siempre lo había estado.

No había querido hablar más con Alejandro después del día en que le había dicho que no viajaría para reunirse con él, no se sentía con fuerzas para hacerlo y, a pesar de que él había insistido en que necesitaban mantener una última conversación, que se debían al menos eso, Eva no había cedido.

Le resultaba demasiado doloroso.

Había vuelto a su antigua rutina: de casa al trabajo, del trabajo a casa y, de vez en cuando, algún fin de semana, quedaba con Marta y Alberto, a pesar de que ver en directo la felicidad de sus amigos, ahora casados, le causaba un dolor punzante y agudo en una parte de su cuerpo que se localizaba cercana al pecho.

Era cierto que un corazón podía romperse y su portador continuar con vida. Si es que a lo que hacía ella se le podía llamar vida.

Se decía que pronto se acostumbraría, que se olvidaría de él, de lo que habían tenido. Que volvería a ser la Eva de antes de conocerle, la independiente, el calcetín solitario. Que volvería a ser feliz en su soledad.

Eva lloraba mucho aquellos días, si bien intentaba hacerlo cuando nadie la veía.

Sus amigos estaban preocupados por ella. La última vez que habían quedado habían evitado mencionar a Alejandro, ya que, la única vez en la que a Alberto se le había ocurrido hacerlo, habían sido testigos de cómo los ojos de Eva se llenaban de lágrimas y perdía la capacidad de articular sonidos humanos. Marta le había pateado la espinilla a su marido por debajo de la mesa y le había lanzado una de esas miradas que vienen a decir «te voy a sacar el hígado con las manos y me lo voy a comer delante de ti como vuelvas a recordárselo». Y así habían desistido de hablar con su amiga del tema. Por lo menos, hasta que pudiese hacerlo sin sumirse en la más miserable de las tristezas.

Marta y Alberto reconocían que Eva había perdido la alegría. Que no estaba viviendo, estaba subsistiendo.

Otra vez.

Y no sabían muy bien cómo ayudarla más allá de prestarle todo su cariño y atención, pero Eva se estaba encerrando en sí misma. Apenas quería salir, en muchas ocasiones no contestaba a sus mensajes y nunca cogía sus llamadas.

Marta se había presentado en su casa un día y, al menos, Eva le había abierto la puerta.

Y poco más.

Se había limitado a contestar con monosílabos y frases cortas los intentos de su amiga por hacer que saliese de su coraza protectora, que había vuelto a construir, todavía más resistente, brillante y terrible.

—Eva, no puedes seguir así —dijo Marta.

—Ya.

—Sé que estás triste, pero ni siquiera lo estás intentando. Salgamos a cenar, así te distraes.

—No. No me apetece.

—Sabes que puedes cambiar de opinión, ¿no? —insistió Marta—. Sabes que puedes irte a Japón.

—Sí, y que me mande a la mierda.

—Si no hablas con él no sabrás si te va a mandar a la mierda.

—Yo lo haría. Me mandaría a la mierda con sólo un billete de ida. Además, esto es lo que quiero, es lo que siempre he querido.

—Vale —accedió Marta, no le gustaba cómo se estaba desarrollando la conversación—, por lo menos deja que me quede hoy contigo. No quiero que estés sola.

Y llevaba así casi dos meses.

En ocasiones, a Eva le asaltaba la idea de que se había equivocado, que era más importante estar con la persona a la que amabas que cualquier trabajo. Y, acto seguido, decidía que el amor podía acabarse en un instante y que había obrado bien.

Había sentido la necesidad de hablar con él, de llamarle o de plantarse en Japón más veces de las que le gustaba reconocer, pero había luchado contra ese deseo irracional de mandarlo todo a la mierda y volar a Tokio.

Y siempre con éxito.

No sabía si se arrepentía de su decisión, lo que sí sabía era que le estaba costando vivir con ella.

47

Eva

Llamaron a la puerta.

Eva resopló y se puso en pie.

Caminó con pasos arrastrados hasta la puerta del piso preguntándose quién cojones llamaba a aquellas horas. Imaginó que serían Marta y Alberto que, de nuevo, se presentaban sin avisar en un esfuerzo por evitar que se convirtiese en una ermitaña. Habían intentado quedar con ella aquella mañana, como hacían todos los viernes, y ella les había dado largas, también como todos los viernes.

Como mujer precavida y que vivía sola que era, echó un vistazo por la mirilla de la puerta antes de abrir y lo que vio casi consiguió que se cayese muerta del susto... o de un infarto, que, para el caso, era lo mismo.

Observó su reflejo en el espejo del mueble de la entrada y se horrorizó. Tenía el cabello sucio, ojeras como las de un oso panda y llevaba puesta una batamanta de Pokémon con zapatillas de andar por casa a juego.

No había nada que pudiese hacer por su aspecto, de hecho, le daba más pereza intentarlo que rendirse a la inevitabilidad de la situación.

—¿Vas a abrir? —escuchó que decían al otro lado de la puerta.

—¿Qué haces aquí?

—¿Tú qué crees? —Eva escuchó la sonrisa a través de la madera de la puerta.

Por fin se decidió y tomando aire abrió de un tirón.

—¿Que haces aquí? —repitió. Hasta a ella le sonó arisco el tono, pero a él no pareció importarle.

—He pensado que no era justo que tú tuvieses que renunciar al trabajo de tus sueños para estar conmigo...

—Y has renunciado tú al tuyo...

—Eso y que, en realidad, no me gusta tanto el sushi.

EPÍLOGO

Tima

Junio

Por fin ha llegado el día de la boda de mis padres. La verdad es que estoy bastante emocionada.

Mi padre salió del hospital a principios de diciembre y tuvo que estar haciendo rehabilitación durante varios meses. Aun así. Creo que la espera ha merecido la pena porque nunca le he visto tan feliz como le veo hoy.

Todo ha ido como lo había preparado, porque, sí, me he encargado yo de planificar todo este jaleo de la boda, ha sido mi regalo para ellos: quitarles de encima el estrés de la organización. He elegido el sitio, el menú, las flores, la decoración, los regalos para los invitados, todo. Y volvería a hacerlo, porque les veo tan alegres y felices hoy que se me pone un nudo en la garganta con sólo mirarles.

Papá ha esperado en el altar con gesto expectante e ilusionado la llegada de la novia. Ella ha hecho su entrada triunfal entre los acordes de la sonata *Luz de Luna* de Beethoven. A mí me parecía un poco demasiado intensa, pero mamá quería casarse con esa sonata y quién era yo para negarme.

He sido la responsable de entregar a mamá al novio por aquello de que su padre está muerto. Mi abuelo murió hace años, así que, qué mejores manos que las mías para cumplir esta función tan importante.

De acuerdo, esta es una boda algo inusual, pero es que los novios son algo inusuales también, más que nada porque tienen más años que un bosque.

Fue Eva la que me recomendó este sitio, aquí se casaron unos amigos suyos hace poco, y la verdad es que tenía razón: el lugar es perfecto. También me ha ayudado mucho en la organización de todo esto.

Mi madre está preciosa con su esmoquin blanco y su pelo recogido y papá está también muy guapo. Algo menos elegante que mi madre, a pesar de lucir él también un esmoquin hecho a medida, pero ya se sabe, la elegancia se tiene o no se tiene y papá carece por completo de ella. La puede fingir, como hoy, pero si le pones al lado a alguien como mi madre, pues se nota.

La ceremonia ha sido breve y salpicada de chistes sobre la edad y la reincidencia de los novios, y el banquete abundante y delicioso.

Jorge hace un rato que se ha ido a la habitación, no sé si a dormir o a jugar con la Switch que le ha regalado su padre, y he de decir que menos mal que lo ha hecho, porque la media de edad de esta boda es similar a la de las pirámides. Las dos empleadas de mamá, algunos de los antiguos compañeros de papá, entre ellos Eva, y yo somos los más jóvenes del lugar.

El único niño que ha venido ha sido Jorge, así que el pobre se estaba aburriendo. Le he dicho que me llame si necesita algo y le he dado permiso para quedarse despierto todo lo que quiera. Al fin y al cabo, no todos los días se casan tus abuelos.

Papá y mamá invitaron a David, pero decidió no venir, me pidió que le disculpase con ellos. Nuestra relación ha mejorado. Ya no siento la necesidad de acostarme con él cada vez que le veo, si bien ya no le veo muy a menudo, aunque hablamos mucho.

Ya no le echo de menos.

Está saliendo con alguien y me alegro por él. No sé si llegarán a algo, pero le veo feliz, ilusionado y tranquilo. Sé que contármelo le supuso un gran esfuerzo, tenía sus reticencias, pero al hacerlo algo cambió entre nosotros, creo que hemos comenzado a hacernos amigos, tal y como lo fuimos al conocernos, antes de enamorarnos y casarnos, pero sin la parte del sexo sin compromiso, eso hemos tenido que eliminarlo de la ecuación, claro.

Hemos empezado a mover los papeles del divorcio.

Yo estoy sola, en lo romántico, me refiero, y me siento bien con ello. Borré Tinder del móvil porque, para conocer imbéciles no estaba mal, resultaba muy práctica; no obstante, estoy en una etapa en la que no necesito imbéciles.

Veo a Eva en la pista de baile dándolo todo con Alejandro, su novio. Me alegro de que todo resultase bien para ella. Él volvió de Japón sin avisarla, se plantó en su casa de repente. Dejó aquel magnífico trabajo en Tokio por la sencilla razón de que quería estar con ella. Le dijo que para qué quería el trabajo de sus sueños si no podía estar con la mujer de sus sueños... O algo así.

Me parece de las cosas más románticas y tiernas que me han contado nunca. Sobre todo, porque ha sido él el del gran gesto. Ha sido él el que ha renunciado a dar un paso importante en su carrera para que pudiese darlo ella y eso me parece lo más bonito que se puede hacer por una mujer.

Alejandro encontró otro trabajo en Madrid, no le llevó demasiado, el tío tiene buen currículum, y está satisfecho. No es lo de Japón, pero está contento. Ahora viven juntos y Eva me ha confesado que hablan de casarse. Enseguida le quita importancia, pero sé que está ilusionada y muy muy enamorada.

Sí, nos hemos convertido en muy buenas amigas, quedamos bastante a menudo. Era algo previsible: dos personas tirando a solitarias, con gustos similares, que se ríen mucho cuando están juntas... La evolución natural de esa situación era que nos hiciéramos amigas.

Me alegro de haberla conocido, a pesar de que para ello mi padre tuviera que sufrir un accidente terrible.

Eva ve que la estoy mirando y se acerca a mí, me agarra por el brazo y me arrastra a la barra.

—¿Qué quieres tomar? —me pregunta cuando se nos acerca un camarero.

—Un gin-tonic. —Llevo unos cuantos y me noto alegre, a lo mejor un poco alegre de más, pero un día es un día.

—Que sean dos, por favor, de Puerto de Indias... Muchas gracias.

En ese momento comienzan los primeros acordes del *Wannabe* de las Spice Girls y me vengo arriba. En cuanto terminan de ponernos las bebidas, apremió a Eva para que me acompañe a la pista de baile.

—¿¡Pero qué dices!? —exclama con una carcajada—. Yo tengo una imagen que mantener, no puedo ser vista en público bailando esto.

—Me da igual. ¡Amiga, date cuenta! Tenemos lo que queremos, lo que de verdad, de verdad queremos —digo riéndome yo también—. ¡Me encanta esta canción! —grito para que todos a nuestro alrededor me oigan—. ¡Y no me avergüenzo!

—Tima, tía —dice Eva negando con la cabeza—, tenemos que hablar.

Agradecimientos

Quiero dar las gracias a Hilde, Claudia, Adriana y a todo el equipo de Antonia Kerrigan, que siguen confiando en mí y me han animado a lo largo de todo el proceso; de nuevo, espero estar a la altura.

A todo el equipo de Penguin Random House. Ni en sueños me imaginaba poder trabajar con personas tan profesionales y tan maravillosas.

A mis editoras y amigas, Carmen Romero y Clara Rasero, que me lo ponen todo muy fácil y consiguen que esto sea divertido. Si me dejáis, quiero hacer muchas novelas más con vosotras. También quiero que nos bebamos muchas botellas de vino juntas.

A Alberto e Inma, porque os adoro, sigo pensando que sois dos de las mejores personas que conozco y quiero estar muchos años más llamándoos mis amigos. En esta novela he tomado prestado vuestro Omeraki, no se me ocurría lugar mejor para que mis personajes disfrutasen de su mutua compañía y de una cena maravillosa.

A Sere, todo va a mejorar; y si no mejora, por lo menos nos reiremos.

A Arturo González-Campos, que siempre está ahí y quiero que siga estando siempre. Consigues que cualquier sesión del D&D sea una experiencia completa y maravillosa. Te quiero, jódete.

A Marta Junquera y Alberto Martínez Caliani por robarles sus nombres y por prestarme su amistad, su consejo y su apoyo cuando más lo necesito. Sois los mejores.

A mi familia, a quienes no veo tanto como me gustaría.

A mi madre, espero que en algún momento decidas que ya no soy una niña y también espero que no lo decidas nunca.

A Aurelio Cabra, él ya sabe por qué, más que nada porque es por todo. Sin ti esta casita que somos Juan, Sam y yo sería mucho más caótica.

A Javi y Marco, sois geniales, gracias por las risas, por los chistes de pollas, por las vacaciones juntos, por las sesiones de cine maratonianas que nos metemos entre pecho y espalda; gracias por ser como sois, pero, sobre todo, gracias por no llamarme madrastra.

A mi hermano Alejandro, a ti también te he robado el nombre para esta novela porque creo que es uno de los nombres masculinos más bonitos que existen. A ti también te quiero y es posible que no te lo diga tanto como debería, pero eso, que te quiero y que estaré siempre a la distancia de una llamada de teléfono cuando me necesites.

A mi sobrino Alejandro, Le Alejandrill, Alejandrillo, Álex, mi pequeño. Me sentiría orgullosa de cómo eres si hubiese tenido algo que ver, pero el mérito es exclusivo de tu padre, que ha conseguido educar a un hombre maravilloso; y tuyo, claro, que te has guiado siempre por esa especie de brújula de la bondad que posees. Como decían en aquella película, «para mí, eres perfecto».

A Sam, que nunca va a leer esto porque no sabe leer ni va a

aprender jamás por aquello de ser un perro. Ahora mismo estás tumbado a mis pies como una alfombra que respira. Sigue respirando a mi lado muchos más años, no sabes la paz que me das.

A mi marido, Juan, porque sigue remando cuando yo dejo de hacerlo, porque el cabrón le pone empeño, como don Quijote; porque aun cuando cree que no puede más, sigue intentándolo; porque cuando creo que no puedo más, hace que siga intentándolo; porque ha hecho posible un año imposible; porque es y está. Te quiero.

A ti que me lees, porque cuando escribo sólo estoy segura de una cosa: sin lectores, no habría escritores. Si sigo escribiendo es porque me has leído. Gracias.